樂律

法醫實錄

Prelude to night

夜的序曲

幽靈殺手，活人還魂？
法醫從業者的半寫實懸疑小說

戴西 著

在他人眼中體面又顧家的男人。
卻在一個秋日的深夜，
面無表情地用雙手活活掐死了還在睡夢中的妻子，
隨後拿起菜刀，
坐在客廳地板上冷靜地剁下了她的頭顱，
最終，被他從 15 樓丟下去。

對了──被害的妻子當時已經懷孕七個月零三天了。

目錄

引言 …………………………………………… 005

楔子 …………………………………………… 006

第一章　藥房命案 …………………………… 007

第二章　跳樓 ………………………………… 032

第三章　靈魂復仇 …………………………… 056

第四章　幽靈殺手 …………………………… 079

第五章　第三人格 …………………………… 108

第六章　催眠 ………………………………… 126

第七章　浮屍 ………………………………… 153

第八章　以靜制動 …………………………… 169

第九章　網咖命案 …………………………… 193

第十章　凶器 ………………………………… 212

第十一章　面具 ……………………………… 229

目錄

引言

只為讓你在生命中有過我的記憶

只為在灰燼前能讓你看見我短暫而燦爛的美麗

只為引你在篝火前相遇

在沒有星光的漆黑夜裡

我用一把火

燒掉自己

—— 方文山

楔子

　　你相信這個世界上真的有靈魂存在嗎？

　　不，你肯定會說我瘋了。

　　那我換種方式來問你吧 —— 你相信這個世界上會有死人來跟你討債嗎？

　　你肯定又不信。因為誰都知道，人一旦死了，那就什麼都沒有了，無論是肉體，還是靈魂，一切的一切，曾經屬於死人的東西，包括所有的記憶，甚至連死人的名字在內，都將會隨著時間的流逝而在活著的人的腦子裡被打包清零，最終登出，一切恢復平靜。

　　不過，只有一樣除外，那就是活人對死人所欠下的債。

　　我所指的，當然是看不見的那種，是無法用金錢償還的那種，比方說，人的命。死人不會在乎錢，但是他卻會在乎債，在乎活人曾經對他所做過的一切。

　　不相信？沒關係。如果活人忘了的話，也沒關係。要知道，死人的記憶力是很不錯的。而時間對於死人來說，就等同於金錢一樣，是最沒有意義的東西了。

　　好吧，囉唆了一大堆，現在言歸正傳。

　　我死了，所以我就該來向你要債了，因為你欠我一條命。

　　準備好了嗎？

—— 一個死刑囚犯的臨終遺言

第一章　藥房命案

「別太過分了！你以為我們法醫處理屍體像電視劇裡那麼容易？更何況現在還是兩具屍體！你不了解必要的工作程序，有什麼資格來質疑我們的工作態度？你懂什麼叫科學嗎？」

◆ 1

　　警官學院犯罪心理學講師李曉偉是個長得很有「眼緣」的年輕男人，因為業餘時間經常打籃球中鋒的緣故，所以身材修長健碩，日子久了，舉手投足之間，動作靈活得像隻狸貓，再加上古銅色的皮膚，頭髮微微帶著些許自然捲，像極了最近走紅的某個明星。稜角分明，目光專注，嘴角則總是帶著一抹淡淡的輕笑，話說多了的時候甚至還會有些臉紅。總之，給人的感覺，無論如何都看不出來他是個心理醫生。

　　只是此刻，李曉偉的內心感到很不輕鬆。眼前碧藍的天空中陽光明媚，他卻一點都笑不出來，輕輕放下了手中的那張不知讀了多少遍的 A4 列印稿。猶豫了很多天，他終於決定在自己的課上正式公布這份特殊的遺囑。遺囑的主人已經在上週去世了，沒有能夠熬到自己死刑被執行的日子，甚至都不用再去費心等待上訴出結果的那一天，即使上訴的結果誰都能夠猜得到。就在清明節那個暖洋洋的週六中午，據說是因為身體不舒

第一章　藥房命案

服，所以去醫護室打點滴，結果兩個小時後就死於簡單的藥物過敏。

人倒楣的時候，是沒有辦法用言語來具體形容的。有無數個「如果」可以拿來假設一下悲劇的另外一種發展方式，但是實際的結果卻最終只能有一個，那就是——李智明的的確確死了！

拋開脾氣暴戾這一點不談的話，李智明還算得上是一個比較合格的男人。案發前，他在一家媒體公司做網路工程師，外表陽光，講話聲音低沉感性，不抽菸不喝酒，生活中更是沒有任何緋聞，衣著穿戴也始終都是乾淨整潔。

然而就是這樣一個在周圍人眼中乾乾淨淨的體面而又顧家的男人，卻在一個秋日的深夜，面無表情地用自己的雙手活活掐死了還在睡夢中的妻子，隨後，把屍體抱到客廳地板上，接著拿起菜刀，坐在地板上冷靜地剁下了她的頭顱，最終，這場可怕的悲劇是妻子血淋淋的頭顱被他從15層樓上丟下去後才算真正結束。

對了，還要加上一句——被害的妻子當時已經懷孕七個月零三天了，從醫學的角度上來講，此刻，腹中的胎兒即便脫離母體，也是完全可以存活的。但是，這個可憐的小生命卻根本就沒有得到過來一次人世間的機會。

李曉偉相信，在以後的很長時間裡，儘管這個駭人聽聞的案子已經破了，但是案發社區的大部分居民都會生活在有關它的恐怖陰影裡。尤其是那個在大樓門口發現被害妻子頭顱的社區老保全。

因為人的記憶是個很可怕的東西，你越想忘掉什麼，卻偏偏就會記得越牢。

網路上很快就有人煞有介事地出來分析說李智明瘋了，哪怕不是精神

分裂，那也至少得是個間歇性精神障礙，因為沒有人會在做完這一切之後，還淡定地洗了個熱水澡，換上一套乾淨的睡衣，最後舒舒服服地倒頭便睡，就像什麼事都沒有發生過一樣。而與此同時那一屍兩命的殘缺屍體，卻還躺在客廳地板上的血泊中，逐漸變得冰冷僵硬⋯⋯

對於活著的人來說，死亡的感覺應該是很不好受的吧？可是，出於職業的本能，李曉偉私底下也並不排除用上述的可能性來解釋作案動機。

而這個案子所產生的受害者還遠遠不止是李智明那懷孕七個月零三天的妻子和未出世的孩子，還包括住在他家樓下的那一對剛結婚的夫婦。房子隔音效果非常差，半夜兩點多鐘的時候，妻子被一陣清晰的剁肉聲驚醒後，便不知怎的再也睡不著了。她後來向李曉偉形容說，那聲音絕對不同於一般人家在家剁肉包餃子，而是非常用力而且有節奏的詭異的「嚓嚓」聲，就連停頓的間歇都是嚴格按照 4/4 的節拍走的。她發誓說自己還聽到樓上同時傳來鋼琴聲，因為那首曲子她很喜歡，是蕭邦的夜曲，但是在這半夜三更的時候，卻讓人聽了莫名感到頭皮發麻。

案發後，當她終於知道這「嚓嚓」聲是樓上的那位男主人在剁自己死去妻子的頭顱時，可憐的女人便患上了嚴重的神經衰弱症，甚至還到了幻聽的地步，搬回娘家住後，每天晚上都依然得靠服用安眠藥才能夠勉強入睡。

可是有一個人除外⋯⋯想到這裡，李曉偉的嘴角便不自覺地露出了一絲苦笑。要知道，在這個女人的腦子裡，這世界上似乎就沒有存在過什麼讓她感到害怕的東西。

「人的頭顱就那麼難被剁下來嗎？」李曉偉問得直截了當。

記憶中這是兩年前李智明殺妻案案發後的第七天傍晚，天空中下起了

第一章　藥房命案

很大的雨，很快，路面上的交通便塞得一塌糊塗。李曉偉早早下了課後，便約了章桐在警局對面的全家便利商店見面，打算隨便吃點東西當晚餐，順便聊聊困擾自己多日的這個心結。雖說他自詡對人的心理活動所了解的程度遠超過自己面前端坐著的這位法醫神探，但是論起生與死的慘烈，李曉偉卻還是不得不甘拜下風的。

所以，他至今都忘不了自己當初在鬧哄哄的便利商店簡易用餐區問這個聽起來略微顯得有些愚蠢的問題時，章桐聽了，停頓了一兩秒後，隨即臉上所浮現出的驚訝神情。

「如果你懂得人體結構，然後手頭又恰好有一把夠快夠鋒利的刀的話，那麼，這是瞬間就能發生的事。但是……」說到這裡，章桐習慣性地皺了皺眉，伸手一指咽喉部位，「如果是一個根本就不懂人體骨骼結構的普通人的話，而刀又只是家裡的那種普通菜刀，那至少也得拚命朝這個位置剁上半個多鐘頭吧，還得有足夠的力氣和堅強的意志力才行。」

章桐是個長得很漂亮的年輕女人，說話的時候總是喜歡微微歪著頭看人，目光時而果斷，時而卻若有所思，給人的感覺似乎心事重重，卻又好像心不在焉，渾身上下則時不時地透露出一股莫名的冰冷感覺，讓人不敢隨便靠近。

「意志力？」李曉偉雙眉一挑。「力氣」的話，他能理解，但是說到需要「意志力」，他就感覺自己的理解能力突然變得有些跟不上這個女人的思考節奏了。

「那可是活生生的人的腦袋，而不是什麼魚或者隨便什麼雞鴨的腦袋。心理這一關，可不是那麼容易就能混得過去的。你難道忘了？學校上解剖實訓課，每年剛開始的時候不都得有那麼一兩個人不是被抬出去就是

哭著自己跑出去的？」章桐輕飄飄地反問道。

聽了這話，李曉偉突然有種想狠狠抽自己一嘴巴的衝動。

而面對同樣有醫學背景的李曉偉臉上所流露出的尷尬神情，章桐卻一如往常般視若無睹，漲紅了臉的李曉偉這才偷偷鬆了口氣。

三分鐘熱風吹過，是四月的暖風，夾雜著幾片粉紅色的櫻花花瓣飄落在面前的走廊欄杆上。李曉偉的目光久久都沒有從手中的這張 A4 紙上離開，只是莫名變得有些許溫柔了。

回顧整個案子的破獲過程，其實並不難，一切現場勘驗證據所取得的難度，都幾乎可以用擺在桌面上觸手可及來形容。唯一的主犯李智明也是當場被抓獲的。儘管他在案發後洗了熱水澡，又換了身乾淨衣服，但是雙手十指指甲縫裡的血跡殘留，還有客廳死者殘屍身上的指印殘留、分屍凶器上的指紋殘留等是無法徹底被去除的。雖然說作案手法讓人覺得過於殘忍而不能接受，但是凶手的快速被抓和後來的順利判刑至少對於死者的家屬來說，也算是小小的安慰了。

只有一點除外，那就是李智明的真正殺人動機。

這也是李曉偉會最終下定決心在今天把這件特殊的案子拿到自己課上去講解的原因之一。因為案發至今，除了精神方面的問題以外，都沒有一個完整的並且能夠說服所有人的定論出現。

另一個原因就是李智明已經死了，而這個問題的答案也就永遠地被他帶走了。想來確實有些遺憾，但這也是一個必須去面對和接受的殘酷事實。

八點鈴聲響過後，校園瞬間安靜了下來，犯罪心理學講師李曉偉收回紛亂的思緒，輕輕嘆了口氣，接著把那張特殊的 A4 稿紙重新又夾進深藍

第一章　藥房命案

色的備課資料夾，定了定神，這才轉身緩步走進階梯大教室。

身後，四月的陽光溫暖而又宜人，微風拂面，粉色的櫻花花瓣在風中慵懶地輕輕飛舞。

四月末的警官學院，美得就像一幅畫。

◆ 2

胃痛。

本以為忍一下就能過去，此刻卻似乎就像有一隻無形的大手死死地揪住了自己的胃，時而把它擰成一團，時而又一巴掌把它用力拍平。每一次的呼吸都不得不小心翼翼，可疼痛的感覺卻始終揮之不去。

換了個姿勢，緊閉雙眼繼續躺著，睡意卻已經蕩然無存。在苦撐了一個多鐘頭後，章桐終於選擇了妥協。她有些懊惱地從床上翻身坐了起來，順手擰亮了檯燈，昏黃的燈光瞬間塞滿了狹小的臥室，一個簡單的床頭櫃，窗邊是自己那永遠都無法整理乾淨的書桌，書桌上隨意地堆滿了各式各樣的專業書籍，有些甚至都已經被挪到了邊緣，書籍中橫七豎八地塞著記滿了筆記的紙片，咖啡杯裡的殘渣也從來都沒有被刷乾淨過。書桌前的凳子上放著拉布拉多犬丹尼最鍾愛的玩具——一隻被徹底咬變了形的慘叫雞。章桐慶幸丹尼從來都沒有在自己面前玩過這個玩具。不過從慘叫雞被破壞的程度來看，丹尼對它的鍾愛程度可不是一般的言辭所能夠形容的。

此刻的時間是凌晨一點三十七分，窗外不知何時下起了瓢潑大雨，這

江南的天氣真是讓人無法捉摸。章桐記得很清楚，自己傍晚下班走出警局的時候，天氣還不錯，只是有些悶熱而已，沒想到這場大雨來得這麼快。

　　穿上拖鞋，拿過一件薄毛衣把自己裹得緊緊的，然後忍著胃部的陣陣抽痛，離開床搖搖晃晃地向廚房走去。可以想像，人最倒楣的時候大概就是現在這個樣子了，渾身骨頭都累得散了架，腦子裡卻可以清醒地回憶起自己剛寫完的那份屍檢報告上的每一個字，章桐相信自己就連標點符號都不會記錯。

　　呸！記憶真是一個可怕的東西。

　　廚房裡充斥著一股油煙的味道，不出所料，水壺裡空空如也。而這還不是最要命的，看著同樣空蕩蕩的藥箱，就連一片最起碼的止痛片都找不到。章桐下意識地舔了舔有些乾裂的嘴唇，喉嚨裡發出了一聲澀澀的苦笑。她知道，雖然還不至於發展到胃穿孔的地步，但是今晚不吃藥是絕對扛不過去的，所以，哪怕外面此刻正下著冰雹，她都得出去。

　　社區外面再走過一個街區就有一家24小時營業的小藥房，章桐從來記不住藥店的名字，卻記得裡面那個總是值夜班的十八歲的年輕女孩，她說起話來聲音裡總是帶著一種特有的跳躍感，做事也很勤快。有好幾次自己晚上去買藥，都是那年輕女孩值班。無論多晚，她的臉上始終都掛著陽光般的微笑。

　　今晚，應該也是她值班吧。臨出門的時候，章桐瞥了一眼牆上的掛鐘，一點四十二分，走到藥房的話，十分鐘就足夠了。想到這裡，她便關上了門，拿著傘和手機，摸黑向電梯口走去。

　　雨中的凌晨，街道上空無一人，耳邊只有自己跌跌撞撞的腳步聲。章桐匆匆走出社區，忍著胃部隱隱的痛，拐上林蔭道，在經過紅綠燈的時

第一章　藥房命案

候，她本能地停了下來，開始環顧四周，城市的一角沒有了白天的喧囂，閃爍的紅燈倒映在十字路口的地面水潭裡，街邊的山櫻樹下，鋪滿了被雨水打落的紛紛花瓣。

一切都安靜得像在做夢一樣。

小藥房就正對著紅綠燈，只不過正門是朝向另外一個位置的。看到小藥房頂上那個依然亮著的紅燈，章桐這才深吸了一口氣，雨中清新的空氣使胃部的疼痛似乎也變得不是那麼明顯了，在綠燈亮起的一剎那，她便心情愉悅地快步穿過了十字路口。

店門口的馬路邊上孤零零地停靠著一輛普通雙排座警車，車燈閃爍不停，但是車門關著，車裡空無一人。章桐不由得微微皺眉，卻絲毫沒有停下自己的腳步，直接穿過種滿了美人蕉的花壇，走上獨立的青石臺階，店門虛掩著，門上的百葉窗放下了，透過貼著的保健品廣告，章桐看不清楚裡面，只注意到門縫裡透出了一絲光亮。

今晚，這家小藥房裡應該不會只有自己一個顧客吧？

章桐心裡想著，便順手推開虛掩著的玻璃門，只是奇怪既然門開著卻又為何要關著百葉窗。耳邊傳來了門上感應器發出的清脆的叮咚聲，走進房間，穿過一排排整齊的開放式藥品存放架，章桐抬頭向裡屋望去：「有人在嗎？我要買藥。」

小藥房裡空蕩蕩的，房間一角那臺24小時都必須開著的冷藏櫃所發出的巨大嗡嗡聲震得章桐有些頭暈，這是明顯的缺乏睡眠的症狀。她便耐著性子又喊了一聲：「有人在嗎？我要買藥。」

依舊沒有人應答。房間的地板上溼漉漉的，空氣中隱約瀰漫著一股熟悉的來蘇水的味道。

一絲奇怪的不安襲上心頭，章桐便踮起腳尖朝櫃檯裡掃了一眼，空無一人，注意到收銀機的抽屜開著，頓時警覺了起來。在確信房間裡沒人以後，章桐便直接朝小藥房的後門走去，她知道那裡有個小通道，連著倉庫。值夜班的店員此刻是不是在倉庫裡清點藥品數目？這樣的情況在以前不止一次發生過。如果真是這樣的話，那外面開著門，大意不說，也早就應該聽到自己進門的聲音了，為什麼到現在還沒有反應呢？

　　「有人在嗎……」話音未落，章桐順手拉開了後門的推拉式把手。

　　接下來所出現在她眼前的這可怕的一幕，讓她頓時屏住了呼吸。

　　濃烈的血腥味在門被打開的那一刻撲面而來。這樣的場景、這樣的氣味，章桐本是很熟悉的，但是此刻，她卻意外地愣住了。

　　自己肯定是在做夢！

　　倉庫的狹小過道是老式平房改建的，平時僅容一個人低著頭通過，而現在，昏暗的過道裡被隨意扔著兩個人，身體疊放在一起，頭朝裡腳衝外，均呈現出俯臥狀，根本看不見臉。空氣中刺鼻的味道更濃了，而最讓章桐感到揪心的是，兩個人早就已經一動不動。上面的那個人穿著店員的綠色制服褲子，白色芭蕾舞鞋，而被壓在下面的那個人的褲腳則是藏藍色的格子料質地，腳上穿著警務制式皮鞋。

　　章桐的腦子裡頓時一片混亂，聯想起小藥房外面那輛停著的警車，她知道，自己所面對的，很有可能就是一個雙屍命案的謀殺現場，而其中一個死者，很有可能是警察。

　　胃部的疼痛瞬間變成了劇烈的抽痛，她咬著牙跌跌撞撞地向外衝去，在經過櫃檯時，順手抓過開放式藥櫃上的一盒藍色包裝的止痛藥塞進口袋，剛跨出小藥房，玻璃門在背後就因為慣性而被用力關上了。

第一章　藥房命案

「謝謝光臨。」寂靜的雨夜，清脆而又歡快的電子合成女聲此刻聽來是那麼的刺耳。

章桐深吸了一口氣，豆大的汗珠已經滲滿了額頭，該死的腎上腺素徹徹底底地放大了胃部的疼痛感。她慶幸自己有帶手機，便顫抖著手報警。

雨還在不停地下，雨水敲打著青石路面，發出了沉悶的沙沙聲。除此之外，就是一片讓人感到心悸的無聲世界。

結束通話電話後，章桐知道自己今晚是回不了家了，而身後的案發現場也不能夠再進去。她沮喪地環顧了一下店門口狹小的平臺，注意到右手邊有一臺自助式飲料咖啡機，便順手在口袋裡摸了摸，雖然只找到一枚硬幣，但卻可以換杯熱水。至於說那盒藥錢，就只有等天亮以後遇到老闆的時候再給了。

這應該不算是趁火打劫吧，章桐手裡拿著裝了小半杯熱水的簡易一次性紙杯，看了看手中不知何時被幾乎捏扁了的藥盒，輕輕嘆了口氣，隨即迅速地撕開包裝紙，仰頭便把兩粒藥片就著熱水吃了下去。目光落到馬路邊那輛停著的警車上，心情頓時又沉重了起來。

遠處隱約傳來了刺耳的警笛聲，章桐倚靠著冰冷的牆面坐了下來，默默地閉上了雙眼。

◆ 3

一個人的一輩子雖然並不算很長，但卻極小機率成為一個凶案現場的證人。做了這麼多年的法醫工作，章桐還是第一次感覺自己此刻所處的位

置是如此彆扭。她坐在青石臺階上，看著眼前大雨中越聚越多的警局車輛，閃爍不停的警燈有些刺眼，而逐漸拉起的警戒線旁很快就聚集了熟悉的制服顏色。自己新的一天是以這種特殊的方式拉開了序幕，章桐不由得發出一聲重重的嘆息。

濃烈的菸草味撲面而來。

「請問，剛才是妳打的報警電話嗎？」耳畔的說話聲渾厚且帶著一些沙啞。

章桐應聲抬頭望去，站在自己面前的是一高一矮兩個年輕男人，個子矮的那位年紀略小，身穿警員制服，雙眉緊鎖，一副如臨大敵的架勢。而他身旁的那位，沒有穿制服，黑色牛仔褲配黑色拳擊外套，頭上戴著一頂洋基隊的棒球帽，除此之外，便是在胸前掛了自己的工作證，皮膚黝黑，雙眼布滿了血絲，目光卻深不見底。兩人的衣服外都套著警用連帽雨衣。

章桐注意到向自己發話的正是後者，顯然他的職務比較高，便禮貌地站起身，對他們點點頭：「是我。」

在他們身後，值班的痕跡鑑定組開始陸續進入現場。這裡是自己所屬分局的工作範圍，章桐心中便開始倒數計時等著右手緊緊攥著的手機響起。

「說說具體情況吧。」年輕的小警員掏出了工作筆記本，用牙齒咬開了原子筆帽，抬頭瞥了一眼身上穿著藍底白花睡衣、頭髮亂糟糟、一臉倦容的章桐，嘴裡咕噥道，「叫什麼名字，住哪裡……工作地點，……晚上到這裡來的目的，……幾點來的，都看見了什麼……」

這些都是標準的程序問話，章桐耐心地聽著，咬了咬嘴唇，這時候胃部的疼痛感已經蕩然無存了。

第一章　藥房命案

　　好不容易等他問完，章桐這才點點頭，輕聲道：「我叫章桐，租住在街對面的泰德花苑一期3棟402室，至於說工作嘛……」她略微停頓了一下，「市警局……」

　　「市警局？」小警員一愣，停下手中筆，抬頭看著章桐，上下打量了一番，又回頭看看自己的搭檔，語氣變得有些不自然起來，「這麼巧！妳是哪個部門的？」

　　「刑科所。」話音未落，章桐的手機終於響了起來，她如釋重負，順手便按下了擴音鍵，一邊聽著排程員用機械般的嗓音通知，一邊朝著小警員和他的搭檔聳了聳肩，表示歉意。

　　是的，有時候事情就是這麼巧，章桐經歷過很多次重大的命案現場調查，只不過這一次，她同時又是一個報案者。

　　時間到了，看著熟悉的車燈慢慢接近，章桐禮貌地點點頭，嘴裡咕噥了句：「先到這裡吧，回頭到局裡再接著做筆錄，我該開工了。」隨後便迎著兩人所投來的詫異的目光，快步向不遠處那輛剛剛停下的廂式警車走去了，那裡裝著她的工具箱和現場工作服。

　　地面上溼漉漉的，雨依舊下個不停，凌晨的街頭卻再也無法恢復平靜。

＊　＊　＊

　　一個人埋頭工作的時候，是很難有飢餓感的。章桐最長的紀錄是一天只吃一頓，而那一頓的時間也是晚上九點之後了。為了避免低血糖，她總是習慣性地在自己工作服外衣口袋裡塞上幾顆糖，以備不時之需。有人說死人有的是時間，不用那麼急著解剖，但是章桐卻不會等，她也不願意等。尤其是面對自己認識的人的時候，哪怕只是和對方見過幾次面而已。章桐不善於記住對方的名字，卻會牢牢地記住那張臉。

此刻，法醫解剖室裡所有的白熾燈都打開了，房間裡的光線亮得刺眼，空氣中依舊瀰漫著熟悉的味道，只是氣氛不對，沉重得讓人幾乎喘不過氣來。

　　新來的助手是個年輕的女孩，身材有些羸弱，長得很秀氣，齊耳短髮，娃娃臉，站在章桐面前的時候，還顯得有些局促和緊張。起初，章桐在心裡對她是一百個不樂意的，但是話到嘴邊的那一刻卻還是老老實實嚥了下去，因為據說這個叫顧瑜的女孩，不只是各科成績優異，更重要的，她是主動要求來基層當法醫助手的。

　　這不就是當初的自己嗎？

　　於是，章桐決定把這個「走」的主動權交給這年輕女孩，只不過如今都過去三個月的時間了，顧瑜卻還是按時來上班，似乎「生」與「死」模式的切換進行得非常順利。

　　或許，這就是緣分吧。想起辛辛苦苦和自己搭檔了六年的助手潘健，章桐的心裡突然有了一種酸酸的感覺。

　　「把這些縫合，樣本立刻送去化驗，下午三點應該就會有結果了。」章桐一邊吩咐著，一邊摘下沾滿了血汙的手套丟進垃圾桶，準備先去隔壁辦公室把女店員的屍檢報告列印出來。

　　「好的，章主任。」顧瑜頭也不抬地拿起了縫合針線。

　　就在這時，解剖室的活動門被用力撞開了，撲面而來一股濃烈的菸草味，來人不管不顧的，差點就撞到了章桐身上，嘴裡則嚷嚷著：「報告出來了沒？到底要拖到什麼時候啊？這是什麼工作態度！」

　　嗆鼻的菸草味逼得章桐不得不把臉轉了過去，她皺了皺眉，不滿的情緒顯而易見：「別太過分了！你以為我們法醫處理屍體像電視劇裡那麼容

第一章　藥房命案

易？更何況現在還是兩具屍體！你不了解必要的工作程序，有什麼資格來質疑我們的工作態度？你懂什麼叫科學嗎？」

解剖室裡頓時安靜得只聽見滴答的流水聲，技術組的年輕攝影師見勢不妙，朝解剖臺旁站著的顧瑜咧了咧嘴，便趕緊扛著相機找了個藉口溜了。

或許是終於意識到自己確實有些言語過分，來人便轉而嘿嘿一笑，伸手撓了撓雞窩一般亂糟糟的頭髮，趕緊伸手招呼道：「真是抱歉，都忘了做自我介紹了，我想我們在案發現場見過，妳是這個部門的主管吧？」

「我們見過嗎？我怎麼沒印象。」章桐口氣冷淡，「我姓章，法醫處歸我管，你是⋯⋯」

「唉，看妳這記性。我新來的，以前在分局禁毒大隊。我姓童，童話的童，名字很好記，叫童小川，目前在刑警二隊，負責妳們這個案子。」來人伸手指了指自己胸前的工作牌，說道。他三十五、六歲的年紀，中等個子，應該是幾天沒洗澡了吧，身上的牛仔襯衣皺巴巴的，一條黑色牛仔褲也早就沒了形，一臉的倦容，渾身裹滿了菸草和汗臭的味道，但是唯有一雙眼睛除外──充滿了異樣的亮光。

章桐突然有種感覺，對方的目光分明是能夠看透一個人的。

見章桐並沒有伸手，童小川略微感到有些尷尬，僵持了一會兒，便把手順勢伸向了自己的口袋，再次收回的時候，掌心裡便多了一包皺巴巴的香菸。

「這裡不准抽菸。」說著，章桐便與他擦肩而過，獨自推門走了出去。

童小川一愣，茫然地轉頭看向站在解剖臺旁邊的顧瑜。顧瑜聳了聳肩，隔著口罩不滿地說道：「童隊，你犯了大忌了，我們章主任平時做事最

不喜歡被人催了，尤其是你剛才那幾句話，擺明了就是讓她下不了臺。」

「那，那妳說我該怎麼辦？」童小川複雜的目光瞥向後面的冷櫃，臉上的笑容消失了，「這次的死者中有一個是警察，他老婆剛生孩子，這叫我怎麼去給人家家屬交代……」

聽了這話，顧瑜不由得愣住了，她還真沒有認真考慮過這個問題。沉吟片刻後，便輕輕放下手中的縫合針，轉頭看著童小川，口氣也緩和了許多：「你放心吧，童隊，你回去再耐心等等，不出意外的話，今天就會有結果的。」

童小川髒兮兮的臉上勉強擠出了一絲疲倦的笑容：「謝謝妳，那我去門外的長廊上等吧，這報告不出來，兄弟們都不知道該怎麼入手了。主要是這案子的影響實在太大了，明目張膽地殺警察，大家心裡其實都不好受的。對了，妳們章主任對人一貫都是這麼冷冰冰的嗎？」

顧瑜搖搖頭：「你是說剛才沒和你握手吧，童隊？」

童小川嘿嘿一笑。

「你真是個不懂規矩的人！」

「為什麼會這麼說？」童小川感到有點意外。

「法醫是從來都不和別人握手的！」顧瑜重新又低下了頭，專注的神情像極了一個正在繡花的女子，「這是我讀法醫第一天起就知道的規矩呢！」

至此，她便不再多說什麼了。

遲疑片刻後，感到有些無趣，童小川便沮喪地走出了解剖室，左右打量了一番，最終找了個通風的地方彎腰蹲了下去，靠著牆根，沒幾分鐘，便呼呼大睡了。

第一章　藥房命案

這其實也怪不了他，整整兩天兩夜都沒闔眼了，但凡是個大活人，都會扛不住的。

寂靜的走廊裡瞬間鼾聲如雷。

✦ 4

兩具屍體，同時被發現，遇害時間也相差無幾，不同的卻是其中一具的身上竟然丟了點不同尋常的東西！

再次回到解剖室，章桐站在兩張解剖臺的中間，皺眉凝神思索著，左面這具，年輕女性，不超過二十歲，身體健康，體表無明顯搏鬥的痕跡，後腦長髮被用力扯脫了一小部分，頭皮上因此而留下了長二點三公分、寬二點一公分的表皮撕裂創面口，流了很多血，但是能夠想像得到，這樣的痛苦和當時所面對的驚恐一幕相比，就顯得有些微不足道了。致命傷是在頸部，死因是外力所導致的頸椎骨折斷，也就是說，死亡是在瞬間發生的，那樣一來，死者身上自然也就找不到明顯的防衛傷了。

難道說她並不是真正的被攻擊目標？

右面這一具年輕男性的屍體，身體狀況良好，二十五、六歲的樣子，受傷程度和女死者相比起來，就嚴重多了，渾身上下多處骨折不說，雙手十指幾乎根根被外力折斷，而顱面部位受傷最嚴重的是左側額竇前壁，完全是粉碎性骨折，腫脹變形的半張臉幾乎塌陷了下去。這樣特殊而又狠毒的傷口，章桐記憶中就只見過一次，那是一個拳擊手做的，他像打沙包那樣把活生生的人給打得斷了氣。而他最終落網的證據，也正是源自傷口上

那一滴並不屬於死者的血跡。

收回紛亂的思緒，章桐的目光落在了死者的雙眼上，心情頓時又低落了下去。和骨折相比起來，死者被利刃所割去的眼皮就更讓人有些想不明白了。在以往的案例中，章桐見過蓄意破壞屍體的，目的都只有一個——羞辱被害人。但是單單割去眼皮又是為何？更何況還是死後所為。

難道說就只是單純地為了讓他無法閉上雙眼？一個普通的基層派出所警員，除了處理一般的盜竊案和鄰里糾紛，章桐實在想不明白有誰會對他下這麼狠的手。她皺眉苦苦思索著，感到太陽穴一陣陣地抽痛了起來。

「天哪！」身後突然傳來了一聲壓抑的驚叫，聲音中帶著幾分驚恐和憤怒。回頭看去，童小川就站在解剖室的門口，不知道什麼時候進來的，此刻的他正僵硬地挺立著後背，目光死死地盯著躺在解剖臺上的那位年輕警員的屍體。

「你怎麼又來了？」章桐皺眉問道，「好了自然會通知你的。」說著，她便伸手去拿工作臺上的白布，把屍體又蓋了起來。

童小川臉上的神情有些發呆：「真沒想到會是這樣……我第一次處理這樣的現場，還沒有來得及仔細看，妳們接手屍體後，我就光顧著和痕檢的那幫兄弟們查門窗上的痕跡去了，那地方周圍經常有盜竊案發生，是個重點區域，所以我第一個念頭，就是衝著盜竊案去的。因為以往也曾經發生過由於盜竊不成，連帶產生殺人命案的，讓案子就此升了級。後來才知道死者之一是個警察，只是那個時候，妳們法醫早就已經把屍體運走了。我，我真的想不通，到底是什麼樣的人竟然會下這樣的狠手，他只不過是個普通的社區小警員而已，這麼做，太過分了，太過分了……」

章桐對童小川的情緒失控感到有些訝異：「童隊，第一次見到屍體？」

第一章　藥房命案

　　童小川搖搖頭，目光黯淡：「見得多了。」

　　「警察殉職也是很正常的一件事，你不要太過於難過了。」章桐終於忍不住勸慰道。

　　童小川卻並沒有正面回答，只是接著問：「章主任，那他的死因，出來了嗎？」

　　「頸動脈和頸靜脈都被橫向割斷了，凶器非常鋒利，受害者失血過多，迅速昏迷，時間很快，我想，死前他應該沒有感覺到太多痛苦……」有時候謊言也是可以安慰人的，尤其是當看到童小川的眼中強忍著淚水的時候。章桐接著說道，「不過，女死者顯然是第一個被害的。我想，當時犯罪嫌疑人應該是找藉口，要求女死者轉身去替他拿後面處方藥貨架上的什麼東西，趁其不備的時候，便探身抓住了她的頭髮，因為用力過猛，導致女死者頭皮撕裂，頭髮被硬扯下來，接著，就是順勢乾淨迅速地扭斷了她的脖子，然後屍體就被拖到後面隱藏了起來。」

　　章桐突然想到了什麼，反問道：「對了，現場有沒有監控紀錄？」

　　童小川搖搖頭，重重地嘆了口氣：「我的人問過店長了，說是壞了，上個月就拿去修了，糊弄誰呢，這他媽擺明了就是想省幾個錢罷了！全組的人現在還在查外面沿街的監控紀錄。不過那裡是老城區，死角比較多，希望不大。」

　　章桐聽了，微微皺眉，道：「從屍體的檢驗狀況來看，凶手是一個身強力壯的人，尤其雙手，非常有力，可以輕鬆扭斷別人的脖子，不排除凶手是體力勞動者或者經受過特殊訓練的人。要重點說明的是，本案中的女死者應該只是附帶傷害。」

　　「附帶傷害？」童小川不解地問道。

「是的，」章桐一邊說著，一邊轉身來到另一臺解剖床旁，指著女死者的屍體說道，「雖然兩名死者的死亡時間非常接近，但是凶手一開始就沒有打算讓她活著，所以對她下手是求一擊致命，想必這可憐的女孩應該還沒有弄明白到底發生了什麼，就被人扭斷了脖子。而相比之下，男死者明顯是抵抗了，雖然最終結果還是不幸殉職，但是在這之前，我想，他……已經盡力而為了。如果女死者還活著的話，凶手不可能同時顧及兩人。基層警員的體格雖然並不像刑警那樣，但也不是輕易就能被人制伏的，你說是不是？」

童小川點點頭，嘴裡咕噥了句：「沒錯。」

「也就是說，凶手就是衝著他來的！」章桐伸手拿過放在一邊的活動工作臺上的紀錄夾，指著上面的人像解剖繪圖，道，「紅色筆標註的是銳器傷，總共二十八處，其中有三處，包括手肘部位，還形成了貫通傷，直至最終的頸部氣管、頸靜脈、頸動脈被割斷，死者應該出了很多血，但是根據我到現場時的記憶來看，現場的物品並沒有太大的變化，一切似乎都很井然有序，只是空氣中聞到了消毒水的味道，而且濃度非常高。」

「不奇怪，凶案現場在後面的藥品倉庫，他應該是被騙進去的。」童小川習慣性地再次伸手去口袋裡摸香菸，無意中瞥到章桐的目光，便尷尬地把手縮了回來，繼續說道，「我查過報警紀錄，昨晚十一點五十八分的時候，接警臺接到一個報警電話，是個女生打來的，聲稱萬州大藥房有人喝醉酒尋釁鬧事，按照慣例，接警臺就分派最近的警局帶人過去處理了。」

「我記得按照規定，一般出警應該是兩個人才對。」章桐不解地問道，「而我當時並沒有在車裡看到人，難道說還有人失蹤了？」

童小川搖搖頭，苦笑道：「章主任，基層警力嚴重不足的情況妳又不是

第一章　藥房命案

不知道，再加上昨晚這邊來了個什麼明星，為了維持現場秩序，每個所裡也就只留下兩個人值班，阿水昨晚當班……」

阿水，本名錢元海，是殉職警官的名字，大家之所以叫他阿水，是因為他的性格很隨和，像水一樣溫暾，幾乎從不生氣，在社區是唯一能和老頭老太太們打成一片的派出所區域警員。章桐記得很清楚，她輕輕嘆了口氣，皺眉道：「這樣一來就解釋得通了，凶手先控制並殺害了女死者，然後假冒店員報警引來了男死者……可是，問題是，從他的下手情況來看，能徒手制伏兩個人的，必定是一個非常特殊的人，而這發生在一個女人的身上，似乎有些不太可能。」

「現場執法紀錄器是和接警臺連線的，上面只有到達報警地點的那一幕，顯示時間是十二點十九分，後面的影像訊號就中斷了。」應該是菸抽多的緣故，童小川感覺自己的喉嚨就像火燒一樣，他下意識地嚥了一口唾沫，接著說道，「我們也懷疑過是執法紀錄器出了故障，遇到訊號不好的基站，發生這樣的事也是情理之中的，但是現在看來，沒那麼簡單。」

「被拿走的應該不只是執法紀錄器，根據紀錄，我們接手屍體的時候，他隨身帶著的所有標準配備警械，都沒有了。」章桐抬頭看著童小川，一臉凝重地說道，「說實在的，費這麼大心思對付一個普通的基層警員，我真的無法理解。」

有些話是不用說得太透澈的，童小川臉色一變，雙手對著章桐抱了抱拳，道：「多謝指點迷津。」說著，他轉身剛要離開，身後通往實驗室的那道拉門被用力拽開了，顧瑜匆匆忙忙走了進來，直接來到章桐身邊，把兩張檢驗報告遞給了她：「主任，沒錯，他胸部左面第四節肋軟骨確實少了一段，大約在五公分左右，所使用的工具是醫用咬骨鉗一類的。這傢伙看

來是個行家！」

　　章桐心中不由得一動，她迅速翻到第二張報告，上面結果一欄中所出現的化學公式 $CaSO_4 \cdot 2H_2O$ 是她再熟悉不過的，可是章桐卻總覺得哪裡有些不對勁：「石膏？」

　　童小川警覺地問道：「妳說什麼？哪裡發現的石膏？」

　　「在他的鼻孔裡……」章桐緊鎖雙眉，喃喃地說道，「不應該啊。」

◆ 5

　　章桐和李曉偉之間的關係，給人一種說不清道不明的微妙感覺。這種體會對於李曉偉來說尤為深刻，每次不管是約她出來吃飯，或者是因為公務而需要去警局時順便拜訪她，臨了卻總是話到嘴邊各留一半。

　　傍晚時分，如血的夕陽灑滿了天空。

　　李曉偉沒急著回家，最近外婆參加了個老年旅行團出去玩了，沒個十天半月是不可能回來的，所以「家」的感覺對於李曉偉來說就更顯得有點清湯寡水的了。正愁怎麼打發晚餐的時候，老同學顧大偉就跟及時雨一樣出現，不容分說就把他帶去了新開的「窄巷子」一飽口福。

　　「我說師兄啊，你既然喜歡章大法醫，為什麼就不願意說出口呢？」就著熱氣騰騰的大鍋，身材有些微微發福的顧大偉左右開弓吃得大汗淋漓。他和李曉偉是同一個學校跟系所畢業的，現在擁有了自己的事務所，可以說是成功人士。但是因為年齡上小了半歲，所以又不得不委屈地叫李曉偉「師兄」。不過這聲「師兄」可是叫得發自肺腑，但凡每次請客吃起東

第一章　藥房命案

西來，發了財的顧大偉從沒把李曉偉當過外人。

「我……我根本就不知道她心裡到底是怎麼想的，如果太莽撞的話，讓人家誤會了可不好。」李曉偉心不在焉地又倒了杯啤酒，輕輕嘆了口氣道，「大偉，你不明白，她是一個很特別的女人……」

一聽這話，顧大偉樂了，他嘿嘿一笑，漲紅著臉伸出油膩膩的右手食指，指著自己道：「要這麼說的話，我還是一個很特別的男人呢！師兄啊，這出校門還沒幾年時間呢，你怎麼就犯了『絕對論』這個毛病了呢？你說這世界上有哪兩個人無論外貌和個性特徵，內外都是一樣的？所以嘛，人呢，都是『特別的』。有些方面你太在意了反而不好，不要到頭來熊瞎子掰玉米，你什麼都沒撈著的話，可就得哭了。」

李曉偉剛想開口反駁，突然耳畔傳來一陣鋼琴曲的聲音，和周圍這亂哄哄的場面相比起來，確實有些不太和諧。李曉偉愣了一會兒才突然意識到這是自己新設定的手機來電，順手拿起了手機。

電話是章桐打來的，問李曉偉這兩天有沒有時間，想和他見面談談，李曉偉便一口答應了下來。結束通話電話後，這才注意到了隔著桌子的那位臉上笑嘻嘻的表情。

「你笑啥？」

「師兄果然品味與眾不同，現在把這麼古典的名曲拿來當手機來電提示音的，還真不多了！」顧大偉大聲道。

李曉偉心中不由得一動，若有所思地問道：「你聽出這是什麼曲子了嗎？」

顧大偉擺了擺手，誇張地甩了一下頭髮，滿臉的驕傲：「我好歹當初還是我們學院出了名的『音樂才子』呢，這不就是蕭邦的那首最著名的夜

曲嗎？」話音未落，他臉上的笑容卻突然變得僵硬了，想了想，顧大偉轉而湊上前壓低嗓門說道，「我說師兄，你挑啥曲子不好，偏偏挑這首？」

此刻，李曉偉的三分酒意已經完全醒了，他饒有趣味地看著顧大偉：「說說原因，為什麼說這首曲子不好？」

顧大偉狠狠一瞪眼，繼續壓低嗓門，似乎生怕被人聽到一般：「這曲子不吉利！」

看李曉偉依舊一副面無表情不說話的樣子，顧大偉急了：「師兄啊，你別以為小弟我自己開了事務所，這種事就不會管了。要知道前年這案子動靜這麼大，凡是吃這碗飯的人都會想弄個水落石出的。雖說最終人被逮住了，案子也結了，但是他的動機不還是沒人能最終說得清嗎？還有啊，我所裡新來的小妹阿芳，當初就是市報跑那條線的專欄記者，她曾經說那個瘋子家裡所有的電子設備中，就只有這麼一首曲子。你說啊，有誰這輩子只聽一首曲子的？」說著，他又低頭瞥了一眼李曉偉的手機，含糊不清地咕噥道，「反正我不會……我這輩子都不想聽到這首該死的曲子！」

「大偉老弟，那我問你個問題，你老老實實回答我，好嗎？」李曉偉突然煞有介事地看著他。

「你……你說吧，想知道什麼？」

「你說這個世界上真的會有死人的靈魂存在嗎？」

空氣凝固了一兩秒鐘，接著，顧大偉突然就像被人用針狠狠扎了屁股一樣，從塑膠凳子上猛地彈了起來，撞翻了桌上裝滿酒的玻璃杯，啤酒瞬間灑了一地。

不顧老闆投來不滿的目光，顧大偉雙手死死地撐著鋪著塑膠布的桌面，然後面紅耳赤、結結巴巴地衝著李曉偉用力吼出了一句：「你他媽淨

第一章　藥房命案

給我瞎胡扯什麼呢，我看你走火入魔了吧！」

李曉偉笑了，笑容在嘴角轉瞬即逝。

他忽然意識到這個世界上其實並不真正存在死人的「靈魂」，即使有，也只會存在於活人的心裡！

✦ 6

雷聲滾滾，大雨傾盆。

漆黑的房間裡，突然傳出了一聲聲壓抑卻又撕心裂肺的質問：「我為什麼要這麼做？你說啊，我為什麼要這麼做？……」

回答卻只是一陣無聲的沉默。沒關係，自己已經習慣了。

殺人似乎是不需要任何理由的，如果非要問個究竟，那就是舉起屠刀時的勇氣。畢竟，自己面對的可是活生生的人。

一陣閃電劃過夜空，小小的房間內瞬間變得透亮無比，雖然是短暫的停留，卻足夠把那張布滿驚恐表情的臉給映照得無比清晰。

嘩嘩的流水聲打破了屋裡的寧靜，伴隨著沉重的喘息聲，顫抖的雙手不停地洗啊搓啊，似乎手上被沾染的血腥永遠都洗不乾淨。殺人的時候，恐懼還沒有這麼明顯，但是當一切又恢復了死一般的寧靜，心中的不安便瞬間遍布了全身的每一個毛孔。

鏡中的雙眼透露著絕望，在腳邊的垃圾桶裡，是兩片被割下的眼皮，血糊糊的，不過還好，眼皮的主人已經感覺不到疼痛了，因為割下眼皮的刀非常鋒利。之所以這麼做，都只是因為在臨死前的最後一刻，當他終於

明白了自己為何而死時，沒有哀求，只是一聲重重的嘆息便緩緩地閉上了雙眼。

怎麼可以讓他帶著對自己的鄙視就這麼輕鬆地去另外一個世界？

憤怒！不可理喻的憤怒！

抬起溼淋淋的右手，手指緩緩劃過鏡面，所做的動作與揮刀劃過對方的眼皮時所採用的角度一模一樣。

我要讓你死了，都不得不睜著眼看著我從容地做完每一件事，你身為警察卻無法阻止。

刺耳的笑聲從乾裂的嘴唇中毫無徵兆地散發了出來，迴盪在這空蕩蕩的小房間裡。

又一聲雷鳴，閃電劃過夜空，身後房間正中央唯一的那張方桌之上只有一個潔白的瓷盤，是橢圓形的，可以放進烤箱中的那種，一塊洗得發白的骨頭，孤零零而又端端正正地被擺放在瓷盤中心。

這只是開始，鏡中的笑容帶著難以言狀的詭異和滿足。

是的，他說過的，既然開始了，就不可能再回頭了！

第二章　跳樓

　　沮喪的感覺瞬間湧滿了全身，李曉偉輕輕嘆了口氣，對於不幸患上創傷後壓力症候群的病人來說，懷孕就像是一場冒險的輪盤賭，沈秋月輸了。而她不選擇去安康診所找顧大偉，卻回到原點找自己，這可絕對不是一件好事。

✦ 1

　　晚上十點剛過，校園裡早已是一片漆黑。

　　校門口的傳達室裡，昏黃的燈光下，剛接班的保全陶大海探身窗口掃視了一眼空蕩蕩的校園，確信此刻沒有值班老師會過來搞「突然襲擊」後，便得意地嘿嘿一笑，重新關上窗，這才從辦公桌裡小心翼翼地摸出了一個玻璃小瓶子。瓶子上面沒標籤，本來是裝醬菜的，也只有老保全陶大海才知道，這玻璃瓶子裡現在裝著的可是自己女婿孝敬他的老白乾。按理說上班喝酒是絕對不允許的，但人一旦上了年紀，晚上值夜班又冷清，不偷偷喝點小酒解悶的話，這漫漫長夜還真不知道該如何打發過去。

　　雖然是初夏時節，夜晚的氣溫也還是會讓人感覺有些涼意的。陶大海在這所國中已經當了整整三十年的保全，他是個機靈的人，懂得怎樣恰到好處地「守規矩」，也完全清楚該如何神不知鬼不覺地偷懶。

雖說馬上又要會考了，校園裡的氣氛明顯緊張了許多，可每當夜晚到來的時候，一切又都會奇蹟般地恢復平靜與安逸。

　　陶大海之所以敢明目張膽地偷懶，還有一個很重要的原因──哪怕小偷光顧了身後的整座小城，也絕對不會來這麼個偏僻的窮學校裡轉上一圈，因為學校裡根本就沒什麼值錢的東西，就連這灰不溜秋的兩棟教學樓，也是1980年代的建築了。

　　腦子裡不停地胡思亂想，半靠在自己那幾乎搖搖欲墜的籐椅上，幾口老白乾下肚，雙眼看著窗外街邊的那盞孤零零的路燈，老保全的心裡充滿了莫名的感慨。

　　想想自己這大半輩子，雖說並沒有做出過什麼轟轟烈烈的大事，或者可以說是根本就沒有機會去表現一下，但是至少也是有幸見證過一些可怕的事件的發生過程的。

　　就說這前年吧，記憶中也是一個和今天差不多的日子，本應該接他中班的老王頭沒來，臨時再找人頂上的時候，就已經是大半夜了。陶大海罵罵咧咧地騎著他那輛老式腳踏車回家，走到社區樓下的時候，他在樓棟裡停好腳踏車，記得那時的天已經矇矇亮了，視線範圍內只能隱約看見一些東西的大概樣貌，可是儘管如此，他還是沒有看清楚左手邊花壇旁地上那圓鼓鼓的到底是什麼，只是聞到一股家裡殺魚的時候才會聞到的腥臭味，甚至更濃。

　　一定是又有人亂丟垃圾了！

　　陶大海天生就是個好管閒事的命，也是個非常有正義感的老頭，他記得自己當時沒多想就彎下腰，本能地伸出右手，抓住那毛茸茸的髮狀物，提起來順手就準備朝身後的垃圾桶丟去，可是，偏偏那天他的痛風犯了，

第二章　跳樓

　　手痛，不能有太大幅度的彎曲，就這麼直直地把東西提起來，經過自己眼前的那一刻，該死的天空中正好露出了第一道魚肚白，於是他也就有幸看到了自己這輩子再也無法忘記的東西──一個血淋淋的頭顱！

　　那是個年輕女人的頭顱，一雙眼睛正直勾勾地盯著他，嘴角微微上揚，表情竟然帶著幾分古怪的嘲諷⋯⋯

　　耳畔，一陣急促的敲門聲陡然響起，陶大海猛地驚醒，嚇了一跳，手中本來攥著的小醬菜瓶子差點就滾落到了高低不平的水泥地板上，他慌忙把瓶子往身後值班床上的被窩裡一塞，順口高聲問道：「誰？誰敲門？」

　　門外靜悄悄的，牆上那555牌老式掛鐘顯示此刻已經快要到午夜十二點了。

　　片刻寂靜後，耳畔又一次響起了急促而又有節奏的敲門聲，並且沒有停下來歇一會兒的意思。從籐椅所擺放的位置根本就看不清楚窗外門口的景象。陶大海皺了皺眉，站起身來到門邊，用力拉開了保全室的木門，眼前站著個人，身材不高，因為光線的緣故，也分不清男女。

　　不過對方肯定不是學校的值班老師，老保全注意到眼前這人的目光正緊盯著自己，似乎是在仔細辨別著什麼，便雙手叉著腰，沒好氣地朗聲說道：「有什麼事嗎？」

　　「問一下，中北新村怎麼走？」來人弓著背，**甕聲甕氣**地說道。

　　陶大海便伸手一指馬路對面的岔道，乾巴巴地回答：「對面，進去往左轉就是。」

　　那人道了聲謝，轉身便又一次走進了路燈旁的黑暗中，穿過寂靜無人的馬路而去。看著他的背影逐漸消失在街道的轉角處，陶大海的心中不由得起了疑心，回想起方才這個陌生人緊盯著自己看的雙眼，雖說因為光線

的緣故，陶大海並沒有看清楚對方的長相，但是卻分明感受到了一種無形的壓力，讓自己渾身不舒服，太陽穴也開始不斷地跳動抽痛了起來。

　　難道說這一切都是因為自己喝多了？關好門窗，從值班床上髒兮兮的被窩裡摸出小醬菜瓶子，接著便心滿意足地回到籐椅裡坐了下來，陶大海長長地出了口氣，瓶子中的酒不多了，無盡的長夜才剛剛開始。窗外傳來了呼呼的風聲，陶大海本想閉上眼睛偷偷瞇一會兒，可是不知怎的卻再也睡不著了。

　　凌晨的接警臺辦公室機房裡格外安靜，沒有了白天的喧囂，此起彼伏的電話鈴聲也逐漸被交換臺上的紅燈閃爍而代替，房間裡的一角，幾乎占據一整面牆的 LED 監控顯示器上方，電子鐘提示此刻剛過凌晨一點。

　　年輕的接警員鄭紅梅有些不太習慣這種周圍突然安靜下來的感覺，她順手摘下戴了兩個多小時的耳機，一邊揉搓著發燙的耳朵，一邊靠在電腦椅上看著牆上的監控顯示器發呆。

　　本以為這是一個非常簡單的工作，每天除了接電話和及時向轄地派出所分派任務，就是配合上級單位做些調取監控的工作，自己心裡也就不會有太多壓力。但是前些天的那個奇怪的電話，卻徹底擊碎了她心中那份最後的安逸感。

　　作為接警員，接到騷擾電話是再正常不過的了，更多的時候，只要對方的行為不出格，鄭紅梅也就懶得去計較，最多只是警告對方幾句後便結束通話了電話，而這樣的經歷，接警臺上的每一位女接警員幾乎都有過，所以也不足為奇。

　　而關於那個電話，事後想起來，一開始的時候就有些說不出的詭異。電話是午夜打來的，那天晚上本就沒有多少報警電話，所以鄭紅梅對這個

第二章　跳樓

　　電話印象特別深。電話接通的那一刻，她就聽到了哭聲，沒錯，是一個男人的哭聲，背景似乎是在一個酒吧，有鋼琴聲，也有人大聲說話的聲音，對方對著話筒啜泣著斷斷續續地嘟囔著什麼，似乎完全都不在意電話這頭的接警員是否在接聽，直到最終結束通話。通話時間並不長，鄭紅梅都沒來得及開口說話，只是勉強聽清楚了「藥房」兩個字。而她根據來電顯示幾次撥打過去的時候，對方一直占線。

　　電話占線有兩種可能，一種是對方確實是在通話，而另一種可能，就是這個號碼是網路虛擬產生的，只能單向撥出。

　　應該是一個喝多了的閒極無聊的醉鬼吧！

　　早上換班的時候，鄭紅梅刻意查詢了當天晚上自己值班時各派出所上報的所有治安和刑事案件，沒有發生在藥房或者和藥房哪怕有一絲一毫連帶關係的案件。鄭紅梅長吁了一口氣，便只是按照正常程序把它作為騷擾電話記錄了下來，畢竟，在平時的工作中這樣的電話實在是太多太多了。

　　一天後，鄭紅梅還在來上班的路上，便得知了一個不幸的消息：一位基層派出所的年輕警員，在午夜出警的時候，被人殘忍地殺害了，而遇害的地點，就在萬州大藥房，據說同時被害的是當晚值班的年輕女店員，一共兩條人命。

　　看到這裡，鄭紅梅的心頓時一緊，她本能地想到了前天晚上自己接到的那個奇怪的電話，所以一到單位，沒顧得上換工作服，就直接衝進了錄音檔案室，找到了那晚上的錄音資料，可是，結果卻讓她感到很失望，不知道是對方刻意為之，還是真的喝醉了酒，說不清楚話，她戴著耳機翻來覆去一連聽了數遍，卻並沒有得到更多的發現。糟糕的是來電號碼也是明顯的電腦虛擬形成的。

也就是說，除了心理作用外，鄭紅梅根本就沒有證據能夠把這個詭異的電話和「藥房」慘案連在一起。一切的努力就是徒勞。

　　目光又一次落在了面前桌上那部黑色的電話機上，鄭紅梅微微皺眉，她無法解釋自己為什麼至今都會放不下這個讓人頭痛的騷擾電話，難道說，這就是所謂的女人的「第六感」？想起那位殉職的警察，她便下意識地發出了一聲重重的嘆息。

　　主管下午開會的時候說了的──那位殉職的警察，剛剛當了父親。

　　電話鈴聲總是在令人猝不及防的時候響起。鄭紅梅戴上耳機，按下接聽鍵，可還沒有來得及開口，沙沙的電流聲中，電話的那一頭便傳來了一陣低沉的啜泣聲。

　　又是他？

　　鄭紅梅頓時感覺到自己渾身止不住地顫抖，以致不得不緊咬牙關才能夠勉強不叫出聲來：「請問您有什麼需要幫助？」

　　對方還是在抽泣，似乎哭得很傷心。

　　每一個電話都是有錄音的，但是事後再聽的話，和現場相比起來，聲道上總是會有一些細微的差距。

　　鄭紅梅真希望是自己判斷錯誤，因為風聲鶴唳的滋味讓她感覺糟糕透了。

　　「您好，請穩定一下情緒，有什麼需要幫助的嗎？」她不得不又問了一次。目光死死地盯著面前話機上不斷跳動的紅色時間數字，第一次在心中感覺時間過得好慢。

　　終於，啜泣聲停止了，緊接著便是一聲重重的嘆息，聲音顯得異常沙啞：「對不起，對不起，我不是故意的，真的，我不是故意的，但我實在

第二章　跳樓

忍不住⋯⋯」

鄭紅梅心中一緊，便急切地打斷對方的絮絮叨叨，追問道：「等等，你到底做了什麼？和我說說好嗎？」

「我⋯⋯我忍不住，實在是對不起⋯⋯」對方翻來覆去就是這麼幾句話，還時不時地被難以抑制住的啜泣聲所打斷，氣氛瞬間變得有些怪異。

電話隨時都有可能被結束通話，鄭紅梅意識到情況有點不對，於是追問道：「請不要結束通話，先生，能告訴我你撥打這個電話的目的嗎⋯⋯」

話音未落，電話真的斷了。

鄭紅梅呆呆地看著眼前又恢復了寧靜的話機，除了有些發燙的耳機和自己雙手的冷汗以外，方才的那一幕就好像是在做夢一般。通話被終止的時間是凌晨一點二十七分，而來電號碼是熟悉的虛擬網路號。這一切看起來既像是個徹頭徹尾的惡作劇，又分明是在冥冥之中早就已經按部就班地進行。

她唯一能肯定的是自己沒有做夢。腦子裡閃過了下午開會時主管手中的那張冰冷的相片中被凝固的名字。鄭紅梅突然感到一陣頭暈目眩，遲疑片刻後，她重新戴上耳機，伸手按下了黑色的內部通話鍵：「喂，網安中心嗎？這邊是出警中心，請問阿龍今晚是否值班？」

阿龍，全名鄭文龍，網安中心出了名的樂於助人的老好人。

在得到否定的答覆後，鄭紅梅不免感到沮喪，她開始有些懷疑自己是否多心了，畢竟騷擾電話實在是太多太多，真要處理也是忙不完的。

為了以防萬一，鄭紅梅還是在交接班本上一筆一畫工整而又詳細地寫下了剛才所發生的一切──四月二十七日，星期三，凌晨一點二十七分通話結束，時長一分三十二秒。通話內容：語無倫次，疑似醉酒。電話來

源：網路虛擬，無法查詢。

有時候，事情就是這麼簡單。在合上交接本的剎那，鄭紅梅腦海中不免閃過一絲疑竇，因為那個電話中的聲音，或許是刻意顯得沙啞又沉悶，以致她無法辨別對方的真實性別和年齡，因為太像是機器合成音了，尤其是那難以解釋的沙沙聲。

下次在餐廳見到阿龍的時候，一定要跟他好好說說！

＊　＊　＊

窗外不知何時下起了雨。

雨中城市，就彷彿另一個世界一般寧靜而又幽深。街邊的水潭裡，城市的霓虹燈把虛幻與真實緊緊地結合在了一起。

此刻，城市的另一頭，環繞在大街小巷中的住宅區，1980 年代的建築，樓層低矮，光線昏暗，每一棟樓的樓頂幾乎都堆滿了各式各樣的雜物。

雨越下越大，其中一棟樓的樓頂，隱約幾聲用力的撞擊後，通往樓頂的鐵門突然被打開了，一個孤寂的身影，瘦小而又單薄，沒有撐傘，也沒有說話，猶如孤魂一般默默地穿行在雜物之間，直接走向樓頂另一端。那裡沒有欄杆，只有一個不到半公尺高的簡易護牆，因為這裡平時根本就不會有人來。

而此刻，身影毫不猶豫地跨過護牆，雙腿懸空在樓層外，只是片刻的停留後，便猶如夜空中的一道流星，縱身一躍，散落的長髮在空中徒勞地飛舞。

第二章　跳樓

✦ 2

　　漆黑的辦公室裡，電話鈴聲響了很久很久，章桐卻怎麼也找不到自己的手機在哪裡。她開始感到莫名的煩躁，本能地轉動身體想彎下腰去看看桌子底下……突然，上身向前一衝，整個人便失去平衡摔了出去，左側坐骨隨即感到一陣刺痛，她這才皺眉清醒了過來，藉著窗外的路燈光，懊惱地發覺自己竟然從床上掉了下來，現在正坐在地板上，而屁股底下結結實實地壓著丹尼那缺了口子的搪瓷狗盆。

　　鈴聲還在響個不停，顧不上抱怨，章桐循著聲音便推開堆在床邊的書，最後終於在夾縫裡看到了閃個不停的手機螢幕，便趕緊抓起手機，按下接聽鍵，迅速地放在耳邊：「你好，我是章桐。」

　　這半夜三更打來電話的，除了警局值班室的，就沒有第二個人了。而半夜找法醫的話，也只有一個原因，章桐不必去猜。

　　「……好的，我馬上到。」

　　掛上電話，擰開燈，看著床邊一臉委屈的丹尼，又回頭看看地板上那孤零零的狗盆，章桐聳了聳肩，片刻猶豫過後終於妥協了。她伸手拉開抽屜，從裡面摸出了一包火腿腸。見到熟悉的包裝紙，丹尼的目光瞬間變得透亮，尾巴也搖晃得更用力了。章桐把火腿腸撕開外包裝後便順手丟給了牠。看著丹尼旋風般衝向噴香的火腿腸，章桐便趕緊抓起外套和錢包、手機向門外走去。臨出門的時候，她本能地回頭看了一眼，丹尼果然蹲在房門口，只不過此刻的臉上已經洋溢著心滿意足的幸福感了。

　　作為一條混種拉布拉多犬，丹尼的世界裡似乎就只有火腿腸和自己的主人，牠不用去面對太多的選擇，不用承擔更多的責任，也就不會有無數

的遺憾。

這應該就是所謂的「佛系」安逸吧，想到這裡，章桐的嘴角露出一絲微笑。

* * *

計程車在十多分鐘後才趕到，下車的時候，雨勢已經頗具規模。

不過和童小川鐵青的臉色相比起來，下雨天被淋得溼透已經不算是最糟糕的局面了。顧瑜從現場勘察車裡探出頭揮了揮手，高聲喊道：「主任，在這裡！」

章桐點頭，沒和童小川打招呼，便快步穿過人群，走向對面的停車區。

拉開後車門，她迅速地鑽了進去，一邊脫下溼漉漉的外套換工作服，一邊問坐在前排駕駛座上的顧瑜：「妳什麼時候到的？」

「比妳早了幾分鐘吧，主任。」顧瑜道。

多年的工作經歷已經讓章桐習慣了在狹小的後車廂裡換衣服，她輕鬆地拽上拉鍊，順手拍了拍，這才打開後車門，拎著工具箱就跳了下去，身後跟著的顧瑜背著防水相機。

童小川一副欲言又止的神情，章桐微微皺眉：「怎麼了，童隊？」

「是自殺。」童小川伸手抹了一把臉上的雨水，神情頗顯狼狽。這場雨是突如其來的襲擊，很多人都沒有來得及帶上雨具。

「有目擊證人？」章桐沒有等他回答，就已經看到了案發現場──離自己不到十公尺遠的距離，在黃巷新村一棟十二層樓住宅前的水泥地面上，兩位制服警員正面對面拉著一塊約三公尺長、兩公尺寬的黑色防雨

第二章　跳樓

布，布應該是臨時借來的，街對面開了很多家漁具店。面對圍觀人群的一面，防雨布是遮住的，所以看不清，而另一面，章桐所站著的位置，就可以很清楚地看到防雨布下，一具扭曲的年輕女屍靜靜地趴臥著。

一個人如果以這種怪異的姿勢趴在地面上的話，那就只有一種解釋，她身上的三分之二骨頭已經完全粉碎。

雨下得很大，兩位警員被淋了個溼透，卻仍然紋絲不動，見章桐走了過來，其中一位警員認識她，便點了點頭算是打過了招呼。他們不能隨便移動。

「謝謝你們！」章桐輕聲道。她放下工具箱，在屍體旁蹲了下去，看著地面上冰冷的軀體，目光也變得溫柔了起來。

這塊防雨布的作用既是盡可能地保護證據，又是對死者最後的一點尊重。

女屍身穿深褐色短風衣，風衣鈕子繫得很緊，衣服上滿是莫名的汙漬，黑色彈性鉛筆褲，一隻腳上穿著黑色輕便鞋，另一隻腳上，卻只有襪子，鞋子不見了蹤影，應該是跳樓的時候被甩脫了吧。她的半邊臉覆蓋著被雨水打溼的長髮，撥開頭髮，臉上卻格外乾淨，沒有半點血汙，就好像被刻意擦拭過一般，妝容也只是輕微地走樣，但是頭髮卻黏成了一縷一縷。伸手觸控的時候，還在脖子後面摸到了被頭髮勾住的不到五公分的小半截斷了的墨綠色耳機線。

章桐心中充滿了狐疑，高墜是顯而易見的，只是眼前的場景似乎哪裡出了點問題。

顧瑜很快就拍完了現場的相片，正在收拾背包準備離開，回去拿屍體擔架。

「周圍有發現耳機嗎？」章桐問道。

守在一邊的警員搖搖頭：「沒有。」

「找一下，應該有一個耳機。」章桐一邊說著一邊用證據袋把那小半截耳機線小心翼翼地裝了起來。

很快，警員回覆：「章主任，這周圍到樓棟的範圍內沒有發現有斷裂的這種顏色的耳機。」

沉思片刻後，章桐便站起身：「你們是什麼時候到的現場？」

其中一位警員答：「接到報警電話後不到五分鐘，我們的派出所就在街對面五百公尺左右的位置，距離很近。」

章桐退後兩步，抬頭看了看黑漆漆的樓頂，又看看屍體：「你們來的時候就把屍體這麼用布蓋起來了，對嗎？」

警員點頭，略帶稚氣的臉上神情凝重：「是的，我們完全按照命案機制條例上保護現場的步驟做的。」

「你們有沒有觸碰屍體？」章桐心中的疑慮還是沒有減輕。

警員搖頭否認。

「你們來的時候，她就是這個姿勢，對嗎？」

答案是肯定的。

章桐蹲下，和顧瑜兩人一起用力把屍體翻了過來，屍體前胸血肉模糊。顧瑜的目光中卻露出了驚愕的神情：「主任，這……」

章桐點點頭，她拿出筆式手電筒，仔細查看了下屍體的眼睛，不由得緊鎖雙眉，重重地出了口氣：「通知童隊，馬上保護現場，建議立即啟動命案調查機制。」

第二章　跳樓

✦ 3

　　四月末，空氣異常悶熱，昨晚又下了一場很大的雨，可是看著此刻陽光燦爛的屋外，心理醫生李曉偉卻不禁陷入了莫名的迷茫。今天是自己本月的最後一次門診值班，預約表上空空蕩蕩的，也就是說沒有人來看病。這對心理醫生來講或許是件好事，塞翁失馬焉知非福呢。

　　一個小時前剛查完房，回到座位上後本想著打個電話給章桐，沒事找事聊上幾句，哪怕只是問候一下也好，但是臨了，他卻還是選擇發了個簡單的笑臉的訊息。

　　不出所料，快一個鐘頭了，手機始終沉默，李曉偉無奈地輕輕嘆了口氣。

　　正在這時，值班護理師出現在了辦公室門口，門開著，她敲了敲門，提醒道：「李醫生，有人看病。」

　　「請進！」說話的同時，李曉偉順手便把手機調至靜音狀態，塞進了抽屜。

　　來的是個年輕女人，三十出頭的年紀，穿著很得體，戴著墨鏡，和章桐的年齡相仿，臉上卻滿是憔悴和憂慮。

　　女人一進門就自己在椅子上坐下了，把掛號單遞給李曉偉，沙啞著嗓音低聲道：「李醫生，麻煩您了。」

　　李曉偉朝門口看了看，確定不再有第二個人，心中便有些許驚訝：「這位女士，請問妳是自己來看病嗎？」之所以這麼問，是因為平日裡沒有預約的病人基本上都不是自己前來心理門診掛號就診，十之八九是兩人前來，並且以諮商為主。

年輕女人點點頭，她摘下了眼鏡，輕聲道：「李醫生，難道你認不出我了？我曾經是你的病人。」說著，她伸手指了指自己面前的掛號單。

李曉偉低頭一看，「沈秋月」三個字赫然紙上，他頓時恍然大悟：「原來是妳！都三年了，我，我還以為妳……」

沈秋月苦笑道：「李醫生，你也太樂觀了，我怎麼可能就這麼輕易走出來啊！」

「沈秋月」這個名字，李曉偉是絕對不會忘記的，作為李智明殺妻案的關鍵證人，李曉偉很清楚當年這個看似已經塵埃落定的案件在無形之中對於眼前這個年輕女人所造成的可怕傷害。當初，在接到警方要求心理干預的求助後，李曉偉第一時間就接觸了沈秋月。果不其然，這個住在李智明家樓下的年輕女子雖然沒有親眼看到一板之隔的慘烈現場，但是人的想像力是無窮無盡的，拼湊起來後甚至可能遠超出現場的真實情景。他在這個年輕女人的目光中看到了悲傷與恐懼，她患上了輕微的創傷後壓力症候群。

「那妳後來為何就不去安康診所繼續就診了呢？」安康診所是自己的同學顧大偉開的，也是警局系統的合作單位。

李曉偉努力活躍著房間內有些沉悶的氣氛，畢竟事情已經過去了三年，而她突然地再次出現，顯然並不是一件好事。

「那時候，我懷孕了……」沈秋月淡淡地說道。

「太好了，恭喜妳！」李曉偉確信對方並不是前來和自己拉家常的。

果然，沈秋月的目光中閃過一絲陰影，她冷冷地說道：「孩子滑胎了，沒保住。」

沮喪的感覺瞬間湧滿了全身，李曉偉輕輕嘆了口氣，對於不幸患上創

第二章　跳樓

傷後壓力症候群的病人來說，懷孕就像是一場冒險的輪盤賭，沈秋月輸了。而她不選擇去安康診所找顧大偉，卻回到原點找自己，這可絕對不是一件好事。

想到這裡，李曉偉不由得暗暗嘆了口氣，他忽然有些同情眼前的這個年輕女人了，畢竟她所經歷過的事，可不是一般的女人能夠承受的。他便習慣性地雙手十指相扣，面對沈秋月，臉上露出了職業的笑容，語氣輕柔地說道：「好吧，那，沈女士，今天，妳想跟我談些什麼呢？」

＊　＊　＊

警局刑科所法醫室，章桐推門走了進來，突然想到什麼，轉頭問顧瑜：「童隊在門外的犄角旮旯裡蹲了多久了？」

「和我一起回來的。」顧瑜有些尷尬，「他根本就沒離開過，看情形在副局那裡被罵了。」說著，她便和章桐一起費力把屍體抬上了解剖床，安放好後，便開始一層層地脫屍體的衣褲，同時進行拍照取證。

「被罵很正常，這前面雙屍命案沒破，又來個差點判斷失誤的跳樓案，猜想這個月的排班得爆表。」章桐道。說著，她抬頭看了看門外，小聲嘀咕了句：「看來這傢伙不拿到屍檢報告是不會走了。」

顧瑜點頭：「沒錯，主任，他剛才就是這麼說的。還有……」

「還有什麼？」章桐拿著剪子的手停在半空中，目光卻注視著屍體的胸口部位，似乎突然愣住了一樣，神情也變得凝重了起來。

此時，屍體的表面只剩下了一件貼身的紅色內衣。因為屍體已經出現了嚴重的屍僵，章桐不得不用剪子剪開了屍體上僅存的衣服，一道可怕的傷口便赫然出現在了眼前。章桐放下剪刀，伸出右手順著傷口部位往裡伸去，臉上的神情越發嚴肅了起來，收回手後便果斷地吩咐道：「上全身X光機。」

顧瑜立刻關上房門，用力扯掉蓋著 X 光機的白色防塵布，推到解剖臺旁，緊接著便是插上電源，關燈，戴好護目鏡，一切都準備好後，便按下開關。機器發出了沉悶而有節奏的「嘎嘎」聲，緩緩劃過解剖臺，來回兩次，確保每個角度都留下了清晰的影像後，章桐便關上了 X 光機。在顧瑜收拾 X 光機的時候，章桐摘下手套，來到後面的小隔間，打開電腦顯示器，開始逐幀查看剛才拍下的 X 光片影像。

　　當看到左胸肋骨所在的位置時，那段突兀的缺失讓章桐的心裡一沉：「果真是你！」她探頭向外叫道，「小顧，查看一下死者的鼻腔和耳朵，擦拭樣本立刻送檢。」

　　「主任，送檢的標的物是什麼？」

　　「硫酸鈣。」

　　回想起現場時那格外乾淨的慘白的臉和幾乎黏在一起的頭髮，章桐的耳邊又一次響起了案發現場那似乎永遠都無法停歇的「沙沙」雨水聲。

　　很快，顧瑜便趕了回來，和她一同進來的，就是在門口窩了半天的童小川，只不過和第一次見面時相比起來，他顯得沉悶了許多，緊鎖著雙眉，似乎心事重重。

　　解剖室裡變得安靜許多，除了房間一角洗手檯上那個永遠都無法被完全關上的水龍頭所發出的滴答水聲外，就是不鏽鋼解剖刀和托盤接觸的聲音，清脆而又冰冷。

　　「章主任，情況怎麼樣了？」童小川終於憋不住了，他惴惴不安地問道。

　　「如果說死因方面，確實沒有什麼意外，完全符合高墜的情況。」章桐指了指屍體道：「小顧，記錄一下：屍體屍斑位於頸項部以及腰背部未受壓部位，按壓不會褪色。全身除了左胸一處長五點二公分、寬三點七公分

第二章　跳樓

的切創傷外，並無其他開放性創口，而這一處切創傷屬於死後傷。頭面部未見外力損傷，只是鼻部和左側耳道有血性液體，口唇黏膜和頰黏膜未見損傷，頸部未見損傷，顱骨無骨折。左上肢背側大面積皮下出血，左肘關節前側見多條表皮剝落，伴隨皮下出血，其中一條橫行，其餘多條方向為由上至下縱行。左肱骨上段、肘關節、左側尺骨、橈骨下端粉碎性骨折，左小腿外側皮下出血，左側胸前第四節肋骨缺失，疑似人為取走，剩下的第六、七、八和第九節肋骨在腋後線處骨折，骨折斷端呈分離移位刺入胸腔。右肘關節處前側見多條表皮剝脫，伴隨明顯的皮下出血，方向由右上至左下斜行，右肱骨上段橫行骨折，骨折斷端錯位明顯，右足跟皮下出血，皮下出血對應深層結締組織出血。雙側胸腔大量積血，雙肺嚴重挫傷，左肺下葉背側見多處破口，腹腔大量積血，腹膜後巨大血腫形成，肝臟、脾臟、腎臟破裂，胰腺挫碎，脊柱椎旁肌肉出血。腦、心、肺、肝和腎等重要臟器大體檢驗未見致命性疾病改變，胃內容物報告和鼻腔、耳道擦拭標本報告要等一點時間。」說到這裡，章桐長長地出了口氣，抬頭看向呆立在解剖床旁的童小川，「也就是說，死者身體上的損傷符合外輕內重，暴力巨大的損傷特點，損傷均為高墜傷，除了一處死後傷外，生前並無其他暴力加害形成的損傷。」

「既然是高墜傷，那妳在案發現場的時候為何要求啟動命案調查機制？這不是死者自己選擇跳樓死的嗎？」童小川不解地問道。

章桐搖搖頭：「疑點之一，死者有近視，她雙側眼球佩戴隱形眼鏡，並且結合她的眼球狀況來看，度數不會低，而一般選擇跳樓自殺的女性，她都會在臨跳樓之前取下自己的隱形眼鏡……」

「為什麼？」童小川追問道。

顧瑜在一旁冷冷地答道：「因為誰都不願意感受看著冰冷的地面向自己撞擊而來時的窒息感，或者說，戴著眼鏡的話，也許就沒有跳樓的勇氣了。而選擇自殺的人，都不希望自己的內心產生怯懦感的。」

章桐心中一動，她看了一眼顧瑜，卻很快就打消了念頭，轉而繼續面對童小川，道：「疑點之二，就是她的左胸第四節肋骨，被人為地取走了，方式很粗暴，因為肋骨的橫截面並不平整，明顯是用銼刀銼斷的。還有就是，雖然目前鼻腔和耳道擦拭樣本的檢驗結果還沒有正式出來，但是我已經可以肯定裡面少不了硫酸鈣的成分！」

驚愕的神情一點一點地在童小川的臉上凝聚了起來，最終，他嘀咕了句：「多謝兩位！」便轉身走出了解剖室。

聽著童小川的腳步聲逐漸消失在了寂靜的走道裡，章桐這才回過神來，輕聲說道：「小顧，妳知道什麼樣的案件嫌疑人最難抓嗎？」

小顧茫然地搖搖頭。

「沒有殺人動機的連環凶殺案件。」章桐緊鎖雙眉，若有所思地看著顧瑜，「就像一盤散沙，對手就像是一條深藏在沙子中的毒蛇，隨時都有可能攻擊妳。妳不知道從何下手，因為妳不知道他為何殺人，也不知道什麼樣的人會成為他的攻擊目標。這樣的話，妳就永遠都會被他牽著鼻子走。這對所有的刑警來說，都不亞於一場滅頂之災。」片刻的沉寂過後，她又緩緩說道，「白銀的連環凶殺案，妳應該聽說過吧？」

空氣中突然有一種異樣的感覺，顧瑜輕輕點頭。

「這案子非常有名，只是我們用了整整十八年的時間，才真正在沙子中抓住了毒蛇的尾巴。」章桐淡淡一笑，聲音中卻充滿了難言的苦澀與落寞，「不過唯一值得欣慰的是，最終還是抓住他了，難道不是嗎？」

第二章　跳樓

◆ 4

市第一醫院心理門診室。

送走了沈秋月，李曉偉重新又打開了抽屜，瞟了一眼手機螢幕，依然是待機狀態，訊息欄裡也照樣是空空蕩蕩。他沒有勇氣拿起手機，便又重重地關上抽屜，靠在椅背上長出了一口氣。

窗外耀眼的陽光不知何時已經消失得無影無蹤，這個時候還沒有到飯點，李曉偉便順手打開了電腦顯示器，開始認真地寫起了當天的門診紀錄。

對於沈秋月的突然造訪，李曉偉心中雖然有一種挫敗感，因為這就意味著當初自己對她的心理干預並沒有獲得太大的效果。但是誰都知道心理醫生並不是「神棍」，而心理治療也並不是百分百都能取得成功，因為除了生與死以外，這世界上本就沒有什麼絕對的東西存在。

想到這裡，李曉偉似乎又感覺好受了些，不再像剛才見到沈秋月時那麼自責。他想起送她回來時經過樓梯轉彎處，無意中低頭看到了樓下門診大廳裡，剛下樓的沈秋月正快步走向一個有些眼熟的身影，李曉偉立刻記起那男人正是沈秋月的丈夫汪涵，不免心中感覺一絲欣慰。畢竟經過了這麼大的變故，妻子滑胎失去了孩子，情緒不穩定，且又患上了最難治癒的創傷後壓力症候群，身邊的男人卻還是那麼不離不棄。李曉偉的心裡竟然有些小小的嫉妒了。

目光落在右手邊的那張被摺疊又被打開過無數次的A4紙，上面就是李智明三年前所留下的那封特殊的遺書。李曉偉不由得推開手中的無線鍵盤，拿起A4紙打開，又逐字逐句看了起來。

當初這個案子發生的時候幾乎轟動了整個市，而李智明的心理問題也成了所有心理醫生私底下最感興趣的話題之一，無數種猜測被用來揣摩這個普通男人的殺人動機，卻又被不斷地否定。李曉偉曾經懷疑過凶手是反社會型人格障礙，不然的話，就難以解釋他殺完人後還能鎮定自若地洗澡、換衣服，甚至還能在殺人現場安然入睡。能如此平靜地殺一個人，而事後卻又全盤否定自己的所作所為，堅稱自己無辜。這樣的轉變確實讓人難以理解和接受。

　　他打開抽屜，拿出手機，略微遲疑後便撥通了顧大偉的電話。

　　電話很快就接通了，雖然上次兩人的見面以尷尬告終，但卻並不影響顧大偉對這個老同學的求賢若渴，所以電話那頭立刻便傳來了他爽朗的笑聲：「哎喲喂，同學，終於想通了，要來我的診所工作了？」

　　李曉偉乾笑了兩聲，隨即直截了當地說道：「沈秋月今天來我的門診室了。」

　　「沈秋月？」笑聲頓時戛然而止，因為這個名字別人可以忘記，但是他顧大偉卻絕對不會忘記，片刻過後，他喃喃說道，「她去你那裡做什麼？」

　　「看病。」李曉偉答。

　　「你當初只是她的心理干預醫生，做了一個月的心理疏導而已，過後就轉到我們診所了。不過她也只是三天打魚兩天晒網的狀態，我們後來回訪了幾次，她的丈夫和周圍的鄰居都一致反映說沈秋月的生活軌跡已經恢復了正常，我們才最終決定停止治療的。」顧大偉說道，「我不明白她為什麼現在突然又回去找你了。」

　　「創傷後壓力症候群治療後發生反覆的病例也不是沒有，我聽實習導

第二章　跳樓

師說過他曾經遇到過一個一輩子都沒走出去的人，直到那個病人最終自殺，他的家人才算是得到真正的解脫。當然了，也包括治療他的醫生在內。」李曉偉道，「可是這種病例也是很特殊的，並不常見。」

「噢？說說看！」顧大偉頓時來了興趣。

李曉偉卻嘆了口氣：「並不是什麼好事。實習導師說，事發那天中午，那個年輕的母親騎腳踏車接九歲的女兒放學，在十字路口等紅燈時，遇到了一輛失控的水泥攪拌車，車速非常快，而那天偏偏又是雨天路滑，結果車子把她撞飛了，而她的女兒……唉！太慘了！」

「難道說她目睹了？」

李曉偉低聲說道：「是的，她雖然被撞飛了，卻只是斷了一條手臂，所以，這女人這輩子都不會忘記自己女兒倒在車輪下的樣子了。再加上內疚，她思想上再也不會忘記那場悲劇的結果也是可以理解的，這就是所謂的『附加傷害』。」

「那照這麼看來，沈秋月的生活中應該是發生了什麼，她無法信任我，自然也就回去找你了。老同學，那你可得多留個心眼。」顧大偉刻意拖長了自己說話的音調，「不是我嚇唬你，病人迷戀上自己的心理醫生，最終慘烈逼宮可不是什麼新鮮事了。」

「別杞人憂天，事情沒你說得那麼嚴重。」李曉偉嘀咕了句，就順手掛上了電話。

結果接下來的整整半個小時，他就是瞪著電腦螢幕發呆，一個字都寫不出來了。

5

　　午夜，霓虹閃爍，倒映在雨後的街頭，偶爾車輛駛過，和白天的喧囂相比，此刻的城市儼然就是另一個世界。

　　時間是零點四十六分，章桐在鍵盤上敲完最後一個標點符號後，便按下了電腦關閉鍵，順手摸了摸丹尼的大腦袋，勉強對牠擠出了一絲笑容。接著便疲憊不堪地爬上了床，腦袋接觸枕頭的那一剎那，她便迅速地閉上了雙眼。

　　就像在腦子裡用力關上了一扇沉重的大門，她實在是太睏了，很快便進入了夢鄉。

＊　＊　＊

　　窗外風聲愈加猛烈，氣溫驟然下降，很快，天空中居然開始飄起了白色的雪花。和以往不同的是，這次的下雪速度快得驚人，轉眼間，大街小巷便成了一片銀裝素裹。

　　城市的另一頭，飛魚網咖一天中最熱鬧的時候卻才剛剛開始。整個市裡有將近四百多家網咖，但是對於規模中等的飛魚而言，因為網速快和電腦配置高，這個時候往往一座難求。

　　因為白天散布在城市各個角落裡的人，晚上收工後就都會逐漸聚集在這裡。在閃爍的電腦螢幕前，酣暢淋漓地扮演著平行世界中的另一個自己。

　　他也是其中之一，是老顧客了，只不過，每次來他都不得不賠著笑臉逗那個胖老闆開心，畢竟自己沒有身分證，自然也就沒有合法的上網資格。但是他卻每次都會如願坐在電腦螢幕前玩那款新上線的大型遊戲，因

第二章　跳樓

為那是屬於白天的「規定」，而夜晚，無論什麼都會神奇地變得「好商量」了，前提條件當然是翻倍的上網費用。他很清楚那多出來的錢鐵定是進了胖老闆的腰包。

不過他並不心痛，相反，他覺得物有所值。因為他太著迷於那款遊戲了，說不上到魂牽夢繞的程度，卻也相差無幾。

耳機中傳來一聲清脆的「叮咚」，這是玩家搭檔上線的提示，他頓時興奮了起來，要知道這個神祕的傢伙已經陪自己打了一週的排位賽，完全是大神級別的玩家。看來，衝頂的夢想今晚將會變成觸手可及的現實！

就在他忙於準備裝備時，對方在簡易對話方塊中發來一條文字訊息——今晚晉級後去私密聊天室？

他受寵若驚，毫不猶豫地點選了 OK。

對方可是網遊界的大神啊！

◆ 6

凌晨時分，蜷縮在車裡的滋味真不好受，總感覺自己很快就會在這個清冷的早晨被活活凍僵。

時間過得真慢啊，一分一秒都好像一個鐘頭那般漫長，車裡的溫度已經接近了零度。終於，車載導航儀上跳出了一個會話介面。

——時間到了。

介面很快消失，這個人就好像從來都沒有在現實世界中存在過一般，卻又知道自己該何時出現。想來，還真讓人感覺有點毛骨悚然呢！

留給自己的時間不多。

最後一次檢查了所有的工具,戴上耳機,拉開車門的剎那,寂靜的小巷子裡,雪花撲面而來。

該死的,真冷啊!

第三章　靈魂復仇

第三章　靈魂復仇

　　李曉偉著實被章桐的話嚇了一跳，他知道眼前這個女人一向是崇尚理性和科學的，更是從不相信這個世界上有什麼鬼神一說，但是如今突然跟中了邪一樣開始質疑自己之前的觀念，這可絕對不是什麼好兆頭。

◆ 1

　　天氣預報是出奇的準，但是真正相信這次下雪預報的人卻少之又少。

　　上午，整個案情分析室裡，抽菸的人少了，大家都不自覺地用單薄的警服裹緊身體，盡量減少身上熱量的散發。會議已經開了十多分鐘了，也毫無懸念地卡了殼。

　　政委皺眉看著童小川：「童隊，有關萬州大藥房的凶殺案，摸排和監控至今還沒有線索嗎？」

　　童小川搖搖頭：「那邊位於城中村，又是監控死角，所以案發時間段的周邊監控的資料量相對就比較大，影片組還在排查。走訪方面，轄區派出所彙報回來的消息說，死去的女店員叫王悅，今年20歲，兩年前來到我們市打工，其間一直都在萬州大藥房做售貨員，社會關係簡單，工作表現良好，在周圍同事中的口碑也不錯。而案發當晚的報警電話經過核查也並不是她打的，號碼來自一個網路虛擬號，網安大隊正在核查追蹤這個號碼。

據此，可以得出結論 ── 死者王悅是萬州大藥房凶殺案的附帶傷害。」

房間內一片沉寂。大家的目光都不約而同看向了主持會議的刑偵副局長陳豪。

「那殉職的錢元海呢？」陳豪深知死者是警察，自己就更應該掌控好眼前這一房間裡的年輕刑警的情緒，他緊鎖雙眉，默默地把手中的菸盒揉成了一團，接著雙手十指交叉，啞聲問道，「他們所裡的人怎麼說，是不是有人因為他曾經辦過的案子而前來報復？」

「不可能，陳局。」童小川憤然道，「阿水是個普通的基層警員，一年到頭所處理的也只不過是一些雞毛蒜皮的小案子，除了偷雞摸狗就是醉酒鬧事、打老婆之類，工作性質跟社區大媽沒什麼兩樣。上個月中旬他到局裡來彙報工作，我看過他的工作報告，最大的一個案子就是夜晚值班巡邏時抓住了一個偷腳踏車電瓶的傢伙，僅此而已。我真的想不通，為什麼要對他下手？」

「而阿水平時的社會關係也非常簡單，基層警員工作瑣碎不說，又要經常值班，所以他的生活圈子和我們在座的每一個都差不多，除了局裡就是家，要麼就是出差辦案。」說著，童小川臉上的神情變得凝重了起來，語氣低沉，「除非，這個凶手的目標是隨機性的。案發那晚，如果說萬州大藥房是凶手精心布下的一個局的話，而所裡只有阿水一個人能出勤卻是隨機的，所以我覺得，凶手真正的目標並不止是阿水，而是我們市裡的一千多名警察！」

童小川的分析有理有據，一旁坐著的李曉偉作為犯罪心理顧問，也不得不默默點了點頭表示贊同，可是他的心裡卻仍然感到一種莫名的惴惴不安。

第三章　靈魂復仇

陳豪點點頭：「你說得有道理。」他重重地出了口氣，嚴肅道地，「這傢伙也未免太張狂了。」

李曉偉突然問道：「那請問基層派出所的當晚值班人員名單有沒有可能對外洩漏？」

「出於便民監督的角度考慮，派出所辦事櫃檯會有公示。」政委答道。

童小川合上了面前的筆記本，道：「案發當晚，很多警力都被抽調去維護新體育中心的演唱會現場秩序，派出所中就只留下了兩個人留守，阿水是其中之一，另一個是個年紀較大的輔警。所以在接到有人在轄區鬧事的報警電話後，他就必須得去了。只是沒想到，這一去就出事了。」

「這到底是個什麼樣的人？」李曉偉皺眉嘀咕道，「不在派出所動手，卻選擇小藥房，在殺害女店員王悅後，坐等獵物進籠子。」

「凶手遠離派出所下手的動機，很有可能是因為派出所裡外以及附近的監控設施都配置的是高畫質鏡頭，他應該是怕留下自己的影像線索吧。」陳豪道，「所以他不得不布下了這個誘餌。」

「從他目前的行為方式來看，凶手是個思維縝密且下手果斷的人，並且很有可能是有案底的，因為他的反偵查意識極強，在案發現場，我們痕檢的技術員至今都沒有找到什麼有價值的線索。」技術組的工程師歐陽詢沮喪地低下了頭，「唯一能指望的，或許就只有法醫處章主任那裡了。」

「章主任今天怎麼沒來開會？」陳豪詫異地問道。

大家不由得面面相覷，童小川道：「打過電話了，她說是路上出了點事耽誤了，會盡快趕來。」

一聽這話，李曉偉不禁微微皺眉，他非常了解章桐是一個恪守時間的人，如果說她耽誤的話，那就意味著絕不是一件小事。

＊　＊　＊

窗外，雪花依舊紛飛。

八點剛過，上課鈴響過後，校園裡瞬間變得安靜了下來。

校門口的山櫻花樹被昨晚突然降臨的雪花包裹得嚴嚴實實。章桐抬頭看了看樹枝上幾乎被凍成了冰雕的櫻花，輕輕嘆了口氣，順手從防風服口袋裡摸出手機報警。

她本不該出現在這裡，或者說至少是現在。因為這所國中與自己上班所在的警局位置是兩個不同的方向。但是今天早上七點剛過，在自己出門去上班的路上，卻接到了樓下鄰居丁大媽打來的電話，說自己在城北的一個好姐妹趙阿姨急需她的幫助，還強調說非常緊急，說自己已經把她的電話號碼告訴對方了，叫章桐等下別忘了接電話。章桐實在記不起丁大媽為什麼會有自己的手機號碼，可隨後的電話一接通，這個疑問就被她遠遠地丟在了腦後。

趙阿姨一開腔就是帶著哭音，結結巴巴地說沒人幫得上自己，也沒人願意相信自己，而章桐是她老姐妹所認識的唯一一個在警局工作的人，是法醫，所以無論如何也一定要請她去一趟國中，說自己的天塌下來了，以後沒法活了。

「我正要去上班，到底出什麼事了，趙阿姨？您慢慢說，別急。這一哭我都聽不清楚您到底在說什麼。」章桐不免有些手忙腳亂，她最怕別人哭。

抽泣片刻後，哭哭啼啼的老太太總算是說出了一句完整的話：「我家老頭子沒了。」

「沒了？」章桐微微一怔，停下了腳步，本能地大聲問道，「是正常死

第三章　靈魂復仇

亡嗎？人現在在哪裡？」這突兀的話引得路邊擦肩而過的一對母女倆投來了詫異的目光，見章桐注意到了自己，母親尷尬地笑了笑便趕緊拉著自己女兒匆匆加快了腳步離開。看來人們對死亡都是本能地避之唯恐不及，章桐哭笑不得地搖搖頭，繼續把注意力集中在手機的通話上。

「在民福國中，老頭子是這裡的保全，昨晚值班……他們非得說我家老頭子是正常死亡，他明明是被人害死的……阿姨就指望妳來說個公道話了……」

電話那頭又是一陣幾乎背過氣去的哭泣。以前也有親戚朋友突然打電話來懇求自己出面，雖然說章桐心裡並不願意，但是抱著「不求一萬只求萬一」的心態，於是，看著眼前擠得滿滿的公車緩緩開過，她心一橫，便伸手攔下了一輛迎面駛來的空計程車。

還好今天上午自己的案頭工作都已經做完了。再說了，時間上趕一趕應該也來得及。

可是，直到站在保全室裡，面對著直挺挺躺在一塊門板上、臉上蒙著一塊手帕的老保全陶大海的屍體，章桐這才意識到了事情的嚴重性。

身旁哭得上氣不接下氣的趙阿姨早就被自己的女兒和學校的一位女教師攙扶了起來，而一位身穿黑色套頭毛衣的中年男人則神情沮喪地站在門板邊，十分不情願地告訴章桐自己是副校長，而他們學校自從建校以來就沒有在學校死過人。

出於職業的本能，在出示了自己的工作證件後，章桐便詢問了死者的一些情況。直到這個時候，副校長還是堅持認為死者是死於突發的心臟病。

「這是什麼時候發生的事？救護車來過了嗎？」章桐一邊說一邊從隨身

挎包裡拿出一副乳膠手套戴上，同時伸手揭開了蓋在老保全臉上的手帕。

「救護車來過了的，剛走，說人沒了，就不歸他們管了。至於死因嘛，說八成是心臟病！」

話音未落，站在門口的趙阿姨頓時急得直跳腳，指著副校長就開始罵了起來：「你胡說八道，我們家老頭子根本就沒有心臟病！他今年年初體檢一切都正常！報告現在還在家裡的抽屜裡擱著呢。他分明就是為你們工作給活活累死的，是工傷！你們不要逃避責任！」

章桐心中頓時明白了老太太如此執著地把自己叫來的真正用意。

副校長有口難辯，轉而對章桐拍著大腿抱怨道：「說起這事啊，我們校方可真的是倒楣透了。這做保全的就是值個班而已，哪有可能會被活活累死，妳說是不是？這天底下遇事總得說個理由吧。」

章桐沒吭聲，指尖觸控屍體的肌膚，嘗試著彎曲手臂，屍僵還沒有產生，也就是說死者的死亡時間不會超過三個小時。

「你們是什麼時候發現屍體的？」章桐果斷地問道。

「一個多小時前，是學生早上打掃校園的時候發現的，就在保全室後面的小樹林旁，他身邊還有個酒瓶子呢，還說不是心臟病。」副校長不滿地嘀咕道，「那時候我們沒意識到他已經死了，就以為只是喝醉酒，心臟病發……」

章桐聽了，抬頭看看他：「你憑什麼判斷他當時還沒死？」

「身體溫熱啊，還動了動來著，我們怕他凍壞了，就趕緊把他抬了進來，在床上放下後就打電話給救護車，同時通知了家屬過來照顧他。誰想到我們好心做事卻反而被……唉，這什麼世道！」副校長愁眉苦臉地看著章桐，「妳看她們這不擺明了要來訛錢。我們學校有規矩的，保全值班不

061

第三章　靈魂復仇

能喝酒，會誤事的。他自己喝了酒犯病死了，還賴上我們了……」

章桐卻似乎對耳畔的絮絮叨叨根本就沒聽進去，只是詫異地看著死者的十指，尤其是右手中指，僵硬無比，這完全區別於全身的其他部位。又分別查看了死者的瞳仁後，仔細聞了聞死者的口鼻，最後站起身，發覺死者的雙腳沒有穿鞋子，便手指著問道：「鞋子去哪裡了？」

「在這裡，在這裡。」副校長趕緊彎腰從床旁拿起了一雙黑色的保暖皮鞋，因為穿了很多年，平時又缺乏保養，皮鞋表面早就裂痕斑斑，失去了皮質所應該具有的本來的色澤。

「屍體抬進來後，鞋子就一直放在那裡，對嗎？」章桐指了指床旁的水泥地面，上面只有幾乎看不清的淡淡水痕。

副校長點點頭：「沒錯，一直就放在這裡，脫下來後就沒有動過。」

「最後還有一個問題，」章桐神情嚴肅地看著副校長，「你剛才講過，發現他的時候，他還動了動，對不對？所以你們認定那時候他還沒死。」

「是的，接到學生彙報後，我當時就趕去了，他的身體確實有動彈過，只是幅度不大，就跟，就跟抽筋一樣。」副校長喃喃說道，他在章桐的語氣中感覺到了一絲不安，便有些惶恐地皺眉道，「是不是……是不是他的死不是心臟病發？」

「現在還不知道確切死因，但是可以肯定的是，他的死因非常可疑，不排除他殺。所以按照規定必須立案，並且盡快進行屍檢！」

話音未落，門邊站著的趙阿姨便臉色煞白，晃了晃身子，仰天倒了下去。頓時，小小的值班室裡大呼小叫地亂作了一團。

2

　　巴掌大的警局法醫解剖室裡，平時冷冷清清，此刻卻可以用人滿為患來形容。兩名法醫，一名臨時抓過來幫忙的痕檢技術員，外加憤憤不平的童小川和自己剛上任沒多久的助手──偵查員張一凡，一時之間，解剖室裡的氣氛變得熱鬧了許多。

　　眼下，局裡正為那兩起毫無頭緒的殺人案而感到焦慮不安，如今又多了一起，童小川肩上的壓力可想而知，所以一進解剖室就陰沉著臉，悶聲不吭地在門邊唯一的一張椅子上坐了下來。

　　章桐瞥了他一眼，沒吭聲。

　　張一凡和章桐在案發現場曾經見過，所以有點「自來熟」，講話也就沒有什麼顧忌。

　　「章主任，我覺得妳像一個人，或者說一個小孩，一個很出名的小孩。」

　　章桐不由得愣住了：「誰？」

　　「名偵探柯南！」張一凡神祕兮兮地說道。

　　「我和他有什麼關係？」章桐不解。

　　「關係大了去了。妳和他有一個很可怕的共同點！」張一凡笑嘻嘻地伸手摸了摸頭，「章主任，因為你們都是無論到哪裡，都能見到死人，而且是非正常死亡的死人！」

　　「啪！」童小川毫不客氣地反手在自己下屬後腦勺上打了一巴掌，斥責道，「都啥時候了，你這小屁孩還有心思開玩笑！要是破不了這幾起案子，咱整個刑警二隊都得去派出所當戶籍警去！沒臉在這混日子了。」

第三章　靈魂復仇

　　章桐皺眉，冷冷道：「童隊，在我這裡發什麼脾氣，別光擺臭架子拿下屬出氣，刑警這一行不比你曾經做的禁毒，飯碗不是那麼好端的，要動得了腦子耐得住寂寞。」

　　幾句話嗆得童小川愣住了，臉上一陣紅一陣白。房間裡的氣氛頓時變得有些尷尬。

　　章桐雙手捧著死者的心臟，放在電子量秤上，正要查看螢幕上的資料，突然，她愣住了，伸手指著心包腔所在的位置，道：「小顧，妳來看！他明明是今天早晨才去世的，心包腔內的血液怎麼可能凝固發黑？」

　　「還有，」說著，又指了指左心房，「妳看上面是不是有個洞？」

　　「是的，類似針眼！」顧瑜不禁感到愕然，她抬頭看著章桐，道，「主任，這怎麼可能？」

　　「只有直接對心臟進行電擊，才會導致心包腔內血液迅速停止流動，導致心梗的症狀出現。」章桐緊鎖雙眉。

　　「可是剛才我在屍體表面檢查時，並沒有發現電擊所留下的皮膚發白跡象啊。」顧瑜感到不解，「這並不是正常的電擊，凶手所使用的凶器非常特殊，應該是一種長長的銀針類的非常容易導電的帶電器物，因為是高強度的電擊，在受害者身體上所涉及的範圍小，所以很容易被忽視。遇到這種特殊情況，妳可不能墨守成規啊。」章桐語重心長地說道，接著，她指著心臟左心房上的那處黑色的小洞，「我記得今天早上在那邊時，副校長曾經向我提到——發現死者的兩名學生事後說起過死者當時有抽搐的跡象，而副校長本人也親眼見到了，也就是說，可以確定死者的心臟遭到了高強度的電擊，引發了類似癲癇的心梗跡象，所以救護車才會說死者可能死於心臟病。這同時也就可以解釋為何我在現場時會發現死者的右手中指

提前發生屍僵的現象，而他的口鼻中卻並沒有明顯的酒味。」章桐說道，「我是七點三十八分到的，死者被人發現時是六點五十分左右，當時他的屍體還是溫熱的，並且身體還有抽搐的跡象，也就是說，死者那時候很有可能是處於瀕死狀態，屍僵是絕對不可能發生的，除非在一種極為特殊的狀態下。」

「章主任，難道妳的意思是說他知道自己將要被害？」張一凡忍不住插嘴問道。

「是的。」章桐轉身看著他，神情嚴肅，「正因為他知道自己要死了，所以才會導致全身肌肉極度疲勞，精神上受到了極大的衝擊，再加上由於懼怕死亡而產生的恐慌，他會不自覺地握緊雙拳，而最用力的便是中指，人一旦死去，或者處於瀕死狀態，最用力的部位便會立刻發生僵硬，這樣一來，我們才會在他十指上看到不正常的屍僵形成。」

「對不起，主任，我大意了，剛才在做屍表檢查時，忽略了這個重大線索。」顧瑜緊張地說道。

「這不怪妳，因為凶手用的是帶有高度電壓的銀針，所以在體表只會形成一個類似於黑痣的東西，很容易被忽視，以後注意就行了。」說著，章桐摘下了染血的手套，丟進一旁的垃圾桶。顧瑜開始對屍體做最後的縫合處理。

「那死者體內各類臟器的健康狀況如何？」童小川仔細想了想，問道。

「排除因為飲酒而產生的心、肝、肺等體內各器官的微小程度腫脹外，正如他妻子所說，死者生前是同年齡層中身體保持良好狀態的人。這個結論和家屬送來的體檢報告上所顯示的資料結果是一致的。」章桐答道。

她突然想起了什麼，趕緊提醒童小川：「童隊，要是我沒算錯的話，

065

第三章　靈魂復仇

那兩個發現死者的學生，當時在發現死者的地方或許還見過凶手，只是他們還不一定……」

話還沒說完，童小川卻早就已經衝了出去。

看著在他們身後因為慣性而不停搖晃的過道門，顧瑜不禁目瞪口呆：「主任，妳話還沒說完哪，他怎麼跑了？」

章桐無奈地嘆了口氣：「童隊是個疾惡如仇、火暴脾氣的人，做刑警這一行，還得多磨合才行，總之呢，他得學會冷靜。剛才我看他都差點被上頭盡快破案的壓力給壓垮了。不過話說回來，眼下都已經積壓了三起案子四條人命，局裡要面對的各種壓力只會更大。」

「對了，小顧，我記得妳今天不是還要回學校去交實習論文嗎？外面下雪，交通不方便，趕緊走吧，剩下的事妳就別管了，我會處理的。」章桐催促道。

顧瑜漲紅了臉，她突然覺得眼前這位不苟言笑的冷冰冰的上司有時候還是挺通情達理的：「謝謝主任關心。」

章桐卻好像沒聽到一般，正彎著腰在耗材櫃子裡翻找列印紙，四份屍檢報告，今天可要好好忙一陣子了。

✦ 3

這所學校高中部和國中部加起來，學生人數也不少。午間放學鈴響過後，便有學生陸陸續續走出了教室，有的去餐廳，有的離家近的就回家吃飯。

校門口老保全心臟病發去世的消息很快就在校園裡傳播開來，所以學生們三三兩兩走過保全室的時候，難免就會放慢腳步，或側目，或低聲議論。

　　他默默地走在人群的最後面，肩上背著一個黑色的大書包，書包很重，而他很瘦弱，以至不得不微微向一邊傾斜著身子來保持身體的平衡。地面上的積雪早就已經被清掃乾淨，只是空氣中仍然充滿了溼冷的感覺。

　　他低垂著頭，眼角卻仍然注意到了保全室門外角落裡那並不顯眼的一道黃色和紅色相間的警戒標誌，雖然早就聽說學校裡來了警察，但是這麼近距離地看到真實的警戒帶，對他來說還是平生頭一次，心中難免感到了一絲激動。

　　而昨晚通宵打遊戲的疲憊感早就已經被拋到了九霄雲外。說實在的，他打從心底不喜歡那個老保全，在他看來，那只不過是個自以為是的老傢伙而已，順帶著還會在副校長面前告狀，那就更不值得同情了。

　　正胡思亂想著，肩膀上被重重拍了一記，他反手剛要打過去，對方卻順勢把他的手抓住了。他便無奈地狠狠瞪了對方一眼，嘴裡嘀咕了句：「又是你。」

　　對方嘻嘻笑著，兩人便一同向街對面走去了。上網也是需要錢的，尤其是對於他這種嗜網如命的人來說，錢尤為重要。

　　而這個世界上本來就是有失才能有得。

＊　＊　＊

　　市第一醫院門診部辦公室。終於熬到了下班的時間，李曉偉剛關上電腦，手機鈴聲卻在這個節骨眼上響了起來。

　　電話是章桐打來的，李曉偉深吸一口氣，穩定了下自己的情緒，這才

第三章　靈魂復仇

接起電話，用愉快而又平靜地口吻說道：「妳好。」

電話那頭章桐的話卻讓他的好心情頓時消失得無影無蹤，轉而變得惴惴不安起來。

「很抱歉，李醫生，我現在心情糟透了，我想我輸了，不該，以前不該那麼隨意就為你的推論下判斷……對了，李智明殺妻案你還在繼續關注嗎？如果忙的話就算了。」章桐問，而這樣的口氣，李曉偉是從來都沒聽到過的。

「別，別，我一點都不忙，我當然關注著呢，那可是我的重點研究課題，能告訴我到底出什麼事了？我能幫妳嗎？」李曉偉結結巴巴地問道。

片刻遲疑過後，章桐繼續說道：「我需要你的幫助，我們見個面吧，半小時後，就在我們局裡的餐廳見，老地方等我。」

「好的，我馬上到。」李曉偉結束通話電話後，便一把抓起門背後的灰色羽絨服，拉創開公室門便衝了出去。

他非常了解電話那頭這個執著而高傲的年輕女人，她不只是從不認輸，也從不輕易求人。但是今天，就在此刻，這些規矩，都被無形地打破了。而理由只有一個，那就是三年前的李智明殺妻案。

李曉偉瞬間感到心亂如麻。

◆ 4

市警局刑警二隊辦公室。

四臺電腦一字排開，正在逐幀地尋找案發時間前後可疑目標的正面清

晰影像。因為發現屍體的小樹林邊正好是學校監控影片的死角區域，所以並沒有找到直接的監控影片資料。這樣一來，就必須對前後一個小時內所有經過那段區域的人逐一追蹤到位，工作量也在無形之中多了許多。這裡面當然還不包括其他兩個案子。

市大隊警員鄭文龍皺眉看著電腦螢幕，嘴裡碎唸道：「這畫素也太差了，都什麼年代了，也不知道弄個高畫質鏡頭，小氣的學校。」

童小川雙手抱著肩膀，緊鎖雙眉：「那地方我去查看過了，是個典型的特殊區域，旁邊就是學校的垃圾堆放處，統一收集學校裡的各種生活垃圾，然後每天再由專門的垃圾車清理走。小張，垃圾車司機找到了嗎？」

張一凡趕緊從口袋裡摸出工作筆記本，打開，溜了一眼，這才胸有成竹地答道：「童隊，我問過了，司機的原話是—— 一切正常。」

「就這麼簡單？」童小川感到有些詫異，歪著頭看向自己下屬，「別的什麼都沒說？」

「還真是這樣。」張一凡有些委屈，「那所國中每天晚上就只有一個保全值班，而值班老師在午夜十二點後就會回家的。至於說每天早上負責把垃圾箱拉出校園的，就是當晚值班的保全，所以垃圾車司機才會說一切正常，也可以看出，至少在五點半的時候，陶大海還沒有死。」

童小川點點頭：「那倒是，這一點確實縮小了具體的案發時間範圍。」

鄭文龍轉頭道：「童隊，那這個老保全平時的社會關係怎麼樣？複雜嗎？」

「你為什麼會這麼想？」童小川饒有趣味地問道。

「很簡單，社會關係複雜與否將直接關係到當事人自身的風險安全係數，用腦子隨便想想就知道啦，」鄭文龍嘿嘿一笑，「現在的人，社會關

第三章　靈魂復仇

係不要太複雜了！」

童小川嘆了口氣，懶懶地說道：「錯啦，我們這位大叔平時的社會關係非常簡單，轄區警員說了，這位老保全是個出了名的熱心腸，他們夫婦倆可是當地社區有名的老好人。女兒是軍醫，剛從非洲回來，女婿是工程師，家裡什麼都不愁，也有退休薪資，老伴在社區居委會工作，而自己之所以選擇出來工作就是不想太清閒了。」

「那就怪了，他大清早的去後面做什麼？學校的公共廁所就在保全室對面的一層啊，完全沒必要繞到屋子後面那斜坡上去的。」鄭文龍說道。

「除非，除非是有人把他叫過去的，或者說他發現了什麼。」童小川無奈地看著灰濛濛的電腦螢幕，「可惜的是那裡竟然沒有鏡頭。」

「或許是因為那地方沒什麼值得偷的吧，堆放的都是垃圾。」張一凡揉了揉發酸的眼睛，小聲咕噥。

童小川搖搖頭：「早上去保全室後面的就只有兩種人，要麼是負責打掃環境的學生或者值班老師，要麼就是值班的保全。而外人如果要想進入校園，然後到達出事地點的話，就必須經過保全室，非常顯眼。再說了，那時候已經過了早上六點，而學校有個不成文的規定，就是早上六點過後只能打開校門旁的小側門，然後值班保全要到位，七點三十分才能打開另一側的大門，那時候兩名當天的值班老師到位，迎接學生的到來。所以說，如果外人要想瞞了死者而去出事地點，那是絕對不可能的。這樣一來，就可以排除校外人作案的可能。還有啊，你們可別忘了，這個老保全一貫的口碑好，是個非常熱心的人，而這種人，還有一種比較貶義的說法，那就是『好管閒事』，但凡是被他看到了，或者說被人要求，那麼，死者就一定會主動離開職位而去房子後面的出事地點，其間更是毫無任何戒心。」

看著閃動的電腦螢幕，鄭文龍皺眉道：「那就更麻煩了，我們這邊看到的只是三撥學生而已，難道說，他們是凶手？這些可都還是孩子啊，怎麼可能會這麼殘忍地殺害一個普通的保全？」

「有時候，不能只看外表來判斷人的好壞，要知道這世界上最難讓人看懂的，莫過於人的內心世界了。」童小川若有所思地說道。

突然，他的目光停留在了電腦螢幕上，接著便語氣急促地說道：「等等，倒回去……就是前面三十秒……就是這裡，你們看，這個學生在看什麼？」

電腦螢幕上，一位手中拿著大掃把、身穿深色羽絨服的女學生正面對著螢幕右方看著什麼，時間不到一分鐘，但是螢幕上方顯示的時間卻是六點四十九分。而這個女學生卻並不是後來發現死者倒地的那兩個孩子中的任何一位。

「我想，我們找到了一個關鍵證人！」童小川慢悠悠地說道，他順手拍了拍張一凡的肩膀，「走，我們找這個孩子談談！」兩人便一前一後地走出了辦公室。

沒幾分鐘，刑警二隊辦公室的門又被人推開了，接警中心的值班員鄭紅梅探頭進來，一眼就看到了坐在桌子邊身材健碩的鄭文龍，兩人因為同姓的緣故，平日裡關係也不錯。鄭紅梅壓低嗓門叫道：「阿龍，快出來，我有急事找你。」

鄭文龍按下了暫停鍵後，和身邊的同事打了個招呼，便樂呵呵地跑了出來，順手帶上門。走廊上人不多，鄭文龍便直截了當地問道：「妹子，到底出啥事了，看妳這麼急，還殺到刑警隊來了？」

鄭紅梅卻一臉的凝重：「上次叫你查的那個IP，找到地址了沒？」

第三章　靈魂復仇

鄭文龍一臉的沮喪：「不太好找，這傢伙在境外租了個伺服器，又不停地變換IP地址，我根本就查不到。」想想，他又不甘心地補充了句，「至少是現在，不過我還會努力的，妳放心吧。沒什麼別的，我就進去了，這有點忙……」

話還沒說完，鄭紅梅的臉色卻陰沉了下來，道：「是不是那所學校的案子？」

鄭文龍愣了：「妳怎麼知道？哦，對了，妳昨晚值班。」

「他又打電話了。」鄭紅梅焦急地說道，「我就打賭肯定又死人了，這絕對不是什麼騷擾電話，打電話給我的人肯定就是殺人凶手！」因為激動，她說話的聲音越來越大，引得隔壁辦公室的人都好奇地打開了門朝外看。

「哎喲我的姑奶奶，妳小點聲啊，這可是人家的地盤。」鄭文龍趕緊打圓場，「妳有話好好說不行嗎？走吧，我跟你去接警臺看看，要真是有情況的話，我就立刻通知童隊。」

鄭紅梅悻悻地點頭：「你早就該重視了，是不是騷擾電話，我可比你清楚！」

＊　＊　＊

市警局餐廳裡。哪怕不是飯點，空氣中也都會瀰漫著一股蒸熟了的饅頭香。

李曉偉只在椅子上坐了不到五分鐘的時間，章桐就匆匆趕到了。坐下後，還沒等他開口，章桐便打開隨身帶來的公文袋，從裡面拿出兩份報告，看也不看就直接悉數推到了李曉偉的面前：「你是全科醫生，這個不用我解釋，你看得懂。」

「這是⋯⋯」李曉偉一臉的狐疑。

「死者的死因和DNA資料分析圖譜。」說著，她又從公文袋裡取出最後一張A4列印紙，這張紙明顯是從某個活頁夾中被取下來的，上面字跡的陳舊也表明並不是近期所作，「至於這個，你看看吧，我就不多說了。」

「我之所以把你叫來，實在是因為這些東西不便帶出警局，目前案子還沒有破，我得保證這些資料的安全。」章桐靠在椅背上，雙腿習慣性地盤膝而坐，若有所思地看著李曉偉。

「三年前，在李智明殺妻案發生前的一個月，局裡正好開始建立指紋檔案庫和DNA資料庫，當時有個規定，就是鼓勵盡可能多地收集資料入庫，以便於日後工作的開展，我記得包括車管所還有醫院，只要留有血樣或者和警方所處理的案件有關，都會在徵得當事人的同意之下，盡可能全面地登記並採集資料入庫，重大刑事案件更是成了典型。而一個月後發生了李智明殺妻案，按照上面的要求，我們的DNA技術員便採集了當時某些相關人員的DNA資料和指紋入庫。接下來我所發現的，便是擺在你面前的這堆資料了。」

看著李曉偉的目光中所流露出的詫異和驚愕，章桐不以為然地聳聳肩：「沒錯，你是對的，我應該向你道歉。」

「道歉？為了什麼？」李曉偉不解。

「理由是我現在不得不懷疑李智明是不是真的死了，因為和他案件有關的五個關鍵人物中的三個，都死了。」章桐輕輕出了口氣，目光中充滿了迷惑。

「五個？」李曉偉問，「哪五個人？」

章桐下意識地伸出了右手，逐一數道：「第一個，民福國中的老保全，

第三章　靈魂復仇

是他先發現了受害者的頭顱並且報了警，後來還帶著趕來的派出所警員直接就去了李智明的家，並且直接指證了對方的人品有問題，這對刑警隊的先期偵查有著很大的推動作用。」

「他怎麼會知道這麼多？」李曉偉不解地問道。

章桐苦笑：「因為他的老伴是社區的調解大媽，兩人據說在當地可是出了名的老好人、熱心腸，也非常熟悉社區中的各個住戶……哎喲，看我這記性，我想應該就是那時候辦李智明的案子，我去過三次現場，她見過我吧。我說今天早上怎麼她就記起我來了呢！看來這老太太的記性可比我好多了。」

「第二個，就是墜樓案中的女死者白曉琴，一位去年剛參加工作沒多久的年輕女孩，生活快樂陽光，社會關係簡單，談了個男朋友，據說今年年底打算就要結婚了，兩人關係也不錯。根據卷宗描述，三年前，在案發前一週左右，她正面臨畢業實習找工作，那天晚上和班裡幾個同學K歌回來的路上，無意中看到了路邊停放的一輛車上，一男一女正在做著一些不雅的行為。我想是出於好奇和惡作劇的心態吧，幾個學生中的男孩子便開始起鬨，就是在那個時候，白曉琴看見了李智明的臉，卻沒有看清身旁那個女的是誰。當時，她並沒有當回事，畢竟這只是幾個孩子的惡作劇，而作為女孩，白曉琴還是本能地感覺難堪的。直到後來，當新聞媒體上播出了李智明的照片時，白曉琴便把他認了出來，出於義憤和衝動，她就直接去派出所舉報了這件事，證實了李智明有過出軌行為。」

李曉偉突然問道：「後來找到那個女的了嗎？」

「奇怪之處就在這裡，或許是因為怕有監控吧，他承認得很乾脆，卻死活都不願意說出女方到底是誰，只是說是自己臨時起意找的娼妓。不過

這一條對於他殺害妻子的動機可是完全不利的。

「第三個，就是警員阿水，他是整個案件中第一位接觸李智明的人，當時他所在的派出所接到出警指令後，他第一個趕到現場。李智明被拘押後，阿水因為偵辦案件的關係，也和他有過多次接觸。如果說這是他被害的真正原因的話，那我想，這接下來的那個人，就應該是我了。」

李曉偉心中一驚，啞然道：「為什麼這麼說？」

「因為我主持了這個案件中死者屍體的解剖工作，並且在隨後的法庭審理中出庭做證。他被判死刑，我的證詞非常重要。」章桐苦笑，「也就是說，他並沒有和我說過一個字，但是卻知道我的存在。如果他是一隻駱駝的話，那我就是那壓垮駱駝的最後一根稻草。」

「妳別胡思亂想，這根本不可能！這些，都只不過是巧合而已。」李曉偉結結巴巴地說道，「我以前都是瞎說的，妳不是還罵我是神棍嗎？你可千萬別當真啊！」

「我可沒胡思亂想，這是合理推論。」章桐咕噥了一句，「說到那第五個人，她沒有留下 DNA 資料，因為據說她當時精神不太穩定，被送去醫院了，她丈夫拒絕了我們技術員的要求。」

「妳說的是沈秋月吧？住在李智明家樓下的？」

章桐點頭：「應該是，卷宗上就是這麼寫的，嚴格意義上來說，她只是聽到了案發當晚李智明分屍的聲音。所以，真要是所謂的『報仇論』的話，這第五位證人的危險性要相對弱一些，她的作用只不過是旁證了案發時間而已。」

「我當時參與了對沈秋月的心理救助，後來她就去了我同學顧大偉開的心理診所繼續治療，可是這狀況也沒持續多久，說是她查出來懷孕了，

第三章　靈魂復仇

月分大了，自然也就不去了。要知道，有些心理藥物是不適合孕婦服用的。」李曉偉說道，「雖然可能性不是很大，但我還是側面提醒一下她的丈夫要比較好一些。那妳接下來打算怎麼辦？」

「我會把這個線索通知給負責案件的童隊，如果有可能的話，最好和三年前的那起案件一起併案處理。」此時，手機鈴聲響了起來，章桐示意李曉偉不用迴避，然後按下接聽鍵。電話是監獄方打來的，結果其實也在意料之中。很快，她便放下手機，看著李曉偉：「李智明的屍體的的確確已經被火化了，並且有兩名以上的獄方管理人員和法醫在場做見證，他們都是簽字確認身分的。所以這一點不用懷疑。」

「我記得當時他在監獄裡是自殺的，對嗎？」李曉偉問道。

章桐點頭：「在來見你之前，我和監獄方通過電話，詢問了那次事故的具體情況。李智明是原發性高血壓患者，他每天都必須服藥，但是事發前三天，他卻故意沒有服藥，導致血壓驟然上升，被送往監獄醫院治療，他趁護理師沒注意偷了個一次性針管，當天晚上，他就在自己的點滴管裡扎了滿滿一針管的空氣。結果是必死無疑。」

「看來，他就沒打算活著出來。」李曉偉嘆了口氣。

「是的。」章桐說，「他正處於上訴期，最後的死刑裁決還沒有正式下來，偏偏就在這個節骨眼上他選擇了自殺，也著實讓人想不通。」

「我們幾個同行私底下也曾經多次討論過這個很特殊的案例，如果單純按照反社會型人格障礙來判定李智明的行為的話，倒是可以解釋後面有關殺妻後毫無悔意的表現，因為患有這種人格障礙的人對自己的所作所為是完全不在意的，他們有著嚴重的自戀傾向，並且對自己身邊的人控制慾極強，稍有不滿便會暴力相向。但是這些描述卻和李智明日常所表現出來的

種種行為是完全不相符的，據我所知，李智明在他人眼中，對自己的妻子極其疼愛，平時也包攬了家中所有的家務，在周圍鄰居看來，是一個口碑很不錯的男人。所以如果單純以背叛妻子有了第三者而想離婚的話，最後殺妻，而且用這種近乎變態的殘忍手段，這真的是讓人無法理解。」說著，李曉偉伸了伸懶腰，順便活動了一下有些發酸的脖頸，「所以說，我個人認為李智明殺妻肯定另有目的。可惜的是，我沒有機會當面和他好好聊聊。」

他突然注意到章桐看著自己的目光中有些說不出的怪異，便不解地問道：「妳為什麼這麼看著我？」

「你曾經問過我，是否相信這個世界上人死了以後還會有靈魂存在，對嗎？靈魂復仇？」章桐喃喃道。

李曉偉著實被章桐的話嚇了一跳，他知道眼前這個女人一向是崇尚理性和科學的，更是從不相信這個世界上有什麼鬼神一說，但是如今突然跟中了邪一樣開始質疑自己之前的觀念，這可絕對不是什麼好兆頭。

「那都是我在逗妳開心呢，你可千萬別放在心上！」李曉偉急了，「答應我，千萬別放在心上，我以後再也不胡說八道了。我錯了，我真的錯了，妳別嚇我，要知道妳再這個樣子下去的話可會闖禍的。」

章桐略微遲疑了一下，緊接著便神情凝重地說道：「我在白曉琴的指甲內容物裡發現了一個男性的DNA。」

一聽這話，李曉偉的臉色頓時變了，他輕聲而又堅決地說道：「不，絕對不可能是他！」

章桐沒有說話，只是默默地收拾好桌上的所有資料紙，整理好，然後逐一塞進公文袋，最後站起身，頭也不回地離開了餐廳。

她用自己的行動告訴了李曉偉那個DNA主人的名字。

第三章　靈魂復仇

✦ 5

　　街角的一間酒吧裡。

　　喝酒的人雖然很多，但是彼此之間卻似乎都隔著一道看不見的屏障。沒有人在乎你是誰，也絕對不會有人關心你將要回到哪裡去。每個人的臉上都戴著一個無形的面具，而酒精也就成了麻醉自己唯一的選擇。

　　右手手背上的傷口已經發炎了，喝了一口苦澀的杜松子酒，開始猶豫要不要打消炎針。最近自己的身體狀況一直很不好，睡眠也差了許多，畢竟殺了人，也就無法逃避一個普通人所必然會擁有的恐懼和不安。

　　幾次顯而易見的失敗之後，開始覺得有些力不從心了。

　　捫心自問——自己是犯罪天才嗎？當然不是！

　　但是很清楚自己是個撒謊天才。想到這裡，再次把酒杯放到自己嘴邊的時候，嘴角那抹得意的笑容卻是再也無法掩飾住的。

第四章　幽靈殺手

「反之，當我們無法如對方所願地去阻止的話，那慘劇將會不斷地發生，直至把目標徹底殺害，而當報復目標消失的時候，因為強烈的內疚，她最後一個傷害的，應該就是她自己了。」

◆ 1

校長會議室裡。

在等待老師前去找尋那個監控影片中的女學生間隙，童小川支走了張一凡，抽空趕緊打了個電話給未婚妻吳嵐。吳嵐在日報社工作，負責法制專欄，是個性格直爽、有什麼事就絕對不會留到第二天去處理的女人。所以兩個人之間雖然已經到了談婚論嫁的地步，但是個性使然，免不了就經常會因為一點小事而吵得雞飛狗跳。

「嵐子，找我啥事？」童小川壓低嗓門道，「我時間不多，趕緊說。」

「我今天都打了幾個電話給你了……算了算了，不跟你計較。對了，你是不是在搞前段日子的那個跳樓自殺案呢？」電話那頭，吳嵐的口氣依舊是一貫的風風火火。

「這個，我真的不能說，這是局裡的規定。」童小川口吻有些難得的溫和。

第四章　幽靈殺手

「其實也不用你說，我今天打電話給你只不過是想證實一下，畢竟現在網路上很多消息都是不可靠的。」吳嵐直截了當地說道，「那個女死者雖然是跳樓死的，但她是被害的吧，對嗎？」

童小川聽了，心中不由得一緊：「妳……從哪裡知道的？」

「我知道得還多著呢！」吳嵐的嗓音中充滿了驕傲，「她身上應該少了一根骨頭，對不對？一節肋骨！這可不是一節普通的肋骨哦。」

童小川的腦海裡飛速地思考著，因為死者身上少了一節肋骨的事情是絕對不會向外公布的，難道說自己身邊有人為了一點利益而甘願放棄職業道德？他緩緩說道：「真的嗎，嵐子？我怎麼沒聽說有骨頭少了的事。」

這回輪到電話那頭感到驚訝了：「你作為主官，竟然不知道這事？是不是剛去刑警隊，人家不服你，所以留著有用的線索準備向大長官邀功？真沒想到你們當警察的也玩職場宮鬥劇啊。哎，我跟你說，你可不能輸給他們。」吳嵐是個很講究實際利益的女人，她既然已經認定了要和童小川結婚，那兩人之間的吵架是關起門來的內部矛盾，而現在的情況可就另當別論了。

童小川看著推門而入的校長，臉上勉強擠出了一絲笑容，語速飛快地說道：「把妳聽到的可靠消息傳給我，我處理完手頭的事再和妳聯絡。」說著，他不容對方有任何反應，便結束通話了電話，同時把手機調成了靜音。

「鄒校長。」童小川衝著對方點點頭。在校長身後，站著一位身穿校服的女學生，大約十三、四歲的年紀。

「這位就是你們看到的趙靜同學。」大家落座後，鄒校長語氣溫和地開始介紹，「她在國中部一年級三班念書，是個很聽話、懂事的好學生，你

們有什麼問題就儘管問吧。」

女孩有些靦腆，也有些拘謹。

童小川看看身邊坐著的張一凡，心裡便有了主意，道：「你來吧。」

張一凡聽了，趕緊清清嗓子，攤開筆記本，聲音柔和地問道：「小妹妹，跟警察叔叔說說，今天早上妳在打掃的時候，在垃圾桶的方向看到了什麼？」

趙靜點點頭，凝神想了想，便輕聲答道：「我當時聽到有人在吵架，聲音很凶。」

「吵架？誰和誰在吵架？」

「聲音最大的是保全大叔，另一個人，我並不認識，他當時就站在學校圍牆外面。」

童小川緊鎖雙眉，他看過那段鐵柵欄圍牆，不是全封閉的，柵欄之間有一定的間隙。但是校園外的那條小街上的監控，他可是仔細查看過多遍的，並沒有可疑人員或者車輛經過。他看了看張一凡，目光示意他繼續追問下去。

「能和叔叔描述一下對方的大概長相嗎？比方說身高，穿什麼衣服？講話的語氣？是不是我們當地口音？」

「我聽不清楚那個人在講什麼，因為當時機器聲音很吵。至於說他的穿著打扮之類，很普通，我沒注意看。」趙靜皺眉說道。

「那妳為什麼就能分辨出保全的聲音呢？」童小川忍不住追問道。

「是這樣的，我們的這位老保全嗓門大是出了名的，一生氣就會高聲罵人。」一旁的鄒校長趕緊解釋道。

第四章　幽靈殺手

「那機器聲？什麼機器聲，妳還記得嗎？」童小川目光落在了趙靜的身上。

「馬達聲。」這一回，她回答得倒是很快，「因為我每天上下課都要經過學校對面的水產批發市場，所以這種很特別的馬達聲經常聽到。」

那叫水產增氧機，童小川可是親眼見過這東西的威力的，便點點頭：「明白了。也就是說妳之所以當時會注意那個方向，是因為老保全的嗓門，對不對？」

「是的，大叔很生氣的樣子，先是站在坡上，後來就向鐵柵欄那邊走去了。」說著，女孩抬起頭，認真地看著童小川，「他們開始吵得很凶，可是後來就突然不說話了，那時候我班長叫我，我就走了。」

「謝謝妳。」童小川知道，此刻自己已經問不出什麼來了，便告別了校長，和張一凡兩人一起匆匆走出了校園。

臨上車之前，兩人又特地繞道至校外的那條岔道上，現場果真如那女孩所說，正對著陡坡就是一個一人多高的鐵柵欄。顯然，案發那一刻，凶手正是站在鐵柵欄旁，把保全引到自己面前，在準確的範圍內實施行凶。童小川無意中用手推了推鐵柵欄，卻注意到這些看似很堅固的東西對付學生還是可以的，但是真要是成年人的話，卻也是形同虛設，自己一用力就能把它掰開，而地面上也確實有移動過的新鮮痕跡。

接著，童小川又轉身看向身後幾十公尺遠的電線桿上唯一的一架路邊監控，冷冷說道：「那傢伙是踩過點的！」

張一凡順著他的視線看過去，果不其然，監控只能拍到大半個路面，就連街道兩旁停放著的車輛也是隻能照到小半個車身：「難怪我們搜遍了監控，也看不到案發經過。只是，童隊，作案工具到底是什麼？我記得章

主任說是一根帶電的針？」

「你還記不記得剛才那女孩子提到過當時她聽到什麼聲音了？」童小川反問道。

「當然記得，馬達聲。」

「那是大功率高壓氣泵型的水產增氧機，一般都是賣魚的才會有。這周圍最近的賣魚的也在三百公尺以外，怎麼可能會聽得這麼清楚？除非當時在案發現場有一輛裝著這部水產增氧機的車正好打開了車門，朝著我們的受害人，電機馬達聲才會這麼響。而要能同時裝下水產增氧機和大功率發電機的，就必須是一輛經過改裝的麵包車。」

「我們之所以沒有在監控鏡頭中查詢到犯罪嫌疑人的蹤跡，那是因為他很好地利用了一臺麵包車作為自己的死角，而這個位置是不允許賣魚的，離學校那麼近，周圍又沒有居民區，剛才那孩子反映說兩人吵架時，車門是打開的。」童小川皺眉道，「我想，那臺電機的出現，噪聲如此之大，很有可能就是為了引保全去那個位置，接著兩人便會產生衝突，因為聽不清對方的話，保全就向前走，來到這個柵欄旁。死者應該知道這個地方是唯一可以繞過前面保全室的路徑，而他一定以為對方正準備在這裡擺攤賣魚，所以才會上前阻止，並且兩人發生了爭執。」

張一凡突然說道：「那女孩的出現，會不會正好打斷了嫌疑人的行凶？而死者遭到心臟電擊後，雖然心臟停止跳動了，意識尚存，所以才會後退，搖搖晃晃地倒地抽搐？」

童小川瞪了他一眼：「你探案小說看多了吧，破案要靠真憑實據，可不是什麼瞎胡鬧！」

話音未落，手機在口袋裡震動了起來，童小川轉身便向停放著警車的

第四章　幽靈殺手

大槐樹下走去，一邊掏出手機，見不是未婚妻吳嵐打來的，這才暗暗鬆了口氣。

「我是童小川。」

讓他感到意外的是，電話竟然是鄭文龍打來的：「童隊嗎？我是網安的阿龍，趕緊回局裡，有重要線索……」

「什麼重要線索，在電話裡不能說嗎？」童小川示意張一凡開車，自己便鑽進了副駕駛座，「我最討厭神神祕祕地故弄玄虛。快說，別浪費時間！」

「好的好的，童隊，我想那死了的老保全，很有可能和另外三名死者是死於同一個人的手裡！」鄭文龍結結巴巴地說道，「我剛才分析了聲紋，一模一樣的！」

「等等，誰的聲紋？」童小川一頭霧水。

鄭文龍這才意識到童小川還並不知道接警臺所發生的事，頓感事情重大，便簡單扼要地把接連幾天發生在接警臺的奇怪電話說了一遍。

「都怪我大意了，童隊，對不起，我失職了，如果早一點發現的話，或許後面就不會發生這麼多悲劇了……」最後，鄭文龍惴惴不安地說道。

片刻沉默過後，童小川道：「也不能都怪你，誰都可能會有大意的時候，你也別太自責了，回局裡再說吧。」說著，他便結束通話了電話。

張一凡沒有說話，他打開車窗，伸手拿起警燈吸住車頂，瞬間，刺耳的警報聲便劃破了夕陽下寧靜的安平小城的上空。沿途的行人紛紛側目，而坐在副駕駛座上的童小川，卻看著手機螢幕，目光若有所思。

✦ 2

　　傍晚，高中生小杰背著書包匆匆穿過擁擠的街道。雪停了，地面變得泥濘不堪，單薄的校服讓他感到很冷，所以走上社區外的人行道後便重重地打了個噴嚏，順手去口袋裡摸衛生紙擦鼻涕的時候，指尖觸控到了口袋裡一枚圓圓的硬幣，硬幣冰涼，心情便也沮喪了起來，因為這是自己目前唯一的家當了，如果晚上還要出去繼續上網玩遊戲的話，不只是上網的錢不夠，用來賄賂網管的錢那更是遠遠不夠的。

　　抬頭看了看自家的窗戶，屋裡燈亮著，父親應該回家了吧，而母親不到牌局結束是從來都不會記得自己還有一個家的。於是，只要母親不回家，那等待著自己的就永遠都是醉酒的父親和冰冷的拳腳。

　　他猶豫了好一陣子，冷風吹在臉上有點痛，雖然心中極其渴望回家，但是他卻還是狠下了心，喉嚨一癢，便朝地上生生啐了一口，用灰不溜秋的球鞋底蹭了蹭，最後又抬頭看了一眼家裡的陽臺，這才轉身果斷地向社區外快步走去。

　　這個時候，儘管凍得半死，他那略顯蒼白的臉上竟然泛起了一陣興奮的紅暈。

　　「小杰，小杰，你去哪裡啊？」鄰居停下了車，搖下車窗叫他，「你不回家了嗎，馬上吃晚餐了。」

　　應該是看到了他肩上沉甸甸的書包吧，小杰在鄰居的目光中竟然看到了一絲憐憫，這讓他感到很噁心，便硬生生地嚥下了已經到嘴邊的話，頭也不抬地匆匆離開了，就好像要迫切逃離這個冰冷的現實世界。

＊　＊　＊

第四章　幽靈殺手

　　和周圍林立的高樓大廈相比起來，市警局這棟舊時代的五層樓建築顯得有些寒酸，暗灰色的外牆表面在夕陽中被疊印出了一種古怪的色彩，而大樓的走廊裡似乎永遠都瀰漫著一股陳舊的霉味。

　　離確定的開會時間還有不到十分鐘，童小川菸癮犯了，他獨自站在走廊上，用力推開面前的玻璃窗，看著遠處逐漸亮起的霓虹燈，打火機的火苗在寒風中若隱若現。他深吸一口，滿足地微微閉上了雙眼。

　　「童隊，」李曉偉出現在他的身旁，「給我一支。」

　　「喲！你也抽菸？」童小川感到有些意外，卻並不拒絕這略顯莽撞的要求。

　　「很多年沒抽了，本以為戒了的，現在看來是空歡喜一場。」李曉偉熟練地點燃香菸，吐出了一個近乎完美的菸圈，喃喃道。

　　童小川敏銳地覺察到了什麼，輕聲道：「是不是遇到什麼煩心事了，兄弟？」

　　李曉偉若有所思地看著逐漸籠罩城市上空的濃濃夜幕，半晌，啞然道：「童隊，不知道在這個世界上有什麼樣的對手，是能夠使你從心底感到害怕的？」

　　童小川一怔，搖頭：「我，我不知道。你怎麼會突然問這個？」

　　李曉偉卻並不回答他的反問，只是輕輕嘆了口氣，貪婪地重重吸了兩口菸後，便順手把菸頭在花盆裡掐滅，轉而面對童小川，微微笑道：「童隊，其實答案很簡單，就是你根本看不見的對手，你不知道他的長相，也不知道他在哪裡，更不知道他會在什麼時候用什麼樣的方式接近自己的獵物，你唯一所能面對的就是他走後所留下的那一具冰冷的屍體罷了。」

　　童小川驚得目瞪口呆，他似乎意識到了什麼，可是看著李曉偉的背影，

卻又欲言又止。他下意識地摸出手機，看著未婚妻吳嵐在下午的時候發來的那段留言，這一刻他突然明白了李曉偉剛才所說的話中那刺骨的寒意。

＊　＊　＊

　　飛魚網咖的煙霧報警器一到晚上七點便會被值晚班的網管關閉，高中生小杰推開玻璃門的時候，撲面而來的菸味讓他感到一陣頭暈。他不會抽菸，雖然有時候不得不勉強裝裝樣子，因為只有這樣做了，才會在自己的所謂朋友圈裡擁有最起碼的一點存在感，但是過後，那種嗆得肺裡火燒火燎的感覺總是讓他後悔不已。

　　人為什麼總是要做明知會後悔的事呢？

　　小杰嘴裡咕噥著向網管櫃檯走去，果不其然，今晚還是那個胖老闆值班，應該是知道晚上的油水遠遠超過白天的收入吧，小杰的嘴角露出了一絲鄙夷。

　　可是詭異的一幕出現了，胖老闆竟然伸出那肉乎乎的手掌朝著小杰招了招，滿臉諂媚：「小老弟，就知道你會來，機子已經給你開好了，最好的包間，茶水免費供應，對了，還沒吃晚餐吧？哥這就給你叫外賣去。」

　　小杰愣住了，雖然飢腸轆轆，但是卻出於本能地警惕地問道：「你怎麼突然對我這麼好？告訴你，我今天可沒錢上網。」

　　出乎他意料的是，眼前這胖老闆根本就沒有生氣，反而笑得更開心了：「小老弟，不用你花錢，我剛才不是說了嗎，機子都已經幫你開好啦，我們飛魚網咖最好的一臺機子，座位可是『頭等艙』級別哦，茶水、泡麵免費供應，你想吃點喝點別的，儘管叫哥哥我就是了，不用你花一分錢！而且啊，不只是今天，整整一年的時間，你都是我們飛魚網咖級別最高的會員，可以不限時免費玩遊戲。」

第四章　幽靈殺手

「你說什麼？」小杰突然感到自己的心臟在狂跳不已，他不敢相信自己所聽到的一切。

「唉，你怎麼還不明白呢？」胖老闆無奈地嘆了口氣，靠在椅背上，雙手抱著肩膀，悻悻地抱怨道，「跟你簡單說吧，有人往你帳戶裡儲值了一萬塊，指明要為你開通一整年的不限時上網。你小子，什麼時候抱上了這麼肥的大腿了？也不吱一聲！以後啊，多照顧照顧點哥哥我這破網咖的生意啊，有好東西可別一個人獨吞了，真不夠哥們。」

小杰的臉上露出了古怪的笑容。

◆ 3

又是一個不眠之夜。市警局案情分析室裡，地上鋪著深紅色的腈綸地毯，好幾處邊角都已經被磨得褪了色，可是如果不鋪地毯的話，底下那年久失修的木質地板走上去時所發出的「嘎嘎」聲則更會讓房間裡的人感覺頭皮發麻。

主管刑偵的副局長陳豪這兩天日子並不好過，案子沒有起色，而社會上的各種輿論卻又壓得讓人無法喘氣。他抬頭看了看房間中這些年輕人疲憊的臉，知道在這個節骨眼上，自己除了堅持和對下屬的信任，真的是不能有絲毫抱怨的。

因為如果連自己都挺不住的話，他們又哪來的信心能夠靜下心來去破案？

或許是因為抽多了菸，童小川的嗓音變得異常沙啞：「黃巷新村是個

開放式社區，沒有物業，而發生在那裡的白曉琴墜樓案，我們查看過監控影片，最終在臨街的一個小雜貨舖門口終於找到了一個探頭，還好是高畫質的，正對著他們的樓棟門，可以看到白曉琴上去，可惜的是卻看不到她墜樓的場景，只能大概看到一點窗玻璃上的反光，知道是人掉下來了，能就此推斷出大概的死亡時間。監控影片中顯示，凌晨一點二十七分的時候，死者白曉琴獨自一人走進樓棟門，上了樓梯，五分二十七秒後，慘劇就發生了。而案發現場的樓頂並沒有打鬥的痕跡。我們也做過實地勘察，五分二十七秒正好是一個人緩步走上樓頂的正常時間。

「為了以防萬一，我們還派人逐一走訪了事發樓道內的所有住戶，得知白曉琴並不住在這棟樓，而案發當晚也沒有人聽到過呼救的聲音，也就是說她自己跳下去的可能性非常大。還有一個，我必須說明下，發現死者的是兩個當地巡夜的消防隊員，因為最近那個地區一連發生了好幾起入室盜竊案，所以當地派出所就加強了夜間的巡邏治保工作。」說著，他看了一眼章桐，「至於說章主任所發現的那一截耳機線，我們反覆搜尋過案發周圍，包括樓道，並沒有看到有被震掉的耳機，目前這條線索還在繼續跟進。因為我們在監控影片中看到死者上樓前，頭上確實戴了一副耳機，只是因為離得太遠，而且畫素的問題，使得我們無法判斷出耳機的具體型號和顏色。」

痕檢的工程師歐陽說：「沒問題，這個就交給我們吧，我們正在聯絡一些知名的耳機生產廠商和相關業務部門，他們應該會有所判斷。」

「童隊，你接著說。」陳豪對著童小川點點頭，「大致的現場情況和案發經過我們都已經知道了。只是我有一個問題，你是因為什麼而決定把這幾個案子串並處理的？」

第四章　幽靈殺手

「有兩個原因。」童小川點開自己面前的膝上型電腦，「首先，我想請各位來聽兩段電話錄音。」

說著，他便按下了電腦螢幕上的播放鍵，房間裡頓時響起了電話鈴聲：

「你好，請問有什麼能幫你？」

嘈雜的背景，斷斷續續的啜泣聲，可以聽出是一個男人壓抑的哭聲。

「你好，你有什麼需要幫助嗎？是不是身體不舒服⋯⋯」女接警員在耐心地引導對方說話。

終於，電話那頭的男人開始說話了。

「⋯⋯我，我錯了，我錯了，請原諒我，我知道我做得不對，可是我控制不住自己啊⋯⋯」

女接警員的聲音變得有些不滿：「這裡是接警處理中心，不是心理諮商熱線，建議你撥打電臺熱線或者專門機構處理⋯⋯」

童小川輕輕嘆了口氣：「這是第一個電話，下面是第二個。同樣的時間段打來的，接警員是接警中心的鄭紅梅。」

電話錄音的「沙沙」聲又一次響起，一樣的接聽，又是一樣的回答，只不過在錄音末尾時，鄭紅梅顯然已經意識到了對方撥打這個電話必定是另有目的，所以她急切地追問道：「請不要結束通話，先生，能告訴我你撥打這個電話的目的嗎⋯⋯」

回答她的卻只是意料之中的「沙沙」聲，電話很快終止，房間裡恢復了一片沉寂。

童小川把電腦轉交給身邊坐著的鄭文龍，後者點點頭，說道：「下面由我來簡單解釋一下我們剛進行過的聲紋鑑定，又稱語聲鑑定，這是一項

對有聲言語進行個人辨識的專門技術，哪怕是嚴重失真的錄音資料，但是一個人的聲紋標識卻等同於他所擁有的個體生物遺傳特徵DNA，是獨一無二的，要想找到完全相同聲紋的兩個不同個體來源的機率是極低的。所以，本案中的鑑定物是幾段電話錄音，就更好辨識了。」

「打個比方來說，聲紋鑑定技術就類似於用特殊的電子設備來讀取我們的聲音特徵。其間，我們把兩段錄音分別輸入語圖儀，也就是聲紋儀轉換成條帶狀或者曲線性語圖，這裡的語圖指的就是聲紋，根據語圖所反映出的音訊、音強與時間等語音特性進行比較，就能對兩份鑑定物資料是否為同一個言語人做出準確的鑑定與判斷。」說著，他順手打開了房間裡的投影機，把兩張語圖放了上去，「大家現在可以很容易看出，這兩份語圖是完全重疊的，也就是說，儘管在剛才所聽到的電話錄音中，對方只是斷斷續續地說話，並且背景不是非常清楚，其間也有很強的底噪，但是經過語圖儀的專門分析後，就能確定是一個人打來的，而這樣的電話資料至今為止不是兩個，是三個。」

「這個人總共打了三次電話？」一旁坐著的李曉偉皺眉問道。

鄭文龍點點頭：「是的，目前為止是三個。我也查過對方的來電號碼，不出所料，是網路虛擬的，至於說IP地址嘛，狡猾得很。這傢伙是個老手，他完美地隱藏了自己。而他三個電話打來的時間非常特殊，因為不久後就發生了三起凶案，它們分別是萬州大藥房殺警案、墜樓案和保全被殺案。要是我的判斷正確的話，對方在下一次出手前，應該還會打出第四個電話，或者說第五個。」

鄭文龍話音未落，李曉偉便說道：「從剛才的電話錄音中可以分辨出打電話的人出於惡作劇的可能性並不大，這樣一來，殺人前的懺悔，而殺

第四章　幽靈殺手

人時卻又下手果斷狠毒，這完全就是兩種極端的心理狀態，不排除這個人患有邊緣性人格障礙並且伴有嚴重的自戀傾向。」

童小川問：「李醫生，他打電話的用意到底是什麼？」

「應該是想要別人來阻止自己。我剛才提到的邊緣性人格障礙，是我們精神科常見的一種人格障礙，主要展現為個體的情緒、人際關係、自我形象和行為的不穩定，是一種既複雜又嚴重的精神障礙，平時個體的表現既穩定又不穩定，治療起來難度非常大。這種障礙介於精神官能症和精神病之間，也就是說，一半是外因，一半是遺傳所造成的，形成的原因非常複雜。」說到這裡，李曉偉輕輕嘆了口氣，「我之所以會對這兩段通話錄音中的對象產生邊緣性人格障礙的懷疑，是因為此類患者最顯著的特徵就是對自我的否定與肯定都是非常極端的，說白了，就好像一個人的內心同時住著兩個人。」

「難道不是分裂型人格障礙？」張一凡不解地問道。

李曉偉搖搖頭：「不能這麼片面地理解，邊緣性人格障礙中確實帶有分裂人格的存在，但是分裂型人格障礙在相當程度上不會同時並存兩種人格，兩種人格的衝突會導致承載個體變弱，而一種強勢人格會占據主導地位，逐漸占據更多存在的時間直至吞沒弱者，但通話錄音中的對象每次打電話的時間都是固定的，而且我從他的言語中無法判斷出有另一重人格的存在。所以，我個人傾向於是邊緣性人格障礙，同時伴有很強的自戀。本案中，如果凶手是分裂型人格障礙的話，就不會每次都這麼計劃精準地殺人，並且毫無影響地順利完成殺人的整個過程。其間必定會出問題。所以，這種人格障礙可以排除。」

「只是，邊緣性人格障礙一般都出現在女性身上比較居多，大部分人在童年都有被虐待的經歷，被忽略或者被強行帶離照料並且愛護自己的親

人，患者相信因為自己在童年被剝奪了充分的關愛而感到空虛、憤怒，所以成年後就非常渴望被關愛。當她們得不到自己想要的關愛的時候，就會對對方產生強烈的憤怒，甚至會不計一切後果地去報復殺人，但是成年的理性卻又不斷地使自己內心產生懊悔，當無法阻止自己的行為的時候，就會轉而求助外界，甚至是警方都不足為奇。」

「反之，當我們無法如對方所願地去阻止的話，那慘劇將會不斷地發生，直至把目標徹底殺害，而當報復目標消失的時候，因為強烈的內疚，她最後一個傷害的，應該就是她自己了。」

房間裡一片沉寂。

「李醫生，你確定凶手是個女人？」童小川問。

「我也曾懷疑過，但是，」李曉偉搖搖頭，苦笑道，「能夠制伏一個警員的人，再加上鄭警官已經鑑定過這段通話錄音，並沒有使用過魔音變聲軟體的痕跡，所以，儘管懷疑，但是我真的不太好說，而在這件案子中，我只是個顧問，就事論事分析對方的犯罪心理而已。」他的目光落在了對面章桐的身上，瞬間變得有些溫柔了。

副局長陳豪不解地問道：「綜合法醫屍檢報告來看，保全屍體上沒有缺少一節肋骨，而且凶手所使用的殺人手法是完全不同的，光憑一個電話就能確定是同一個人做的嗎？」

童小川答道：「關於保全的事，今天我和小張特地去了案發現場，再次實地查看過，現場和外圍街道隔開的地方是個鐵柵欄，並且可以輕易挪動位置，從柵欄所在位置來看，地上有明顯的被多次挪動過的痕跡。而那裡又是監控死角，我想平時學生大概會選擇在那裡偷偷摸摸挪動鐵柵欄進出校園，這也應該是個公開的祕密了吧。我和小張後來詢問了當時目擊現

第四章　幽靈殺手

場案發經過的學生，對方就曾經提到有人就站在鐵柵欄外圍，身後停著一輛被打開的麵包車，而遇害的保全在聽到噪聲很大的電機馬達聲後循著聲音來到案發現場所在位置，在鐵柵欄邊發生爭執。雖然後來那個目擊學生因為同學叫就離開了，但是卻無法排除她有被犯罪嫌疑人看到的可能性，從而影響了他的作案計畫。」

章桐道：「我贊成童隊的推斷，可以說這是一個尚未全部完成的凶殺案，因為他還有東西沒來得及拿走。」

「章主任，妳確定？」痕跡鑑定的歐陽工程師問道。

「是的，因為我另有證據證明這幾個人都屬於同一個案子——三年前的李智明殺妻案，他們都是該案的證人或者經辦人員。」說著，她從公文袋中拿出曾經給李曉偉看過的那幾份資料，「三年前，我們局裡正好開始組建DNA和指紋檔案庫，原則上是盡可能多地入庫，而李智明殺妻案在當時的影響力極大，所以在經過本人同意後，收集了其中涉案大部分人的DNA和指紋入庫。而我在做屍檢報告整理的時候，才發覺他們都和這個案子有關……包括我在內。還有就是，我在墜樓案的女死者手指甲內容物中，查出了李智明的DNA……」

「這不可能！」聯想到自己未婚妻所發來的那條訊息，童小川急了，一拍桌子道，「李智明不是已經死了嗎？」

章桐點頭，平靜地說道：「我打過電話給監獄方，他的屍體確實已經火化。他是自殺的，死因是空氣進入靜脈形成致命的栓塞，沒有搶救過來。」

一旁的鄭文龍本是低頭在擺弄自己的平板電腦，聽了這話後，頓時滿臉驚愕，抬頭問道：「難道真的是網路上所流傳的『幽靈殺手』？」

說著，他快速在自己平板電腦上點選幾次後，連線上投影機的藍牙，

接著道:「你們看,我也是今天在例行巡查時,注意到了這個頻繁出現的特殊關鍵詞 ——『幽靈殺手』,所出現的地點幾乎涵蓋了本地大部分的社交媒體。目前我正在安排我的同事做來源追蹤。和『幽靈殺手』有關的,就是三年前你們剛才所提到的那起殺妻案,都說是那傢伙回來復仇了!其中還包括了那份可怕的遺書宣言,你們看,有人全傳上去了。」

你相信這個世界上真的有靈魂存在嗎?

不,你肯定會說我瘋了。

那我換種方式來問你吧 —— 你相信這個世界上會有死人來問你要債嗎?

你肯定又不信。因為誰都知道,人一旦死了,那就什麼都沒有了,無論是肉體,還是靈魂,一切的一切,曾經屬於死人的東西,包括所有的記憶,甚至連死人的名字在內,都將會隨著時間的流逝而在活著的人的腦子裡被打包清零,最終登出,一切恢復平靜。

不過,只有一樣除外,那就是活人對死人所欠下的債。

我所指的,當然是看不見的那種,是無法用金錢償還的那種,比方說,人的命。死人不會在乎錢,但是他卻會在乎債,在乎活人曾經對他所做過的一切。

不相信?沒關係。如果活人忘了的話,也沒關係。要知道,死人的記憶力是很不錯的。而時間對於死人來說,就等同於金錢一樣,是最沒有意義的東西了。

好吧,囉唆了一大堆,現在言歸正傳。

我死了,所以我就該來向你要債了,因為你欠我一條命。

準備好了嗎?

第四章　幽靈殺手

陳豪一聽就皺眉：「這麼神神祕祕的東西，來源可靠嗎？」

鄭文龍點頭：「陳局，這個你確實不用懷疑，因為上傳到網路上的最初 IP 地址我查了，來自監獄醫院的辦公電腦，就是值班室的那臺，調查下來，是個想出名的值班護理師做的，還有一個則是挺有名的一家媒體機構。因為當時的李智明殺妻案雖然很快就被破獲，但是在我們市的民眾中間影響很大，大家都以為凶手必定是個窮凶極惡的人，誰知真正面對時，卻和想像中的差距太大。他後來又以這種極其不可思議的方式自殺，留下了這份特殊的遺書，值班護理師在整理遺物時發現後就把它賣給了某個知名的新聞網站。這就是遺書內容被洩漏的整個過程。再加上凶手的殺人動機仍然撲朔迷離，所以這件事情在網路上就始終帶有一定的神祕度和關注度了。」

童小川看了看章桐，突然問道：「章主任，妳現在是一個人住嗎？」

章桐疑惑不解：「是的。」

童小川果斷地說道：「我要派人保護你，二十四小時不間斷。」

身旁坐著的張一凡愣住了，小聲嘀咕道：「童隊，二隊什麼時候招女警了？」

「沒有啊，都是大老爺們。鳥不拉屎的地方誰來？」

「那我們沒女警的話，怎麼二十四小時保護一個年輕女人？」張一凡急了。

「講究那麼多做什麼？這個時候是命重要，還是臉重要？」童小川重重地合上了章桐剛才擺在桌面上的李智明案相關人員名單，「對了，還有那個沈秋月。」

房間裡的幾個年輕偵察員強忍住笑，憋住不敢開口說話。章桐臉紅

了，收拾好公文袋：「沒別的事了嗎？陳局，我先回辦公室去了，還有工作。」

「去吧去吧，有情況隨時聯絡，注意安全。」陳局點點頭囑咐道。

章桐便站起身匆匆離開了案情分析室。

「李醫生，她怎麼走了？」童小川這才意識到章桐臨走時臉上的表情似乎帶著些許慍怒。

李曉偉無奈地笑了笑：「我想章主任應該還有別的工作要做吧。對了，沈秋月的事，就交給我吧，她曾經是我的病人，我正好可以順便去看看她。」

「那章主任……」童小川有些猶豫。

「她沒事的，你放心吧。」李曉偉看著童小川，心裡猜測他必定是遇到了什麼突發的事件，才會這麼在意章桐的人身安全。

果不其然，散會後，童小川叫住了他，兩人還是來到走廊上，依舊點了一支菸，李曉偉卻拒絕了，只是笑瞇瞇地看著童小川，道：「童隊，你有什麼心事，就儘管說吧。」

童小川聽了，狠狠地瞪了他一眼，半晌，輕輕嘆了口氣：「都說你們心理醫生是半個神棍，我就知道在你面前藏不住祕密，但是這事，說出來有點……丟人。」

說著，他便伸手摸出手機，解鎖後點開未婚妻吳嵐的留言，然後遞給李曉偉，道：「你自己看吧，我剛才在會上，都沒好意思說。你也知道，我們這位陳局最看不慣的就是自己的下屬破不了案，然後病急亂投醫，去相信那些神神祕祕的封建迷信，指望能從中找出什麼有用的線索來。要知道這不僅僅是一種無能的表現，更是一個巨大的笑柄，叫老百姓以後怎麼看警察……破案靠『都市傳說』？」

第四章　幽靈殺手

　　李曉偉認真地閱讀著吳嵐所寫的每一個字，心中卻泛起了狐疑，反覆看了幾遍後，半晌，抬頭看著童小川，道：「我覺得你應該把這個告訴章桐，俗話說無風不起浪。你不信是一回事，說不定那犯罪嫌疑人會相信，你說是不是？我記得章主任在屍檢報告中說起過肋骨擷取的手段非常粗糙，並不是專業人士所為，甚至於用『粗暴』兩個字來形容都不為過。而這個有關聚齊六根左胸第四節肋骨的所謂招魂傳說，我建議你還是考核一下來源比較妥當。心理學上有一種叫比馬龍效應，又叫『自驗預言』，通俗點說就是人們會不自覺地接受自己喜歡、感興趣、信任的人或者傳說的暗示和影響，而不會去質疑它的真實性。這就是那些都市傳說能流傳這麼久的原因之一了。」

　　童小川聽了，不由得緊鎖雙眉。

　　法醫辦公室裡靜悄悄的，空氣中瀰漫著一股淡淡的來蘇水味。章桐靠在椅背上，正在認真地讀著手中的一封信，信封上蓋著的郵戳是三年前的，寄出地址是市看守所，確切時間是李智明被移送到監獄去之前的最後一天，而信的內容非常簡單，滿滿三頁紙其實只需要數十個字就能全部概括──我被操縱了，我是無辜的，兇手另有其人！

　　章桐當然記得這封信，當初收到它的時候，也曾經仔細看過。李智明殺妻案最大的疑點就是殺人動機，這一點誰都無法否認。但是自己身為法醫，唯一有資格質疑或者肯定的就是科學依據，她不能對超出自己職業範圍的事物做出任何判斷。屍體上的每一個證據所指向的兇手，就只有李智明。她還能說什麼呢？

　　記得判決下來後，因為這封信，章桐特地去監獄看過他一回，但是她卻只問了一個問題──人是你殺的，這一點你否認嗎？

答案當然是肯定的。

可是如今再次讀起這封信，章桐卻感到心亂如麻。內心深處無法再平靜下來。難道說，自己真的錯了？

正在這時，身後的走廊裡傳來一陣熟悉的腳步聲，很快，腳步聲便在打開的辦公室門邊停了下來，李曉偉溫柔的聲音隨即在耳畔響起：「走吧，我們吃飯去，然後順便散散步，好好聊聊。」

✦ 4

飛魚網咖的胖老闆正在低頭盯著自己肚子上的游泳圈發愁，時不時還嘆口氣。「啪！」一張身分證便被重重地丟在了他面前。

「來，給開臺機子，要最好的那臺，最裡面包廂的，老子有錢。」說話的人粗聲粗氣的，言語之間顯得頗為傲慢。

胖老闆一皺眉，他認得這個不懂禮貌的人，但是卻又不好多發牢騷，畢竟自己端的這碗飯還是要接著吃下去的，只要對方不欠帳，就得笑嘻嘻地當孫子，反正拜年的話說多了也不用自己掏腰包。

「哎喲，大哥，真不巧，您今天來晚了，這個包廂已經有人了。」胖老闆的臉上笑容燦爛，「我這就給您開另一臺，怎麼樣？差不多的。」說著，他伸出肉乎乎的右手正準備刷身分證，對方卻一巴掌把他的手給按住了，雙眼死死地盯著胖老闆，不滿地說道：「別忽悠老子，你們網咖裡還就那個包廂最好，別的都他媽是垃圾貨，你別以為老子不知道。不就是要多加幾塊錢嗎，別狗眼看人低！」

第四章　幽靈殺手

說著，對方正欲掏出錢包，胖老闆的臉上露出了想哭的表情：「哥哥，哥哥，您別生氣，真的被人包了，人家一掏就是一萬啊，還丟下話來——帳上沒錢了，儘管說……這可真的是財神爺，我這小打工的，哪有資格說『不』啊。哥哥您說對不對？」

用錢來講道理果然管用，來人的臉上青一陣紅一陣，氣焰頓時消下去了不少：「一萬？」

胖老闆拚命點頭：「就是給那上高中的小屁孩上網的，還指名點姓就是給他，這什麼世道啊，哥哥，您說是不是？」

來人長嘆一聲，灰溜溜地咕噥了句：「那你就隨便給我開一臺吧。」他瞥了一眼幾乎座無虛席的網咖，心有不甘地補充道，「隨便哪一臺都行。」

胖老闆這才暗暗長出了一口氣，心裡思索著老闆那句話是怎麼說的來著——有錢的人是不上網咖的，而上網咖的人是絕對不會一口氣給別人的帳號儲值一萬塊的。

這真是讓人無法理解。手續辦完後，胖老闆便把身分證還給了對方，看著他悻悻離去的背影，心中真不是滋味。

電腦螢幕上跳出了一個對話方塊——網管，我餓了，買宵夜給我，我要吃烤肉。

胖老闆憤憤然朝腳下的水泥地面上啐了一口，他突然平生第一次希望這小屁孩的家長儘早能來網咖把他抓回去。

對了，最好再狠狠揍一頓！

他一邊思索著，一邊在手機上打開了外賣平臺的軟體。

※　※　※

日報社外的訪客區。童小川有些坐立不安，印象中，自己還是第一次在這裡等吳嵐下班。

　　終於，未婚妻吳嵐興沖沖地出現在了童小川面前，一上來就摟住了他的手臂：「你今天怎麼對我這麼好？」

　　雖然兩個人是高中同學，彼此之間已經非常熟悉了，但是在大庭廣眾之下，童小川還是感到有些不自在，他習慣性地掙脫了吳嵐，道：「嵐子，走，我和妳聊聊。」

　　出於記者的職業本能，吳嵐從童小川的語氣中解讀出了他的大概來意，臉上的笑容消失了：「你不是特地來看我的，而是為了那段都市傳說來找我的，對嗎？」

　　被人一語說穿了自己的來意，童小川難免有些尷尬：「是的，能和我聊聊嗎？」

　　「這要看你能給我什麼樣的東西等價交換咯。」吳嵐笑嘻嘻地說道，「我的消息可不白送人。」

　　「嵐子，妳別那麼市儈好不好？」童小川感覺自己臉上的肌肉都快僵硬了，他壓低嗓門左右看了看，見沒人注意到自己，便硬著頭皮小聲嘀咕道，「妳的消息來源對我很重要。」

　　吳嵐嗅到了大新聞的味道，她雙眉上揚，略微斟酌過後，雙手便習慣性地一攤：「要不這樣吧，我給個優惠價——你所負責的那個案子，獨家報導權歸我，怎樣？」

　　聽了這話，童小川驚得目瞪口呆，遲疑半晌後，喃喃說道：「妳，是在跟我做交易？」

　　吳嵐感到很詫異，因為她覺得自己已經說得足夠清楚的了：「沒錯啊，

第四章　幽靈殺手

業內都是這個行情價，我還給你優惠了呢。知道你是警察，有金錢交易的話可是會被查的。」

童小川開始仔細打量吳嵐，目光猶如錐子一般，看得她感覺很不舒服。

「你這麼盯著我幹嘛？這又不犯法，你情我願的。」吳嵐嘀咕道。

童小川嘿嘿一笑：「成交，不過，醜話說在前頭，我只能答應妳我會盡力而為就是，因為我畢竟剛到這個單位，有很多事情還是要聽上頭安排的，怎樣？我已經夠有誠意了吧。」

吳嵐嘴一撇：「好吧，誰叫你是我的未婚夫呢。」

聽了「未婚夫」三個字，童小川的心中突然感到一陣莫名的刺痛。但是他的臉上卻絲毫都沒有流露出來，只是笑瞇瞇地輕聲說道：「現在該告訴我了吧？」

*　*　*

在開車回警局的路上，童小川撥通了李曉偉的電話，電話一接通，他便迫不及待地說道：「李醫生，是我，童小川。你的判斷沒錯，無風不起浪，顯然，真的有人相信了這個所謂的『都市傳說』。」

「等等，我開擴音，章桐也在。」

童小川便把自己剛才說的話又簡要複述了一遍。

「活人還魂？這根本就是無稽之談！」章桐憤然道，「人死了就是死了，個體的毀滅消失是完全性、徹底性的，又怎麼可能存在『復活』一說，更別提火化過後的屍體了。」

李曉偉卻意識到了什麼，電話中的聲音也變得有些惴惴不安了起來：「童隊，難道說以前有過先例？不然的話，不會有人相信的。」

童小川輕輕嘆了口氣,道:「具體情況我還沒有考核,但是據說在那個動盪不安的年代裡,曾經有人失去了自己唯一的兒子,而他所做的,就是收集七截左胸第四節肋骨,做成了一個骨瓷壇來裝自己兒子的骨灰。你們也知道,在那個年代裡,生命是比較被漠視的,各方面的管理也很不正規。」

「那後來呢?」章桐追問道,「有人親眼見到活人了?」

童小川尷尬地笑了笑:「原話是這樣的——那位失去孩子的父親堅持聲稱兒子的靈魂已經完全附著在自己的身上。」

李曉偉無奈地長嘆一聲:「這是典型的情感移植,又叫情感置換,在現實生活中由於對某人產生過度的依戀與愧疚,而對方一般都已經去世了,在這種情況下,無法面對事實的患者就會把對對方所產生的根深蒂固的情感轉移到別人或者自己的身上,經歷了痛苦、絕望、否認三個階段後,要麼走出來面對現實,要麼就是永遠都無法走出來,後果就是童隊你剛才所說的那種,也就是人格分裂。」

正在這時,藍牙耳機中顯示有新電話接入。

「很抱歉,兩位,我有電話,我們明天局裡再聊。」匆匆切換電話後,電話那端便傳來了留守警局的偵查員小張的聲音。

「童隊,治安大隊拿來了兩樣東西,你最好盡快趕回局裡來看一下。」小張的聲音中透露出一絲不安。

最近的案件僵局讓整個二隊的人都明顯有了一些反應過度,童小川硬生生地把到嘴邊的抱怨嚥了回去:「我馬上就到。」

車子在街頭呼嘯而過,不經意之間,童小川把車速拉到了將近時速一百,直到耳畔不斷傳來減速的提示音,他這才不得不把車速略略放緩

第四章　幽靈殺手

了，這時，市警局灰色的大樓已經出現在他的眼前。

十多分鐘後，章桐的手機響了起來。

「章主任，請盡快來局裡一趟，我傳了兩張相片，妳仔細看一下。」童小川不等章桐回覆，便果斷地掛上了電話。

章桐一臉狐疑地點開相片檔案，只是看了一眼，便神情凝重地抬頭對李曉偉說道：「我不吃了，要馬上回警局。」

「這麼快，出什麼事了？」李曉偉一邊匆匆結帳，一邊隨口問道。

章桐默不作聲地把自己手機遞給了他。明亮的螢幕上，是一個類似於舞臺表演所需要用到的手繪面具。面具質地精良，手藝上乘，畫風栩栩如生。

兩人匆匆走出飯館，李曉偉不解地把手機遞還給章桐，章桐卻並不接：「你再仔細看看，這個面具、這個表情，是不是覺得眼熟？」

＊　＊　＊

此時，市警局刑警二隊辦公室裡，鄭文龍已然追蹤到了面具賣家的那個 IP 位置所在，他右手興奮地猛一拍桌面，高聲嚷嚷道：「童隊，位置是城東的飛魚網咖，電腦機號 001，這傢伙還在上網玩遊戲呢！」

話音未落，一陣雜亂的腳步聲很快便消失在了走廊的盡頭，鄭文龍驚詫不已地抬頭看了看瞬間變得空蕩蕩的辦公室，不解地問道：「這麼快，都去哪裡了？」

治安大隊的趙信聳聳肩：「我就知道童隊手下的人非急眼不可。」

「為什麼？」鄭文龍好奇地問道。

趙信想了想，說：「你有那些死者的現場相片嗎？童隊的案子。」

「當然有。」鄭文龍飛快點開了電腦中的資料夾。

「萬州大藥房受害者的那一個。」說著，趙信把手中的一張相片遞給他，「你仔細對比看看吧。」

　　「阿水⋯⋯天哪⋯⋯」鄭文龍吃驚不已，「誰發現的？」

　　「基層派出所的一個新來的實習警員，挺敬業的年輕人，值班時接到群眾舉報說無意中在她家孩子的書包裡發現了這種恐怖面具，價格貴不說，而且一看就讓人感到渾身不舒服，因為實在是太逼真了。當時孩子家長就把面具沒收了，孩子卻不樂意了，抱怨說大家都在買這個玩，為什麼自己的卻要被沒收。這孩子的母親先是不信，後來在家長群中說了這事，那些孩子家長趕緊回頭一搜自家孩子的書包，你猜怎麼樣？孩子說得沒錯，還真的有，並且數目還不少，說是透過網路上的一個賣家購買的。孩子家長知道事情大了，就跑來我們治安大隊報案了。」

　　鄭文龍呆呆地看著相片中的面具，半响，他猛地把相片翻過去，底朝上重重地拍在了桌面上，神情就像被蠍子扎了一般，頭也不抬地嘴裡喃喃自語道：「快收起來吧，看得人心裡難受。這幫小屁孩，玩什麼不好，偏偏玩這種瘆人的東西，真不知道他們是什麼心態！」

　　趙信收起相片，順手拍了拍鄭文龍的肩膀，無奈地長嘆一聲道：「他們還小，不懂什麼叫死亡。」

＊　＊　＊

　　飛魚網咖。

　　胖老闆光是從對方雜亂的腳步聲就能夠分辨出來者根本就不是來上網的，而更重要的是他們的氣勢，雖然面無表情，但是卻能讓人明顯感覺到了一股憤怒。他不禁暗暗嚥了口唾沫，心裡思索著難道今晚有人要來飛魚砸場子？

第四章　幽靈殺手

「你是老闆？」張一凡問。

「是，是的。」看著對方亮出的證件，胖老闆更是一頭霧水，「你們，哦，不，請問你們……」

童小川陰沉著臉擺擺手：「001號機子在哪裡？登記的上網人叫王東昇。」

胖老闆一哆嗦：「王東昇，王東昇是我的名字，001就在那條過道的最裡面，那孩子已經接連上了兩天網……」

話還沒說完，童小川帶人便快步走了進去。直到幾分鐘後小杰灰頭土臉地被人帶走，胖老闆也沒弄明白到底發生了什麼。不過，其中有一點他是清楚的，那就是平白無故給別人的帳戶充一萬塊錢絕不是什麼好事。

他趕緊拿起了手機，卻猛然意識到對方並沒有留下過任何聯絡方式。

一個願打一個願挨，這關自己屁事。

想到這裡，胖老闆便憤憤地丟下手機，衝著剛推門走進網咖的兩個「茶壺蓋」吼了句：「來上網的嗎？拿身分證登記！」

✦ 5

緊閉的房間門，閃爍的電腦螢幕。

——你為什麼這麼做？

——不為什麼。

——不可能，這個世界上已經沒有好人了。你到底要多少錢？

——我不要錢。

目光中流露出一絲狐疑,遲疑片刻後,鍵盤敲擊聲又一次響起 ──
那你要我為你做什麼?

談話似乎終止了,螢幕半天都沒有動靜。

難道說對方放棄了?不,絕對不會,因為他說過的,既然開始了,就不會再回頭了。

果不其然,螢幕再次開始滾動,只是這次滾動的幅度變得大了許多,螢幕上跳出了一張相片,背景是市警局那棟灰色的五層大樓。

── 我要她的命。

看到這五個字的時候,笑容又一次浮現在嘴角。

── 她是第五個人。

第五章　第三人格

第五章　第三人格

　　章桐認真地看著他的眼睛：「好，王鑫，我現在要最後問你一次，你真的打定主意要見你姐姐一面了，對嗎？你要知道，此刻躺在裡面的人，和你以往印象中的姐姐，是完全不同的一個人，你真的不打算記住她活著時候的樣子嗎？」

✦ 1

　　雨後的早晨，空氣格外清冽。幾天前的那一場大雪所留下的痕跡早就已經在視野中蕩然無存了。

　　章桐抽空叫車回了趟家，洗澡換衣服後便把丹尼送到了社區外面的寵物診所。這家診所已經開了十多年，老闆是當地人，成天樂呵呵的，是個性格開朗的中年男人，主攻獸醫，算起來和章桐是半個同行，他老婆性格很隨和，是寵物美容師。兩人對丹尼都已經很熟悉了，也非常疼愛牠。

　　「老闆啊，牠這幾天有些精神不好，我叫牠半天才理我一次，脾氣也差，東西吃得不多，是不是病了？」畢竟不是自己的專業，章桐只能硬著頭皮求助於診所了。

　　老闆皺眉看了半天，突然問道：「章小姐，妳是一個人住，對吧？」

　　章桐點點頭。

「這種情況持續多久了？」

「應該有一週的時間了，我這幾天工作都很忙。」章桐並沒有告訴店老闆自己是個法醫。

「我想，牠很有可能患上了憂鬱症。」店老闆尷尬地伸手摸了摸頭，「我開店十多年了，這種症狀只見過兩次。丹尼很健康，身體上一點毛病都沒有，發育得也很好。」說著，他把剛做的心電圖報告遞給章桐，「妳看，我說得沒錯吧，妳的狗養得非常好。排除這個原因的話，牠就是得了憂鬱症。」

「憂鬱症不是人才會得的病嗎？」章桐有些發呆。

店老闆笑了：「只要是哺乳類動物，有思考能力的，包括我們人在內，都有可能得憂鬱症。回去後記得多給牠一點關愛就行了，別忽視牠。」說著，他疼愛地摸了摸丹尼的頭，彎下腰在牠耳邊溫柔地說道：「乖，丹尼，你是最聽話的寶寶，你放心吧，我們都很愛你的！」

一旁的章桐更無法理解了。

＊　＊　＊

李曉偉停好車，關上車門，匆匆向第一醫院的門診大樓走去，就在這時，手機響了起來，電話是章桐打來的。他感到很意外，因為現在才早上八點多。當他耐著性子終於聽完電話那頭章桐的抱怨後，不禁笑了起來：「妳可別懷疑妳的寵物醫生，寵物憂鬱症的病例在這幾年確實越來越多，我想啊，多半是妳工作太忙的緣故，丹尼我可見過的，是個很健康帥氣的小夥子，牠應該也是到了發情期，感覺被妳忽視了，才會有這樣異常的表現。」

正說著，李曉偉注意到正前方向自己走來的一個年輕女人有些明顯的

第五章　第三人格

　　異樣，神情呆滯，臉上呈現出痛苦狀，略微停頓後很快便背倚著門診大廳的石柱緩緩坐了下去。李曉偉見狀，來不及多說便直接把手機順手塞進口袋裡，幾步來到年輕女人的近前，彎下了腰。

　　只見對方不斷地大口呼吸著，面色蒼白，渾身出汗，手足微微震顫，而臉上的表情因為痛苦而變得有些扭曲。

　　「妳怎麼了？覺得哪裡不舒服？妳叫什麼名字……」李曉偉一邊查看她的脈搏、眼睛和心跳，一邊不斷地問她各種問題，對方卻只是囁嚅著發出了幾個無法辨別的音。李曉偉心中一緊，知道這個女人很有可能是低血糖所引發的暈厥，便衝著正向這個方向跑來的值班護理師大聲說道：「心跳一百二，呼吸二十七到三十，肌肉震顫，瞳孔收縮，她有可能是低血糖，需要補充糖分，妳身上有糖果嗎？」

　　護理師愣了一下，趕緊點頭，從護理師服口袋裡摸出了一塊糖，撕開包裝就塞進了年輕女人的嘴裡，然後兩人合力把她抬上了推來的輪床上。

　　「謝謝李醫生。放心吧，她就交給我們了。」急診科值班護理師和隨後趕來的幫手一起推著輪床便向急診樓跑去。

　　李曉偉一邊朝門診樓走去，一邊掏出手機正要查看時間，這時候才注意到手機上有一條來自章桐的留言，時間就是幾分鐘前 —— 李醫生，謝謝你讓我明白了一個道理。我們都是醫生，儘管各自選擇的領域不同，你選擇的是生者，而我所面對的卻是逝者，看似方向不同，但是本質上卻是共同的，那就是對生命的無限尊重與敬畏。

　　李曉偉知道她之所以會發這一條留言給自己，必定是剛才聽到了自己救人的過程，嘴角不由得露出了溫暖的笑意。

✦ 2

市警局刑警隊。

章桐站在審訊室外的走廊上，面對憂心忡忡的童小川，道：「這些面具確實是屬於我們案件中的四位死者，這點毋庸置疑。當時在屍檢的時候，我在屍體的鼻孔中和耳道邊緣就發現了石膏所留下的微量痕跡，顯然是犯罪嫌疑人在脫模的時候留下的。」

「妳說，他為什麼要做這種面具？」童小川喃喃道，「還弄得那麼逼真，就跟死人的臉原封不動地被照搬了一樣。」

聽了這個，章桐卻搖搖頭：「不是他做的面具。」

「不是他？」童小川吃驚地看著章桐。

章桐苦笑道：「他至多只是個販賣者，卻絕對不是製作者。原因有兩個：其一，面具為了防止脫色，所用的塗層顏料是丙烯顏料，但是其中卻又加入了一定的植物顏料來發揮固定和均衡的作用，因為丙烯顏料雖然遮蓋性強，但是在使用一段時間後，會在畫作表面出現龜裂的現象，我想，這可不是面具製作者所願意看到的。而調和比例不是專業的人絕對做不到，我剛才用醋酸纖維蘸上少量的水擦拭過面具的一角，發現並沒有掉色的現象，這就是說製作者功底深厚，對這一類顏料的使用方法非常熟悉。」

「面具上的顏色都是手繪的嗎？」童小川問道。

章桐點頭：「那是當然。面具上所使用的丙烯顏料是一種化學合成膠乳劑，穩定性極強，含有丙烯酸酯、甲基丙烯酸酯、丙烯酸、甲基丙烯酸以及一些必要的增稠劑，而這個孩子，」說到這裡，她看了看獨自坐在

第五章　第三人格

審訊室中發呆的小杰，道，「我篩查過他的鼻腔容物，他對甲基丙烯酸過敏，所以不可能親手繪製。而面具表層的丙烯顏料乾了後，就不會有這種過敏現象。再加上他的雙手十指指甲縫隙內容物中並沒有發現任何一種顏料殘留物，由此可見，他並不懂用顏料作畫。」

「你的意思是說，他被人當槍使了？」

「這麼看來，應該是。」章桐道。

偵查員小張走了過來：「童隊，他的母親到了。」

童小川點點頭，長嘆一聲：「總算可以進行詢問了。這孩子沒成年，做什麼事還都得由他媽陪著才行。」

正午時分，李曉偉破天荒地打電話約顧大偉去新開的同慶樓分店吃飯。兩人在小包廂裡坐了下來，在等著上菜的時候，顧大偉神祕兮兮地看著自己的老同學，眨眨眼睛：「怎麼了？有什麼喜事，快說！」

「沒什麼事就不能請你吃飯嗎？你現在怎麼這麼敏感？」李曉偉不滿地嘀咕。

「拉倒吧，老弟，我會不了解你？」顧大偉嘿嘿一笑，「是不是想找我參謀參謀？其實我看啊，你只要多找機會和她談談，自然就會了解她的心事了，再說了，我們的職業本能不就是和人談話嗎？你只要在和她談話的時候記得把自己擺在心理醫生的位置上就行了。」

李曉偉狠狠瞪了他一眼：「虧你想得出來！」

顧大偉雙手一攤：「你要這麼想的話，那我就愛莫能助啦！你幫那麼多人做過心理輔導，難道就不明白『兩條平行線』原則嗎？」

一聽這話，李曉偉便沮喪地低下了頭：「其實我又怎麼會不知道，但是卻總找不到機會開口。我做過很多次暗示，她卻好像並不明白，或許，

她真的是對我沒好感吧。這事還真不能勉強。你想,要是一旦被拒絕,我以後還怎麼去面對她?」

「你不就是怕失去嗎?老弟,我看你是當局者迷,其實有些女的,雖然說智商很高,但是情商卻是相對較低的,尤其是你的這位章醫生,她是在基層工作多年的一名法醫。還記得『投射效應』嗎?古人說近朱者赤,近墨者黑,法醫和活人打交道的機會並不是很多,所以難免就情感孤立,思維呆板,習慣於從科學角度去思考問題,這樣一來,自然也就少了幾分所謂的人情味了。」

李曉偉不說話,目光若有所思。

「對了,老弟,說點正事,那個案子,我有些小小的想法,不知道你是否願意考慮一下。」兩杯啤酒下肚,顧大偉突然壓低嗓門,換了一種口吻。

「什麼案子?」

「還用我說嗎?現在網路各大媒體關於這一系列案子的事都傳得沸沸揚揚的了。再說,我的公司好歹還是和警方合作的專業機構呢,資質是業內數一數二的,你也別小瞧兄弟我了。」顧大偉長嘆一聲,臉上的神情很快變得凝重了起來,「你難道不覺得做下這些案子的人,有問題嗎?」

李曉偉心中一動:「你說凶手?」

「那是當然的啦,難道說那些被害的?老弟,我們做什麼的,你也不想想。」顧大偉嘴角一撇,帶著微微的得意。

「那你說來聽聽。」李曉偉饒有趣味地看著自己的老同學。後者不知道是因為酒量太淺還是過於興奮,臉漲得通紅。

「這三個案子整整四條人命,要麼是個瘋子做的,要麼就是個可怕的

第五章　第三人格

偏執狂。這分開來對付的話，一點都不可怕，我們見得多了，怕就怕是混合雙打。」

李曉偉憋著不敢笑出聲：「你怎麼用上乒乓球術語了？」

「這不是打比方嗎，通俗易懂。」顧大偉揮揮手，又抓過一聽啤酒，掰開蓋子，一邊給自己酒杯倒滿，一邊嘀咕道，「我這裡所說的混合雙打，就是指兩個人哦。」

李曉偉呆了呆：「前幾天我聽那兩段通話錄音的時候，結合案情就曾經推斷出凶手患有邊緣性人格障礙。大偉，你也知道患有這種人格障礙的人，女性的機率遠超於男性，而且這三起案件的布局都非常縝密，符合女性的思考模式，但是，要想獨自一人制伏受害者的話，尤其是第一個案子，也就是萬州大藥房的案子，我個人覺得女性太單薄了，而且我記得章醫生說過，現場幾乎沒有被毀壞，也就是說，襲擊是突然發生的。這就讓我有些懷疑自己的推論了。可如果是兩個人，那就解釋得通了。對了，你怎麼會想到凶手可能是兩個人？你又沒去過現場。」

顧大偉嘿嘿一笑，伸手指了指自己油得發亮的腦門，嘴裡咕噥出了兩個字：「直覺！」

「『直覺』？」

「你呀，太習慣於傳統的思考模式了，不只是追女孩子，考慮心理學問題也往往放不開手腳，不是兄弟我說你，你在這方面可是天才，要真放手去做的話，就不會只是現在這個捉襟見肘的薪水啦！就說李智明殺妻案吧，前幾天你神神祕祕地問我這個世界上是不是有靈魂存在，也就是死人的靈魂，當時可把老子嚇得夠嗆。可是回去後一想，嘿，還真是！」顧大偉嘻嘻一笑。

「『真是』啥？」李曉偉皺眉問道，「我那只是隨便說說的，你可千萬別走火入魔啊。」

「不不不，你想想啊，李智明他老婆死了，他也死了，那到底是誰『複製』了他的思考模式？又有誰會對他的思想感興趣而讓他在別人的腦子裡『復活』了？『復活』他的目的到底是什麼？你這麼想想，自然也就想明白了。所以呢，一切都還要從源頭去找。」

「從理論上解釋不通你的觀點，因為現在的科學技術手段還做不到『複製』這種行為。」李曉偉連連搖頭。

顧大偉卻大剌剌地伸手拍了拍自己老同學的肩膀，道：「我們是心理醫生，可不是什麼研究生命理論的科學家，找到答案這工作，不歸我們管。你就別操那份閒心啦！」

李曉偉陷入了沉思，誠然，顧大偉的解釋聽上去顯得有些漫無邊際，甚至有些荒誕不經，但是仔細想想，卻也是和自己的推論有些細微的吻合，章桐曾經說過包括那個老保全在內，死者都是和李智明殺妻案有關的，可以說是直接把他送進死刑審判的關鍵。難道說，這個凶手和李智明有關？

下午回到辦公室後，自己的觀點卻很快就被章桐否定了 —— 你如何解釋在白曉琴的指甲縫隙中發現了李智明的 DNA？

這個 DNA 可是徹底排除了李智明生物學上的兄弟姐妹。

第五章　第三人格

◆ 3

　　市警局刑警隊問訊室裡的氣氛顯得有些壓抑。

　　小杰才十六歲，也只有在這個時候，面對自己的母親，他的目光中才流露出了一絲孩子的稚嫩與不安。

　　小杰的母親憂心忡忡地看著童小川，又時不時地看看自己的兒子，一副欲言又止的樣子。

　　「陳女士！」再次開口時，童小川的口氣緩和了許多，「這件事情本來是要嚴肅處理的，但是經過我們仔細核查你家孩子的出生登記，確定他還有三天才滿十六歲，也就是說，可以依法減輕或者減免處罰。妳作為他的監護人，帶回去後，可要好好教育，明白嗎？千萬不要再做這種違法的事了。」

　　小杰母親趕緊點頭：「謝謝，謝謝！那我現在能帶他走了嗎？」

　　童小川搖搖頭：「暫時還不行，我們有些情況需要向他考核一下。」

　　小杰一聽，不由得微微哆嗦了一下：「你們想知道什麼？」

　　「你很聰明，知道我們想問的問題，這個東西不是你做的，那是誰叫你賣的？你和對方是如何聯絡的？售賣途徑是什麼？」偵查員小張嚴肅地問道，「你雖然還不到法定的處罰年齡，但是卻有義務配合警方辦案。」

　　小杰猶豫了一會兒，抬頭道：「那，我以後還能上網玩遊戲嗎？」

　　小杰母親一聽就火了，反手一巴掌狠狠甩到了兒子的臉上：「上網上網，一天到晚就知道上網，不好好上學，將來靠什麼養活自己……」

　　童小川一皺眉，示意小張把孩子母親帶了出去，房間裡安靜下來後，

他看著小杰被打腫的臉和眼眶中的淚水，半晌，輕嘆一聲，把桌上的紙巾盒放到他面前，柔聲說道：「擦擦吧。」

　　小杰呆了呆，卻並不伸手，只是看著童小川，喃喃道：「叔叔，沒關係，他們從不管我死活，出了事就會拳打腳踢罵我沒出息，我習慣了的。」

　　童小川心中一怔，他太熟悉這種稚嫩而又孤僻的目光了，略微遲疑後，問道：「能告訴我你為什麼那麼喜歡上網嗎？」

　　「你聽說過二次元世界嗎？」小杰反問道。

　　童小川笑了，靠著椅背，道：「我還真不清楚呢，和叔叔我說說。」

　　「說太多你也不會理解的，乾脆就打個比方吧，一個平行世界，在那個世界裡，我們能過上不同的生活。」

　　「那這個世界就是你所說的網路對不對？」

　　小杰點點頭。

　　這一刻，童小川的心中突然感到了一陣莫名的悲涼，眼前這個聰明的男孩之所以沉迷於網路世界，恰恰是因為在現實中找不到真正的歸屬感，他被包括自己親生父母在內的所有人都忽視了。

　　「和我說說這個面具吧。」童小川打定主意不告訴對方面具的真正來源。

　　「我們在網路上把這個叫『臉』。」小杰興奮地說道，「現在網路上流行一個遊戲，叫『第三人格』，玩家很多。」

　　「那你玩過嗎？」童小川認真地看著小杰。

　　「當然啦，我都是黃金級別了。這些面具就是遊戲的周邊產品，市面

第五章　第三人格

上還沒有賣的哦，我這可是獨家。」小杰驕傲地說道，「叔叔，你要的話我可以給你打八折。」

童小川有些哭笑不得，顯然這孩子還沒有意識到問題的嚴重性，不過這樣也好，他便決定順著小杰的思路走下去，衝著剛進門的偵查員張一凡說道：「小張，去弄個筆電過來，能上網打遊戲的那種。」

果不其然，小杰一聽有電腦，頓時興奮了起來，道：「要高規格那種，配置低了可玩不來的！」

小張不滿地瞪了他一眼，很快就搞來了一臺勉強符合他說的配置要求的電腦，身後，鄭文龍探頭探腦，被小張推了出去。

「哎，我不能進去看看嗎？」鄭文龍不滿地嘀咕，「這孩子挺厲害的。」

小張聳聳肩，無奈地說道：「老大不讓你進，你就不能隨便進。你也在玩那個遊戲？」

鄭文龍臉上的笑容僵硬了：「只是聽說過，沒玩，我覺得那個遊戲太黑暗，玩多了對人心理不好。」

小張若有所思地看著鄭文龍：「阿龍，你們成天玩網路的，也有讓你們感到忌憚的東西？」

鄭文龍嘿嘿一笑，反問道：「網路世界裡難道就沒有壞人了嗎？」

小張尷尬地清了清喉嚨，不說話了。

問訊室內，網路連線上後，小杰目光閃爍，手指就像在鍵盤上跳舞，此刻這個男孩儼然已經忘記了自己身處何地。

童小川微微有些吃驚，他本以為小杰只是一個普通的沉迷於網路遊戲的孩子而已，不由得小聲說道：「你挺厲害的嘛。」

「那是當然啦。」小杰接連在電腦螢幕上輸入幾條指令後，便進入了一

個遊戲頁面,「就是這裡,但是帶我打遊戲的那位大神今天不在線上。」

門外的鄭文龍終於忍不住了,直接推門而入,道:「我為什麼找不到這個頁面,同樣的IP地址,卻只找到一個叫『無人生還』的智力推理遊戲?」

小杰瞥了他一眼:「你得打通關才行。到時候就能得到一把鑰匙,那是打開這個線上遊戲的唯一途徑。」

鄭文龍突然臉色大變,伸手就把小杰推開了,不容分說便在電腦螢幕上快速輸入一行指令,電腦便立刻開始執行防火牆程式,接著他便斷電、斷網,最後用力合上了電腦,這才驚魂未定地長長出了口氣。

童小川不解地看著他,半天才回過神來:「你小子,想幹嘛?」

鄭文龍陰沉著臉抱起電腦,咕噥了一句:「童隊,以後再給你解釋。」便匆匆離開了問訊室。

「叔叔,他怎麼這麼小氣?」小杰有些失落。

童小川若有所思地喃喃道:「是的,真小氣。……對了,小杰,你是怎麼拿到那些面具的?」

「快遞呀。」

聽了這話,童小川頓時像洩了氣的皮球一般,他知道,如果沒有足夠準備的話,對方是絕對不會堂而皇之地用最不起眼的快遞來傳送如此重要的東西的。

也就是說,如果順著快遞這條線索追下去,那就意味著不只是浪費人力、物力,案子也永遠都破不了。

因為一個自我優越感極強的對手是絕對不會出沒有把握的牌的。就像自己面前坐著的小杰,一個未滿十六歲的孩子,對手會不知道他的年齡?

第五章　第三人格

不！這一切全都在他的掌握之中，他早就已經料到了小杰肯定會被抓，而警察對一個未成年的孩子是無計可施的。

童小川突然明白了章桐當初所說的那句話的真正用意所在，他不由得苦笑，難道說自己真的不適合做刑警這一行？

✦ 4

按照規定，案子不破，作為物證之一的屍體是絕對不能交還給死者家屬的。所以，當章桐又一次看到警衛室邊上站著的萬州大藥房老闆時，不由得暗暗嘆了口氣，上次在他的身邊站著的是一位滿頭白髮風塵僕僕的老人，而這一次，年輕老闆的邊上卻換了一位眉宇間仍顯稚氣的男孩，約莫十六七歲的樣子，皮膚微黑，一身洗得發白的校服，上面印著××高中的字樣，神情充滿拘謹與哀傷。他們的目光不停地在來往的警察身上尋找著什麼，終於，藥房老闆看見了章桐，便趕緊伸手拍了拍男孩的肩膀，低語了幾句後，男孩隨即向章桐走來，目光中流露出急切的神情。

「王叔說妳是辦理我姐姐案件的法醫，對嗎？」男孩的鼻尖上沁出了幾滴汗珠。

章桐點頭，卻不知道該說什麼。上一次拒絕那位老人的話說出後，她後悔了好幾天。

「妳放心吧，我不是來要我姐姐屍體的，我……」男孩似乎是在竭力控制著自己的情緒，他一時語塞，雙手由於緊張而緊緊地握在一起。

「慢慢來，別急。」章桐柔聲安慰道。

「謝謝……我，阿姨，我想見見我姐姐，可以嗎？就見一面，我保證不碰她。我今年就要去當兵了，想在走之前，再看看姐姐，可以嗎？」

男孩的目光中閃爍著亮晶晶的東西，章桐無法拒絕，也不忍心拒絕，她點點頭，啞然道：「來吧，我帶你去。」

藥房老闆說道：「謝謝章警官，那我就不進去了，請好好照顧這個孩子。」

「放心吧。」

章桐帶著男孩穿過警務大廳，下樓左轉，直接走到走廊的盡頭，在解剖室的門前停下了腳步。

章桐輕聲說道：「你叫什麼名字？」

「王鑫。」

章桐認真地看著他的眼睛：「好，王鑫，我現在要最後問你一次，你真的打定主意要見你姐姐一面了，對嗎？你要知道，此刻躺在裡面的人，和你以往印象中的姐姐，是完全不同的一個人，你真的不打算記住她活著時候的樣子嗎？」

王鑫眼圈發紅，卻仍用力地點頭。

章桐愣住了，她略微遲疑過後便長嘆一聲，伸手推開了解剖室的門。正在低頭忙碌的顧瑜對王鑫的出現並沒感到太多意外，只是看了章桐一眼。

「他是王悅的弟弟，想見見他姐姐，妳陪他去吧。」

顧瑜怔住了，又一次上下打量了男孩一眼後，說：「跟我來吧。」

十多分鐘後，滿面淚痕的王鑫在顧瑜的陪同下走出了冷凍庫，章桐便

第五章　第三人格

接著把他送到了門口。藥房老闆一見，趕緊從凳子上站了起來，順手摘下耳機，迎上前道：「謝謝警官，給你們添麻煩了。」

「沒事。」章桐小聲說道。

藥房老闆唉聲嘆氣：「王悅那女孩是我藥房裡做得最認真的一個員工，值夜班從不挑三揀四，說是幫弟弟存學費。現在人沒了，真是太可惜了。我今天帶他來，也算是為那女孩最後做點事吧，求個心理平衡，畢竟她是在為我值班的那晚遇害的。」說著，他正準備帶王鑫離開，章桐突然心中一動，趕緊叫住了他：「等等，老闆，你這個耳機是無線的，對嗎？」她伸手指著藥房老闆掛在脖子上的耳機，「能給我看看嗎？」

藥房老闆一愣，便趕緊摘了下來，遞給章桐：「是的，SONY 最新的一款，品質還不錯。」

「你用的是手機播放器？」章桐問。

「不不不，那都過時了，這一款有個 AI 無線接收功能，能精準定位並同時接收 48 家網路電臺的訊號，只要按下旁邊的指令按鍵，然後用事先錄製進去的自己的語音來命令它播放就行了，總體就像蘋果的 Siri，還挺不錯的。」

藥房老闆的話音未落，章桐頓時恍然大悟，把耳機還給藥房老闆後，她趕緊說了句：「謝謝你提供的幫助，再見。」便快步向警務大廳走去。

看著章桐匆匆離去的背影，藥房老闆愣了半天，這才衝著王鑫聳聳肩，無奈地笑了笑：「警察都很忙，相信你姐姐的案子很快就能破的，放心吧，孩子，我們走吧。」

王鑫點點頭，兩人這才緩緩地走出了市警局大院。

＊　＊　＊

相對於法醫處的冷清，痕檢辦公室的熱鬧就好像是另外一個世界，平時待人就很隨和的歐陽工程師正坐在辦公桌邊和年輕同事開著玩笑，一抬頭就看見了匆匆走進辦公室的章桐，便趕緊笑瞇瞇地招呼道：「章主任大駕光臨啊！」

章桐卻並沒有和他客套，直接就問道：「歐陽，你還記得墜樓案現場所發現的死者遺物嗎？其中有一截耳機線？」

歐陽工程師忙點頭，道：「當然啦，我記得很清楚……」

他剛要說下去，卻立刻被章桐打斷了：「查出來了嗎？」

「你來得巧了，我正要統一彙總到童隊那裡去。根據耳機線的製造工藝和原材料判斷，應該是今年二月初才上市的一款最新的 SONY 牌耳機。」

「是不是墨綠色的無線頭戴式？」章桐追問道。

「是的。」歐陽工程師從章桐凝重的神情中意識到了什麼，「但是我們在現場的樓上樓下卻並沒有發現死者的耳機和音樂播放器。」

「手機中的音樂軟體呢，能確定最後一次啟動時間嗎？是不是案發當晚？」章桐追問道。

歐陽搖搖頭：「我查過這部手機，最後一次啟動時間是在一個月前，她似乎對這個軟體並不感興趣。」

「歐陽，她的這部耳機應該是最新型號的，裡面裝有 AI 晶片，雖然是無線耳機，但是你們卻不會在周圍找到播放器，而發現屍體的時候，我記得很清楚——斷裂的耳機線是在她的頭部後方，而且是被頭髮纏住的，很顯然她下墜的時候應該是戴著這個耳機的，不排除耳機被人用力扯走了。」

第五章　第三人格

「扯走了？」歐陽不解地看著章桐，「耳機線的兩端橫切面非常整齊，應該是用匕首……」

章桐心中猛地一驚，語速飛快地說道：「凶手因為要取走死者的左胸第四節肋骨，所以耽誤了一點時間，當時應該聽到了消防隊員的腳步聲，便想盡快離開現場，臨走時必定是想起了耳機，但是因為這種耳機是無線的，並且價格不菲，為了防止意外導致的脫落受損，生產廠家便會把這種耳機的連線線加裝一個安全扣，設計成遇到碰撞後，向後推移，而不是徹底撞飛，這樣一來，根據死者墜樓後的屍體角度和姿勢判斷，在死者墜地後，耳機自然就和頭髮纏繞在一起了，凶手要想盡快取下的可能性並不大，他慌忙之下才會想到用手中的匕首割斷它，這也就可以解釋為什麼這麼大的雨，死者的臉上蓋著頭髮，並且血汙有擦拭過的痕跡。」

「童隊派人調查過死者白曉琴的社會關係，非常簡單，也沒有情感糾葛，因為參加工作沒多久，和同事相處更是融洽，在這樣的情況下，就排除了個人原因而選擇自殺的可能。但是監控影片中，白曉琴卻是獨自一個人上了樓。」說著，章桐皺眉看著歐陽工程師，「歐陽，你說凶手到底是如何命令這個女孩跳樓，然後放著錢包不拿，手機不拿，卻偏偏帶走了一個有 AI 功能的耳機？」

歐陽臉上隨和的笑容漸漸凝固了，他嚴肅地說道：「現在這種有 AI 功能的智慧耳機一般情況下都會自動把聽過的東西和時間備份到雲端……我明白了，馬上通知網安查看這部耳機當晚究竟聽了什麼，或許答案就在裡面。」

章桐緊鎖雙眉，喃喃道：「希望還來得及。」

窗外，一陣驚雷閃過，天空中烏雲翻滾，眼見一場暴雨即將來襲。

✦ 5

　　白天的時候，城南的酒吧街上幾乎看不到一個人，冷冷清清的，店門緊閉，偶爾能在街角的柳樹下看到幾隻流浪貓在打盹。但是一到夜晚，霓虹燈閃爍，青石板鋪就的街面上便瞬間熱鬧了起來，透過虛掩的門，酒吧裡所傳出的攝人心魄的音樂鼓點、嬉笑聲、時不時刮過耳邊的幾句咒罵聲很快便被街面上來往的行人腳步給掩蓋住了。

　　夜晚的酒吧街上是充滿黑色誘惑的，尤其是後半夜的時候。所以，當身材高挑的男領班對著呆坐在吧檯旁半天都沒有開工的她使了個眼色的時候，她便心領神會地點點頭，伸手接過領班遞過來的寫有車牌號的紙條和一瓶兌了水的香檳後，抿嘴一笑，點點頭，緩步走出了低矮昏暗的酒吧。

　　酒吧賺黑錢的方式有兩種，一種是賣兌了水的酒，另一種則是抱著酒瓶子陪你共度良宵的女人，而無論哪一種，都是價格不菲的。來酒吧街上買春的客人都是深諳其道的，車子一般都會停在酒吧街外專門的停車場上，而停車場上則有酒吧所僱用的小工在四處分發酒吧的名片。剛才那個電話就是指名要她發表。

　　她的長相並不驚豔，價碼自然也就不高，所以才不會介意自己將要面對的到底是什麼樣的人！放著鈔票不賺那才是傻子，再說了，本來就是做這一行的，還挑剔什麼呢？

　　所以，當她如約鑽進那輛黑色的本田車時，她只是注意到了駕駛座方向盤上那隻貼著 OK 繃的手，並沒有多說什麼。

　　本田車揚長而去，她自然也就消失得無影無蹤了。

第六章　催眠

「我還得獨自面對秋月的離開……李醫生，你能切身感受到自己朝夕相處的愛人突然再也見不到了時自己孤獨的心情嗎？」

✦ 1

傍晚時分，雨越下越大，李曉偉已經開著車在上南塘街上兜兜轉轉了好幾趟，卻仍然沒有找到停車位，似乎一下雨，所有的人都決定開車出來玩了，整條街道兩邊停得水洩不通。

手機鈴聲響了起來，李曉偉順手按下藍牙耳機接聽鍵，卻沒想到是章桐的電話，沮喪的心情頓時轉憂為喜：「妳好。」

「李醫生，我想請你聽段音樂。」章桐的聲音中略帶著一絲焦慮。

輕微的窸窣聲響過後，耳機裡便傳來了一段並不完整的鋼琴曲。起初，音樂聲還很輕柔，可是在李曉偉的腦海中卻彷彿驚雷一般，讓他頓時呼吸急促了起來。還好音樂只有不到一分鐘的時間，中間還夾雜著些許的卡頓。但是這點時間對於李曉偉來說卻不亞於是度日如年的煎熬。

章桐沙啞的聲音在電話那頭響了起來：「你是不是對這段音樂很熟悉？」

「是的，蕭邦的夜曲，李智明殺妻案中唯一在電腦中存過的曲子。」李曉偉一邊說著，一邊腳踩油門看準了空子終於擠進了停車位。「我現在正

要去我的一個病人家裡，她是李智明殺妻案剩餘的兩名還活著的關鍵證人之一。」

「等等，你說的是沈秋月？」章桐問道。

「沒錯。」李曉偉鑽出車，鎖好車門，然後撐著傘向社區樓道走去，邊走邊說道，「我打不通她的電話，後來她丈夫汪涵接了，約好今天來做一次病人家訪。」

「好吧，有情況隨時和我聯絡。」說著，章桐便結束通話了電話。李曉偉正好走出電梯，汪涵家自從李智明案後便搬離了原來的社區，可由於經濟原因，暫時無法再另行購買新房，而舊房又因為三年前那起案件讓買家望而卻步，便不得不在上南塘社區租房居住。

門鈴響過後，沈秋月的丈夫汪涵便打開了門，這是個外表儒雅的男人，身材不高，戴著一副無框眼鏡，臉上悽然的表情和手臂上的黑紗讓李曉偉瞬間一愣，脫口而出道：「汪先生，現在方便進來拜訪嗎？」

汪涵點點頭，轉身向裡屋走去，輕聲道：「進來吧，家裡就我一個人了，請幫忙帶下門。」

兩人一前一後穿過玄關，走進了一間狹小陰暗的客廳，客廳面積並不大，陳設簡單，屋角是一臺老式的十八寸電視，電視機旁的機頂盒上布滿了灰塵，顯然主人已經很久都沒有打掃過這裡了。靠窗擺著一張雙人沙發和茶几，茶几上堆滿了各種報紙和雜誌，菸灰缸裡塞滿了菸頭，沙發上凌亂不堪，一條灰色的毛毯揉成一團被丟在了沙發的一角，地板上橫七豎八地躺著幾個半空的啤酒罐。透過打開的臥室門，可以聞到房間裡散發出了濃重的檀香味，和沙發上的雜亂形成鮮明對比的是房間的床鋪整潔乾淨，可見屋子主人汪涵一天中在家的大半時間都是在沙發上度過的。

第六章　催眠

　　這個家給李曉偉的感覺就是了無生氣。

　　兩人分別落座後，汪涵尷尬地伸手摸了摸頭：「對不起啊，李醫生，家裡出了這麼大事，我這幾天都在殯儀館，回家也就是睡覺，人都糊塗了，也不知道家裡停水了，都不能給你倒水喝。」

　　李曉偉趕緊擺手：「沒事沒事，汪先生，這個時候到訪本就是很倉促無禮的，非常感謝你不介意接待我。不過真沒想到……」他伸手指了指汪涵戴著黑紗的手臂，輕聲道，「你夫人呢？不知你家哪位親人過世了？」

　　雖然隔著眼鏡片，李曉偉卻依舊能夠清晰地看到汪涵紅腫的眼眶，又聯想起他剛才所說的「一個人」，便感覺心中一緊，暗暗後悔起了自己言語的莽撞。

　　汪涵順手摘下了眼鏡，用紙巾擦了擦眼角，啞然說道：「真的不巧，過世的正是我的妻子秋月，三天前的車禍。」

　　震驚之餘，李曉偉突然明白了那打開的臥室裡濃重的檀香味所散發出的位置應該就是沈秋月的靈堂，便一時語塞，結結巴巴地說道：「她……怎麼這麼快，我前幾天還剛在門診見過她……天哪……」

　　汪涵長嘆一聲，眼角的淚水終於無聲地滾落了下來，他輕輕啜泣道：「李醫生，你是好人，秋月在世的時候也最信任你。我也不瞞你，秋月自從跟了我，就幾乎沒過過幾天好日子，本以為那事情都過去三年了，她的情緒也有了明顯的緩和，我們錢也存得差不多了，就有了重新買房子的打算，等秋月身體調養好了，只要她願意，我們再要個孩子，最好，是一個像她那樣漂亮溫柔的女孩……可是這一切，三天前的那場車禍讓這一切都徹底成了泡影。」

　　李曉偉的心不由得被緊緊揪住了。他長嘆一聲，喃喃道：「那天在我

的門診室裡，你夫人談到了你，我看她心情很愉快，本以為做過幾次家訪就應該可以徹底走出來，忘記三年前那件可怕的事情。汪先生，請節哀順變……」

「節哀順變？」一聽這話，汪涵突然抬頭看著李曉偉，苦笑道：「李醫生，三年前的那件事，你真的以為我們全家能徹底走出來？你能想像血淋淋的殺人慘案就發生在與你僅僅一牆之隔的頭頂房間裡嗎？不，你絕對想像不到的。秋月去世了，對我和雙方的家人來說，都是一場近乎致命的打擊，但是仔細想想吧，李醫生，我們這個家的噩夢，其實在三年前就已經開始了！」

「警察和社會媒體只會關注受害者、關注行凶者，卻絕對不會去關注受到這起案件影響的別的人。前段日子，聽說那個殺人犯在死刑被執行前就自殺了，我想，或許他是不願意去面對死刑吧，反正是個死，多活一天都是個折磨，還不如一了百了來得痛快。但是我……」說到這裡，汪涵便長嘆一聲，無奈地搖搖頭，任由淚水滾落，沙啞著嗓音說道，「我還得獨自面對秋月的離開……李醫生，你能切身感受到自己朝夕相處的愛人突然再也見不到了時自己孤獨的心情嗎？」

汪涵的質問讓李曉偉頓感啞口無言，他同情地看著眼前這個被悲傷幾乎擊垮的男人，卻不知道該如何去安慰他才好。

七點鐘的時候，汪涵送李曉偉下樓，臨了，李曉偉看他情緒稍微有些緩和了，便誠懇地說道：「汪先生，每週三和每週六我都在門診，你有空過來吧，我們談談，或許會對你的心情平復有點作用的。」

汪涵搖搖頭，嘴角揚起一絲苦笑，輕聲說道：「謝謝李醫生的關心，我其實瞞著秋月已經在安康做了將近兩年的心理輔導了，不然的話，我怕

第六章　催眠

我還真的挺不住呢，畢竟我也是個人，你說對不對？但凡是個人，就會有感到心理壓力無法承受而徹底崩潰的時候。哦，對了，李醫生，我必須解釋一下，之所以當初沒有告訴你，那只是因為擔心被秋月知道我也在做心理干預治療，我想如果被她知道的話，或許會認為我這個男人不能讓她有安全感，這就很可悲了呢，是不是？」

李曉偉感慨地點點頭：「謝謝你，汪先生。不知你夫人的告別儀式什麼時候舉行，我想去送送她。」

汪涵若有所思地看了一眼大樓外細雨濛濛的夜空，輕聲說道：「後天，早上十點，安息園。李醫生，其實你不必來的，太麻煩了，秋月知道的話，肯定會怪我的。」

「不，放心吧，我一定到。畢竟她曾經是我的病人。」

看著李曉偉離去的背影，汪涵的目光若有所思。

在回去的路上，心事重重的李曉偉把車停在了馬路邊，昏黃的路燈下，地面的水潭折射出了霓虹燈閃爍的美麗幻影，使得夜幕下的城市變得格外神祕迷人。他伸手在儀表盤下的櫃子裡摸了老半天，終於摸到了一個被揉皺了的菸盒，可是打開後卻見裡面空空如也，這才恍然記起最後一支菸已經在幾個月前就被自己抽完了。他懊喪地把菸盒隨手丟在了副駕駛座上，調低椅背，雙手枕著頭，仰面看向車子天窗上的夜空，陷入了沉思。

沈秋月死了，剩下的就只有章桐，而過去所發生的每一件案子，似乎都與當初的李智明殺妻案有關，還有就是那首若即若離猶如幽靈一般的鋼琴曲到底有著什麼樣的重要含義……這些，就像一幅雜亂無章的拼圖遊戲，看似有跡可循，實際上卻始終都無法找到真正的下手點。李曉偉覺得此刻的自己就像站在一個布滿迷霧的房間裡，伸手不見五指，而濃重的謎

團卻又壓得自己喘不過氣來。

可是，難道就這麼眼睜睜地看著章桐成為凶手下一個目標？

李曉偉猛地坐了起來，手忙腳亂地掏出手機撥通了老同學顧大偉的電話。電話響了好幾聲才被接起，一接通後，還沒等顧大偉開口，李曉偉便急切地問道：「大偉，沈秋月的丈夫汪涵在你們那裡做過心理干預治療，對嗎？」

「沒錯，老弟你的消息還蠻靈通的嘛。」顧大偉嘿嘿一笑。

「我能聽一下他的治療錄音嗎？」李曉偉直截了當地追問道。

「這個⋯⋯」顧大偉有些猶豫不決，很快便壓低嗓門道，「老弟，我可不想被人檢舉然後被吊銷執照啊，那可是我吃飯的家當。」

「你腦子裡怎麼少根筋呢？」李曉偉沒好氣地說道，「都什麼時候了，還跟我來提這些邊邊角角的玩意兒，再說了，我也是心理醫生，執照還比你早拿了兩年，論身家的話，要說怕丟的那個人，該是我才對！難道你就不能把我的這個要求理解為簡單的『病情磋商』，或者說『會診』？那事情不就簡單多了？」

電話那頭的顧大偉忍不住撲哧一聲笑了：「行行行，沒問題，明天中午你過來吧，我在公司辦公室等你。」

✦ 2

午夜，雨停了，街頭一片寂靜，偶爾有車輛經過，在路邊濺起水花，但很快就會恢復平靜。

第六章　催眠

　　市警局刑警二隊的辦公室裡亮著一盞檯燈，童小川正坐在辦公桌前對著電腦螢幕發呆，面前的桌子上擺滿了分別從三個案發現場所拍攝到的現場相片和所登記的證物清單。

　　在被調到刑警隊之前，自己在禁毒大隊工作了整整十年的時間。那是一段讓人難忘的日子，有時候他都無法確定自己到底還能不能活著看到第二天早上升起的太陽。所有人，包括自己的未婚妻吳嵐在內，都認為他之所以選擇參加晉級考試，然後申請調到刑警隊工作，那都是因為想多休息一下，畢竟當刑警隊的隊長不只是薪水高一點，顯得更受人尊重，更不用再刻意掩飾自己的警察身分。其實吳嵐就不止一次暗示過要是能去別科最好了，不過她並沒有敢說出來，因為吳嵐很了解童小川的為人，知道安逸的日子並不適合他。

　　但是童小川的心裡卻有一個從沒有告訴過別人的祕密，而正是這個祕密，讓他最終決定來了刑警大隊。

　　他把這個祕密一直都埋在心裡，本以為不會再想起。直到今天，他再一次看到了同樣的眼神，內心深處那段痛苦的記憶便被毫不留情地打開了。當年，有一個和小杰差不多年紀的孩子，走進童小川在禁毒大隊的辦公室，舉報了自己的父親以販養吸，在他的配合下，結果當然是把他父親抓進了戒毒所。可是後來才得知男孩的母親在他剛出生沒多久就離家出走不知去向，而自從父親被抓進戒毒所後，因為在學校被人歧視，孩子便沒心思再上學，被周圍人排擠，又沒有經濟來源，倔強的男孩不得不過早地進入社會謀生。後來，當童小川再次見到這個十七歲的孩子的時候，卻是在冰冷的太平間。當地警員說那天男孩從工地下班回家的路上，無意中看到了有兩個歹徒在猥褻一個年輕女孩，身形瘦弱的男孩想都沒想就上前制止，結果被惱羞成怒的歹徒連捅八刀，血染街頭。

深感內疚的童小川在一次宿醉過後，便毅然選擇了離開禁毒隊。因為他知道，還有一個地方，值得自己用餘生去付出更多的努力。

耳畔響起了腳步聲，然後在自己的辦公桌前停了下來，鄭文龍輕聲道：「童隊，你也不休息一下啊？」

「睡不著。」童小川伸手指了指自己身後雜亂不堪的簡易行軍床，「你要是累了，可以去躺一下。」

鄭文龍搖搖頭：「童隊，我跟你說過我要跟你解釋的。」

童小川抬頭認真地看著鄭文龍，沉默良久後，啞然失笑：「我還從未見你那麼凶過。」

「童隊，我不跟你開玩笑，如果當時我不那麼做的話，後果真的不堪設想。」鄭文龍喃喃道。

「你難道是怕我們警局區域網的防火牆被攻破？」童小川伸了伸懶腰，「你是網安的，應該不會那麼沒有自信吧？」

「不，那個我並不擔心，我擔心的是小杰的安危。他用的是我們局裡的 IP 地址登入的遊戲頁面，自然就會被人定位到他所在的位置，童隊，你想，歹徒那麼利用他，自然就會很在意他是否出賣自己，我……」鄭文龍結結巴巴地說道，「我擔心……」

童小川聽了，不免感到有些吃驚，半晌回過神來後，這才笑著擺擺手：「不可能的，我看是你懸疑小說看多了，小杰只不過是一個孩子而已，再說了，又沒有和對方見過面，也沒有通過電話，至多只是在遊戲中有所交集，又怎麼能夠帶我們找到凶手？別想太多了，快回去睡覺吧，我看，你是缺乏睡眠，所以才會這麼胡思亂想。」

「我……」鄭文龍欲言又止，看著童小川低頭繼續研究現場相片，明

133

第六章　催眠

擺著不願意再和自己討論這件事，便長嘆一聲，搖搖頭，沮喪地離開了辦公室。

片刻過後，童小川突然抬起頭，對值班室的方向吼了一句：「小張，張一凡！」

睡意頓消的副手小張應聲迅速從值班室裡衝了出來，在辦公桌前站得筆直：「童隊，有什麼吩咐。」

「你，出個差，今晚開始，每天晚上八點直到第二天早上六點，給我守在這個地址的樓下。」他一邊咕噥著，一邊順手在辦公桌的便籤簿上撕了一張下來，飛快地寫了個地址，丟給小張，「我只要忙完手裡的事，就會去替你，記住，要求是寸步不離，確保安全！」

「蹲守？沒問題……這……」小張一看手中的地址，頓時傻了眼，「童隊，這可是章主任家的地址啊，我記得很清楚，發現屍體的那天是我做的筆錄。」

「怎麼？自己人就不能去『蹲』？」童小川頭也不抬地反問道。

「不是，當然不是。」小張一聽，趕緊解釋道，「可是章主任知道這個事嗎？」

童小川瞪了他一眼：「你是聽她的還是聽我的？出了事你負責？」

張一凡嘿嘿一笑，抓起童小川桌上的車鑰匙剛要轉身出門，卻又停下腳步：「童隊，明蹲還是暗守？」

童小川想了想，擺擺手，果斷地說道：「還是明蹲吧，你這小身板，對付人家猜想還差點，我去的時候再來暗的。」

＊　＊　＊

章桐揉了揉有些發酸的脖頸，這才注意到電腦螢幕上顯示的時間都快要兩點了，可是需要修訂的文件還有很多，她突然有了一種力不從心的感覺。手邊杯子裡的咖啡已經冰涼，太陽穴卻止不住得陣陣抽痛，她伸手拉開抽屜，抓起那盒已經吃了一半的止痛片，手忙腳亂地扒出一顆塞進嘴裡，就著苦澀的咖啡嚥了下去。

　　昏黃的檯燈下，她的目光落在了被修剪得整整齊齊的指甲上，端詳半天，陷入了沉思。

　　如果兩個人之間沒有直接的肢體接觸的話，那白曉琴的指甲縫隙內容物裡又為什麼會出現一個已經自殺而死的男人的 DNA？雖然以往也曾經出現過非常少見的所謂的「間接接觸」而產生的物證先例，但是那麼做的話就必須要有一個中間媒介，可是，白曉琴自始至終都沒有面對面和李智明有過任何接觸，不論是案發前，抑或者是案發後，兩個人完全是不同的生活軌跡。可以確定的是，如果不是在電視中看到了相關報導的話，白曉琴也根本就不會知道那天自己無意中所目睹的一幕，竟然會如此的關鍵。

　　那麼，李智明的個體生物檢材又是如何到了白曉琴的手上？和白曉琴接觸過的和本案有關的就只有兇手，而那個兇手，難道說會和監獄有關？

　　想到這裡，章桐不由得倒吸了一口冷氣，不管是李智明的死，或者說他當初殺害自己懷孕妻子的案件，其實兩個事件的性質都一樣——在殘忍殺害對象的同時，卻又擁有一個無法讓人理解的殺人動機。回想起他給自己的那封信，章桐心中不安的感覺越發強烈了起來，她抓過桌邊的手機，撥通了顧瑜的電話。

　　「小顧，我想確認一下那天妳在送交白曉琴案的所有生物檢材時，是不是確定無誤交到了 DNA 工程師的手中？」

第六章　催眠

「是的，主任。」顧瑜肯定地答道。雖然才跟了章桐不到半年的時間，但是卻已經習慣了這位上司不分白天黑夜的工作電話。

「主任，妳是否想到了什麼？」

「我必須排除物證被汙染的這個可能。否則，我沒有辦法去說服童小川那個榆木腦袋。」章桐沮喪地答道。

「難道說，難道說妳要童隊相信真的是死人襲擊了白曉琴？」電話那頭顧瑜的聲音透露著遲疑，「主任，妳別生氣，對此，我真的不抱希望。」

「只要妳確定親手交到了 DNA 工程師手裡的話，那就沒有任何問題，歐陽手下的人我是知道的，想必檢查出來的結果也一定會讓他們吃驚不小，但是不完全確定的話，他們是不會報上來的。這畢竟是命案，開不得玩笑。」章桐淡淡地說道。結束通話電話後，她的目光在桌上的那份血液檢查報告單上停頓了很久，上面顯示狂犬病毒 IgG 抗體呈現出陽性反應，IgM 卻是陰性，也就是說死者在三到六個月前曾經注射過狂犬病疫苗，如果單獨看這一點並不奇怪，可是為什麼死者指甲縫隙內容物中也會有這種同樣程度的陽性反應呢？這個不應該傳染的。

猶豫了一會兒後，章桐便又撥打了童小川副手張一凡的電話。誰想電話鈴聲卻從窗外傳了進來。她趕緊來到窗邊，循聲低頭看去，昏黃的路燈下，那輛熟悉的黑色桑坦納和車邊站著的小張顯得格外耀眼，對方也正好抬頭向樓上看。章桐滿腹狐疑地做了個「上來」的手勢，小張尷尬地點點頭，便關好車門，匆匆走進樓棟，直接從防火樓梯上了四樓。

一開門，丹尼便以低聲咆哮來表示自己對訪客的不滿。小張早就耳聞這位獨行俠一般的法醫神探家裡養著一條很聰明的寵物狗，卻怎麼也沒想到是體重和自己差不多的一條極不友好的拉布拉多雜交犬，便顯得有些拘

謹了起來。不過還好丹尼只是低吼示警，並沒有做出什麼出格的舉動。

「放心吧，牠經過專門訓練的，沒有我的指令，牠不會咬你的。」

「牠，牠的眼睛怎麼這麼凶？」張一凡心裡有點發怵。

章桐聳聳肩：「牠的母親是純種的德系杜賓犬，父親是拉布拉多犬，從遺傳學的角度來講，更偏向於原始犬類的特徵，所以經過嚴格訓練後做守護犬是再合適不過的了。只要你不襲擊我，就沒事。」

章桐把小張帶到屋裡後，指著唯一沒有堆放參考書的椅子，說道：「抱歉了，將就一點吧，我這屋裡平時也沒什麼人來，打掃房間就顯得有些多餘了。」

小張乖乖坐下後，章桐就地盤膝而坐，直截了當地問道：「你先說吧，大半夜的跑來我家樓下做什麼？」

小張尷尬地咧了咧嘴，趕緊從口袋裡摸出那張童小川給自己的地址條，交給章桐：「童隊叫我來蹲守的，怕主任出事，這不，就差妳一個人了。」

章桐並沒有接，哭笑不得地嘆了口氣：「我說過我沒事，不用在我身上浪費人力。對了，我正好要找你，有些事情和你們童隊說不清楚，我也怕他會太衝動，到時候反而壞事。你是生面孔，又是年輕人，辦事方便一點。」

一聽這話，張一凡頓時有了精神，他趕緊坐直了上身，認真地說道：「章主任，有什麼事儘管吩咐，我一定辦到。」

「我需要你幫我去趟監獄查點資料。」

「監獄？」小張不解地問道。

第六章　催眠

章桐點點頭：「沒錯。李智明的案子。」

「不是已經結案了嗎？」

「理論上，是的，但是我懷疑目前幾起凶案的製造者和李智明有關，雖然說根據相關登記資料顯示李智明已經沒有在世的親人，自然也就不應該存在DNA的同類型供體，但是卻無法解釋墜樓案女死者手指甲縫隙中的那組DNA來源。所以在結合那封遺書的前提之下考慮，我需要排除有人刻意製造李智明還魂殺人復仇的假象。」

「監獄的規定你也是清楚的，死刑犯在被核准死刑之前，是不允許有人探監的，之後，也只能是直系親屬，而和李智明有過交集的，除了監獄管理方的人外，就是獄中的人犯，所以，我需要你幫我查證一下是否有這樣的可能存在。」說到這裡，章桐略微遲疑了一下，「你們童隊比較固執，有時候不會變通，所以我覺得把這個交給你要比較妥當一點。希望你能理解我的用意。」

張一凡笑了：「放心吧，主任，我還以為多大的事呢。」目光落在章桐身邊蹲坐著的丹尼身上時，他立刻本能地坐直了身體，臉上的笑容也變得尷尬了起來。

小張細微的舉動並沒有能夠逃過章桐的眼睛：「你是不是曾經被狗咬過？」

小張嘿嘿笑著點了點頭：「那時候皮，放學後不知道做什麼，就四處惹禍。」

「狂犬疫苗……」此刻，章桐臉上的表情顯得有些古怪。

「農村哪有那麼講究……」小張正說著，突然注意到章桐其實並不是在跟自己說話，相反，卻是在盯著自己面前桌子上的一張報告單發呆，便

乖乖地閉上了嘴。

　　終於，章桐再一次抬頭看向自己，神情嚴肅地說道：「還有一件事，非常重要，幫我當面問下監獄裡面的人，就是李智明死前三到六個月之內，有沒有注射過狂犬疫苗，明白嗎？」

　　「沒、沒問題。」小張站起身，準備告辭。

　　章桐卻不知從什麼地方弄了個抱枕丟給他，然後伸手指了指小張身後的長沙發：「上面有毯子，你貓幾個小時吧，到時候我叫你。不然的話，明天你可沒精神跑監獄的。」

　　「我、我有任務……」小張結結巴巴地說道。

　　「在哪裡不是『蹲』？」丟下這句話後，章桐不容分說便起身向臥室走去，丹尼乖乖地跟在她身後，臨走進臥室門的那一刻，牠竟然回頭狠狠瞪了張一凡一眼。

　　見此情景，小張不得不嚥了口唾沫，咕噥了句：「那就，好吧。」接著便灰溜溜地蜷縮在沙發裡，在清脆的鍵盤聲中，沒多久就閉上了雙眼。

　　畢竟，沙發上比車裡可舒服多了。

✦ 3

　　讓李曉偉頗感意外的是，顧大偉公司所在的位置竟然是在市中心最繁華的地段，用「黃金」二字來形容真的是一點都不誇張。二十八層的世貿大廈，全玻璃外層空間，安康事務所占去了整棟辦公室辦公區的三分之二。

第六章　催眠

　　站在顧大偉辦公室窗邊的時候，李曉偉似乎明白了老同學的良苦用心，因為包括自己在內的幾乎每一個走進這間辦公室的人，窗外絕佳的視野都能讓其很快找到完全放鬆的感覺。

　　身後傳來了腳步聲和爽朗的笑聲，李曉偉笑瞇瞇地轉頭看向正朝自己走來的顧大偉，咕噥了句：「好地方！要不少錢吧？」

　　「還算可以，拉了點投資，如今的社會，大家腰包鼓了，自然也就開始重視自己的心理健康的問題了。」顧大偉一邊說著，一邊在自己的老闆椅上坐了下來。

　　李曉偉環顧了一下整個辦公室，發現只有一張躺椅是留給自己的，不由得聳聳肩，勉為其難地坐了下來。

　　「我這事務所裡都是畢業於名牌大學的心理諮商師，很多還都是海歸呢。」顧大偉嘿嘿笑道，「老同學你要能來的話，我就把這事務所交給你打理，我專門跑業務，怎麼樣？你的諮商費每小時兩千起跳。」

　　聽了這話，李曉偉差點從光溜溜的上等沙發椅上滑了下去，一臉驚愕：「你再說一遍？」

　　「兩千每小時。」顧大偉雙手一攤，「事務所不收提成。」

　　「你們所裡收費這麼貴？我們醫院看一次才二十塊的掛號費。」李曉偉心有不甘地咕噥道。

　　「這可是上報了的定價，業內幾乎都是這行情呢。不然的話，我樓下這些進口的儀器都是怎麼來的？」顧大偉雙眉一揚，「要知道，我們所的資質可是經過合法認定的。」

　　李曉偉長嘆一聲，擺擺手：「這就是命，怨不得誰，我現在過得挺好的，不想動了。對了，大偉，給我聽聽汪涵的治療錄音，我們昨天電話中

可是說好了的。」

「好吧好吧！」顧大偉無奈地搖搖頭，隨即朗聲說道，「小微！」

「在，老闆，請問我能為你做什麼？」一個靚麗的女聲在房間中迴盪著。

「打開089號檔案，顧客名字汪涵。」

「好的，請稍等。」話音未落，耳畔便傳來了沙沙的錄音聲。

看著李曉偉吃驚的目光，顧大偉咧了咧嘴，在臉上擠出了一絲笑容，嘀咕了句：「現在都流行這個。」

李曉偉的臉上露出了尷尬的神情。

錄音總時長有八個多小時，顧大偉選擇了其中最重要的幾個部分，尤其是相關的對案發當晚的回憶，兩人花了兩個多小時才算全部聽完。其間，李曉偉不斷地做著筆記。錄音結束後，他不解地看著自己的老同學，皺眉思索了好一會兒，才說道：「大偉，你怎麼看汪涵的病情？」

顧大偉道：「記得我接手汪先生後，他每隔兩週就過來診一次，其間我就很明顯地感覺到他的記憶出現了斷層，不只是特定的案發當晚，事後也是如此。汪先生年齡還不到四十二歲，也就是說他這個年齡層的人排除掉遺傳、外傷、病理和生活中的重大變故，依舊持續出現記憶斷層症狀的話，是不應該的。除非……」說著，顧大偉認真地看著自己的老同學，似乎是在猶豫著什麼，卻並沒有急著說下去。

「別賣關子了，錄音中我也聽出來了，他應該是被催眠過，而且是強制性的催眠。這樣的症狀我在國外的科學研究資料中看到過幾個相關的案例，對方在被催眠後沒有被催眠師按照正確手法喚醒，所以才會導致如此難以恢復的記憶損傷。」李曉偉重重地嘆了口氣，「而患者本人是根本無法

第六章　催眠

察覺到的。這也就是為什麼催眠師要經過嚴格和專門的培訓，不然後果真的是不堪設想。」

「我當時也覺得很奇怪，因為並沒有紀錄顯示這位汪先生曾經參加過任何類型的催眠，他妻子在世的時候，有一次陪他來，我私下也曾經問過她，她表示說據她所知沒有。這樣一來我又不方便對他再次進行催眠，唉，真讓人頭痛。」顧大偉長嘆一聲抱怨道。

「你說得沒錯，在沒有任何確切病因的前提之下如果再次貿然進行催眠的話，很容易讓病患發生記憶紊亂，從而出現幻覺幻聽，這樣就更棘手了。」李曉偉皺眉道，「可是，假設他確實是被催眠的話，那觸發這一行為的介質又在哪裡？不可能沒有任何介質就能實施這一行為的啊，而且普通人也不會願意隨便被人催眠，這點最起碼的安全防範心理也還應該是有的。」

顧大偉突然想到了什麼，抬頭問：「那會不會是汪涵和沈秋月兩人同時被催眠？」

李曉偉果斷地搖搖頭：「不可能，我最近剛和沈秋月在門診談過話，她的思路清晰連貫，記憶也沒有出現剛才錄音中的那種『斷層』，所以在她的身上是絕對可以被排除這一猜想的。」

「那就奇怪了，一個人怎麼可能稀裡糊塗地就被人催眠了呢？我看過汪涵的背景資料，人家可是高材生啊！」顧大偉習慣性地雙手一攤，重重地倒在了自己的老闆椅上，沮喪地嘆了口氣，「智商這麼高的人，不會不知道這被人瞎催眠的後果吧？」

「從時間上推算，汪涵被人催眠這一事件應該是發生在李智明殺妻案前後，你說對不對？」李曉偉神情嚴肅地問道。

顧大偉點點頭：「沒錯……那你的意思是……」

李曉偉心中一動，遲疑片刻後，卻又搖搖頭，嘴裡咕噥道：「不，不，不，汪涵和沈秋月都是局外人，不太可能和那起慘案有關的，這應該只是一個意外。」

顧大偉卻笑了：「老弟，導師那句話是怎麼說的來著——這世界上的很多個意外只不過是必然的偽裝罷了。」

「說是這麼說，可是人家都死了，你叫我怎麼去查？」李曉偉哭笑不得地擺擺手，「難道問鬼魂？開什麼玩笑呢！如果那樣做的話，那我豈不就真的成了章醫生嘴裡常唸叨的『神棍』了！」

＊　＊　＊

再次走出世貿大廈的時候，夕陽早已灑滿了天空，時候不早了。李曉偉本想直接回家，可最近的道路卻因為下班的車流而被塞得嚴嚴實實，一時之間，抱怨聲、喇叭聲充斥著整條路面。他探頭看了看，嘆了口氣，便在前面岔路口右打方向盤上了環城高架，思索著繞個圈，路雖然遠一點，自己以前也沒有走過，但是跟著導航的話說不定還能提前到家。

下高架的時候，前面又出現一個岔道，岔道口不到兩百公尺的地方是一個居民社區，門口種著一排高大的法國梧桐，這個季節正是樹蔭茂密的時候，傍晚的微風從打開的車窗吹了進來，讓人感到了一絲安逸。

夕陽……法國梧桐……路牌……一堵深紅色的磚牆……一切都像幻燈片一般在腦海中緩緩劃過。

突然，李曉偉猛踩了一下煞車，車胎與柏油路面摩擦後發出了尖銳的響聲，引得一旁的路人紛紛投來不解的目光。他趕緊靠路邊停車，深吸一口氣後便毫不遲疑地下車，鎖上車門，抬頭看了看在法國梧桐樹樹蔭中

第六章　催眠

隱約出現的社區樓棟，嘴唇囁嚅了幾下後，就果斷地朝社區警衛室快步走去。

對於李曉偉的出現，警衛室的老保全感覺有些詫異，起先是極不情願的一口回絕，可是抵不上穿著得體的李曉偉軟硬兼施，又收下了一包菸錢後，便勉為其難地把工作證交還到對方手中，小聲嘀咕道：「小夥子，你難道就不能忘了這事嗎？」

「這不都是為了工作嗎，要趕著寫報告，大爺，這年頭，大家賺錢都不容易的。」李曉偉笑瞇瞇地伸手接過了一串門鑰匙，「對了，大爺，那李智明家出事後就沒有人再動過家裡的東西？他家親戚呢？」

老保全長嘆一聲：「小夥子，你逗我玩呢，是不是？這都成了凶宅了，一屍兩命啊，那傢伙殺心重，狠著呢！這不，前段日子聽說自殺了，你說自殺的人不就更不安分了嗎，所以誰還敢去？警察撤走後，這屋子就被封上了，三年了，誰都不敢進去，樓裡上上下下的，能搬走的也都搬走了，房子都是打折處理的。」

「打折？大爺，這社區地段可不錯啊，學區房，還能打折？」為了套近乎，李曉偉故作驚訝地追問道。

「年紀輕就是年紀輕，不懂事！」老保全不屑地搖搖頭，「買這社區的可都是家裡有孩子的，凶宅的話，誰買？快去吧，我去物業處把電閘推上去。」

「多謝大爺！」李曉偉連連作揖，收好工作證和鑰匙後，便向社區裡面走去。

雖然隔了三年，但是他對去李智明家的路仍然記憶猶新。當年案發後接到通知，他在去汪涵家時，出於好奇，也為了更進一步感受一下當事人

的心情，曾經順道上樓去看了看案發現場，雖然並沒有進去，卻也知道李智明家所在的具體位置。所以，這一次，他直接走上樓，走出電梯門的那一刻，環顧四周，李曉偉的心中突然感到一種說不出的荒涼。

　　樓層上並排著兩戶人家，左面靠近電梯口的是李智明家，門口依舊貼著過年的大福字，只不過福字早就已經褪色，門把手上是斷了半截的黃白相間的警戒帶，也沒有人願意去拆除。而右面那一戶，門口擺著一盆枯死的蘭花，旁邊的水泥地上，面對李智明家的位置留有明顯的蠟燭燒過的痕跡，而鞋櫃上只留下了一雙布滿了灰塵的黑色男式拖鞋，顯然，屋主人已經不打算再在這裡居住了。

　　一陣帶著明顯涼意的夜風從半開的樓道窗戶裡吹了進來，李曉偉下意識地顫抖了一下，他從口袋裡摸出老保全給自己的鑰匙，插進門鎖，轉動，輕微的咔嗒聲響起，門鎖彈開了，撲面而來的是一股濃烈的霉味。畢竟是已經三年都沒有被打開的房間，李曉偉知道這裡鎖住的，不只是房間，還有那段三年前發生的可怕回憶。

　　透過玻璃窗，可以看到遠處城市的路燈在逐漸亮起，眼前的房間裡卻是黑漆漆一片。李曉偉正伸手在牆上摸索著尋找房間燈具的開關時，突然眼前一亮，這才猛地記起老保全說過他要去物業拉電閘的，現在應該是已經兌現了這個諾言了吧。

　　李曉偉揉了揉眼睛，努力讓自己適應眼前房間裡突然有了燈光的感覺，屋裡的陳設一般，布滿灰塵的沙發、茶几，在靠牆的桌面上擺著一臺價格不菲的音響，插頭連線在插座上，因為房間突然被通上電的緣故，音響電子顯示器上出現了「READY」的字眼，可見屋子主人平時的習慣就是讓它隨時保持待命的狀態。

第六章　催眠

　　陽臺正對著客廳，進門走過玄關後，右手邊依次是廚房、洗手間和臥室。案發後應該是簡單地打掃過了，地面上靠近陽臺門的地方，已經看不出任何有屍體曾經倒臥過的痕跡，發霉的空氣中也全然找不到消毒水的味道。但是李曉偉知道，要想輕易抹去這個房間內曾經發生過的那可怕的一幕，是很難做到的。

　　他又去了臥室，一張雙人床靠著南牆，上面的鋪蓋已經被取走了，房間裡顯得空空蕩蕩的，靠窗放著一個花架，上面擺了兩盆花，花架旁是個書櫃，布滿了灰塵，房間裡的擺設總覺得似曾相識。李曉偉略微遲疑了一會兒後，就退了出來，重新又帶上了門。

　　這時候，他注意到音響旁的那張椅子，便拉了過來，坐下後，順手打開了音響。

　　是的，就是這首曲子——蕭邦的夜曲第九章降 E 大調第二篇，迴旋曲式，彈奏者的行板在左手的伴奏下，右手在裝飾音中始終都必須保持著華彩的詠唱。這首曲子把黃昏和夜的寂靜完美地詮釋了出來。

　　昏黃的燈光下，李曉偉關上手機，向後靠在椅子上，雙手十指交疊，讓自己保持一個最完美最舒服的姿勢，做完這一切後，他這才輕輕合上雙眼，陷入了沉思。他知道只有這麼做，自己才有可能更進一步地走進李智明被人忽視的內心世界。

　　傳聞一點都沒有錯，這臺音響中確實只有這麼一首時長為 4 分 27 秒的鋼琴曲被反覆播放著，他更無法理解為什麼有人會只聽這麼一首曲子，哪怕是在殘忍地奪走另一個人生命的時候。這是一首多麼優美的曲子，也特別適合在此時此刻靜怡的環境中傾聽。想到這裡，李曉偉輕輕地發出了一聲嘆息：「在最安靜的時刻，我終將在黑暗中離去……」

突然，他猛地睜開眼，又一次環顧房間裡的一切，滿臉的驚愕，可是皺眉想了想後，卻又覺得腦子裡空空蕩蕩的。

窗外，夜幕已經無聲無息地降臨。

＊　＊　＊

夜風陣陣吹起窗臺上的白色紗簾，章桐忍不住打了個哆嗦，兩條外露的手臂終歸難以抵擋住這夜涼如水的寒意。她順手拿起椅背上搭著的薄羊絨披肩披上，走到窗口準備關窗，無意中注意到了樓下社區的過道上正有一輛轎車緩緩轉過彎來，最終停在了自己的樓下。想起昨晚張一凡的尷尬經歷，章桐不由得微微皺眉，小聲嘀咕了句：「真是大驚小怪，我可不要什麼保母！」隨後便用力關上了窗。

五、六分鐘後，一陣緩慢的腳步聲竟然在身後的房門口停下了，緊接著便是一陣急促的門鈴聲響起。

章桐強壓著怒火來到玄關，打開貓眼看了看，便立刻拉開了門，吃驚地看著門口站著的李曉偉，脫口而出道：「你怎麼來了？」

李曉偉右手扶著門框，神情落寞地看著她，目光若有所思：「章醫生，我，我能進去嗎？我找妳有事，我今晚必須要和妳談談。」

聽了這話，章桐沒再多說什麼，便轉身讓他進了屋，隨手把門帶上後，兩人一前一後來到了客廳。沒等章桐開口，李曉偉便疲憊不堪地在沙發上坐了下來，整個人目光散亂，顯得有些心不在焉，又似乎是在精神上受到了莫名的打擊，心知必定發生了什麼大事，自己剛才的不滿情緒便隨之而消退了很多：「現在時間已經很晚了，李醫生，我看你精神狀況也不太好，如果你不介意的話，今晚你就在沙發上委屈一下，怎樣？有什麼事我們明天再說。」

第六章　催眠

　　李曉偉點點頭，隨即就像個終於找到了安全感的孩子一般乖乖地向後倒在了沙發上，蜷縮起身體，很快便閉上了雙眼，呼吸聲也逐漸變得平靜緩和了下來。

　　見此情景，章桐無奈地嘆了口氣：「走吧，丹尼，我們回臥室去。」

　　丹尼卻似乎有些心有不甘，牠豎起雙耳，警惕地盯著沙發上背朝外躺著的李曉偉，並不願意挪動自己的爪子。章桐不得不用力拉了一把牠脖子上的項圈，牠這才終於嗚嗚叫著委屈地跟在主人的身後回臥室去了。臨睡前，考慮到丹尼最近的情緒有些不太穩定，章桐便用狗鏈子把牠拴在了門把手上。

　　直到兩個多小時後，將近凌晨三點，章桐猛地被丹尼低沉的怒吼聲驚醒，房間裡同時傳來了桌椅被推倒和狗鏈子不斷撞擊門把手的聲音，那是丹尼在拚命掙脫狗鏈的束縛。

　　章桐不由得心中一驚，不容多想便欲起身去摸床頭燈的開關，誰想到可怕的一幕發生了，一雙大手在黑暗中突然把她推倒在床上並且死死地按住了她的脖子，卡住咽喉的力量在不斷地加大，呼吸也變得越來越困難，章桐掙扎著試圖去扒開脖子上那猶如鐵箍一般的雙手。可是，這突如其來的襲擊者顯然並不願意輕易放棄自己的攻擊，反而還加大了力量。章桐剛欲呼喊救命，可是張了張嘴，卻只是發出了嘶啞的嗚咽聲。難道說自己只能坐以待斃？

　　留給自己的時間越來越少，耳畔傳來了丹尼的狂吠聲，狗鏈撞擊門把手的節奏也變得更加急促了。掙扎中，章桐的右手無意中摸到了自己臨睡前放在枕邊的一本書，書裡夾著一支原子筆，她便本能地抓過原子筆，右手憑藉經驗迅速找到襲擊者手臂上的肱動脈，然後毫不猶豫地用筆尖狠狠

地扎了下去,並且同時拚死往上一推。

襲擊者應該是沒有料到章桐會這麼做,他驚恐不已地發出了一聲慘叫,踉蹌著後退的同時,丹尼也終於掙脫了鐵鏈,飛身躍起,一口死死地咬住了對方的後脖頸,然後藉著慣性把他拖到了地上。

章桐大汗淋漓地翻身坐了起來,同時打開了房間燈的開關,在終於看清楚襲擊者的面目時,她不由得呆立當場,感到驚愕不已。

「怎麼是你?」

話音未落,身後的大門被人用力撞開,童小川依舊穿著那件皺巴巴的牛仔外套,神情嚴肅地出現在了臥室門口。臥室地板上,丹尼還是死死地咬住李曉偉不放,而李曉偉卻因為失血過多已經陷入了昏迷。

「怎麼會是他?」童小川一邊收起槍,一邊驚詫地叫道。

章桐沒有回答,趕緊用自己的睡衣腰帶紮緊了李曉偉的手臂,同時命令丹尼:「快鬆開!」

「章主任,這……」童小川掏出手機,「我,我需不需要叫人來?」

「叫救護車吧,要快,否則的話,我都不能保證了。」章桐神情凝重地說道,腦子裡飛速地回憶著李曉偉今晚突然出現在自己門口時的那副古怪模樣。

＊　＊　＊

凌晨五點三十分,手機鬧鐘準時響起,飛魚網咖的胖老闆揉了揉發酸的眼角,舒服地伸了個懶腰後,便從椅子上站了起來。這個時候的網咖裡是一片難得的安靜,包夜顧客此起彼伏的呼嚕聲時不時地敲擊著胖老闆的耳膜,他不滿地嘀咕道:「睡得跟豬一樣!」

第六章　催眠

　　離自己下班的時間還有半個小時，胖老闆要做的事情還有很多，而眼前最要緊的，就是逐一給電腦點數，尤其是執行的主機。他手裡抓著交接班簿，開始在網咖裡轉圈，嘴裡咕噥著數字，時不時地在本子上勾一下，做好備註。

　　快要走到頭等包廂的時候，胖老闆突然停下了腳步，沒錯，是青軸鍵盤的敲擊聲：「這小崽子，都什麼時候了，還在玩！不要命啦！」

　　嘀咕歸嘀咕，畢竟是頭等包廂的客人，自然就有著高人一等的權利，胖老闆沒再打擾他，轉身搖搖晃晃地離開了。

　　小杰是昨天晚上八點剛過的時候出現在胖老闆的櫃檯面前的，還算老實，一開口就只是小心翼翼地試探那個特殊的約定在這家店裡是否仍然有效，胖老闆沒有阻攔，他知道自己根本就得罪不起那種一出手就一萬塊的財神爺，便表態說當然有效，帳上的錢是隨便讓他花的，緊接著在這個男孩稚嫩的臉上便露出了激動的神情。奇怪的是，胖老闆在事後很長一段時間裡都無法解釋自己當初為何在最後面對小杰的時候，心中會油然而生一種說不出的歉疚感。

　　或許，這就是人最初的本性使然吧。

✦ 4

　　章桐從來都不喜歡化妝，但是今天出門去上班的時候，本來已經走到門口，對著玄關的鏡子照了半天，輕嘆一聲，還是乖乖地丟下包返回屋裡，找出了很長時間都沒有用過的 BB 霜和口紅，花點時間給自己化了層

淡妝。

可是儘管早就有了足夠的心理準備，從跨出家門的那一刻開始，投向自己的目光依然是複雜而又帶著幾許同情。尤其是進了辦公室，助手顧瑜抬頭剛想打招呼，瞬間就像石化了一般，張口結舌：「妳……」

章桐可不想把昨晚李曉偉的事給徹底鬧大，便硬著頭皮咕噥了句：「別亂想，我走路不小心摔跤了。」

自知這種傷勢就連在一個法醫系的學生面前都是糊弄不過去的，第一次撒謊，又是這麼顯而易見就能被戳破的謊言，她感到自己的耳根子都熱得發燙。

凌晨的時候，童小川跟著救護車去了安平市第一醫院，章桐沒去，她得和物業解釋，同時收拾滿屋子的殘局，收拾完了，也就該上班了。剛才在路上接到了童小川從醫院打來的電話，一面抱怨還要去防疫站打狂犬疫苗，另一面卻繞著彎兒說章桐那招挺狠的，要不是自己出示了警官證的話，急救醫生早就已經打電話報警了，不過還好，現在人沒事，只是還沒醒過來。

私底下章桐也有些後怕，因為她知道如果當時補救措施慢了幾分鐘的話，李曉偉的命說不準就斷送在自己手上了。只是在那個緊要關頭自己的腦海中根本就沒有時間去考慮太多的事，呼救是完全不可能的，如果不那麼做的話，自己很快就會死於機械性窒息，結局不堪設想。歸根結柢，那個時候的李曉偉，已經是一個陌生人了。

在辦公桌旁坐下，章桐這才感到渾身痠痛。

「主任，妳要不要休息一下？」顧瑜關切地問道。

章桐搖搖頭：「我沒事，妳忙吧。」說著，她輕輕攤開右手，手裡拿著

第六章　催眠

　　的是一張小小的名片。早上在收拾臥室的時候，章桐無意中在地板上撿到了這張仍然嶄新的名片，她可以確定這並不屬於自己，也就是說是從李曉偉身上掉下來的。她已經用手機查詢過名片上這家安康公司的性質，知道一個心理醫生是絕對不會去心理診所做諮商的，而名片上的名字「顧大偉」自己也曾經在李曉偉口中聽說過。於是，在一番斟酌之後，出於對李曉偉昨晚古怪行為的不解，章桐便撥通了名片上的手機號碼。

　　電話那頭的顧大偉一聽說自己老同學出了事，不禁哎呀一聲叫了出來：「天哪，這不可能！李醫生不是這樣的人，你可千萬不能誤會他。他昨天是來找過我，但是我們之間只不過是探討了一個病患的病情發展情況而已，只是一般性的公事，並沒有什麼特別的事情發生。你大概也知道我和李醫生是大學同學，他大約是在五點多的時候離開了我的公司。至於說後來發生了什麼，很抱歉我就不知道了。」遲疑片刻後，他又問道，「章醫生，你確定是他做的？他當時有沒有喝醉？會不會是犯渾……在跟妳開玩笑，一時失手？」

　　章桐右手下意識地摸了摸自己脖子上的瘀青，苦笑道：「昨晚唯一能肯定的就是，他當時的意識是清醒的，再加上說有重要事情要問我，所以我才會讓他進門。但是兩個小時後，他就差點沒掐死我。」

　　電話中一陣沉默，半晌，顧大偉惴惴不安地問道：「章醫生，那這傢伙，他，他……現在在哪裡？」

　　「哦，凌晨的時候被救護車拉走了。」章桐漫不經心地答道，「同事說他剛從搶救室出來，不過應該沒事，我對他是留了分寸的，你不用擔心。」

　　話音未落，電話那頭便傳來了顧大偉一連串明顯被自己口水嗆到的咳嗽聲。

第七章　浮屍

　　顧大偉喃喃地說道，目光中閃過一絲陰影，「總之，他現在患上了暫時性的創傷後壓力症候群，結合他的怪異行為來看，不排除他在那段時間裡被人催眠了⋯⋯所以，我需要證據，童隊，請你一定要幫幫我。」

◆ 1

　　離自己接班時間還剩下不到半個小時，接警員鄭紅梅輕輕地推開了網安大隊辦公室的玻璃門，探頭向內張望著，她知道自己這個時候肯定能在這裡找到鄭文龍。

　　網安大隊的辦公室是整個警局大樓中所有辦公室裡面積最大的一個，從成立以來至今，前後雖然經歷過幾次內部裝修，但是因為電腦和各種電子設備不斷增加的緣故，越擴越大，最終就成功超越了接警中心那巨大的LED電子監控螢幕，成了大樓裡電子輻射最強的地方。

　　鄭文龍是網安大隊裡的靈魂人物，他的來歷很神祕，屬於半路出家，戶籍資料被小心加密，履歷中「原單位」那一欄總是空白，而對外介紹的時候，他的名字也從來都不會公開。但是據說當年主管刑偵的副局長可是費盡心機幾乎磨破了嘴皮子，才終於把他成功說服，從而拉進這個團隊並主持工作的。不過大家很快就接受了鄭文龍的存在，因為這個看上去其貌

第七章　浮屍

不揚、成天笑嘻嘻的年輕人似乎天生就是一個為了解決難題而存在的人。

鄭紅梅終於在一堆不斷閃爍著紅燈的主機房裡找到了身材健壯的鄭文龍，此刻，他正背對著自己彎腰在機箱上查看著什麼。

「阿龍，那個 IP 地址，你幫我追蹤到了嗎？」

鄭文龍聽了，轉過身，神情沮喪地搖搖頭：「要是我沒計算錯的話，這傢伙應該是躲到『暗網』裡去了。」

「『暗網』？」鄭紅梅還從未見他這麼發愁過，便不解地問道，「我怎麼好像在哪部小說裡看到過這個？『暗網』是不是非法網路的意思？」

鄭文龍長嘆一聲，愁眉苦臉地看著她：「傻妹子，妳即使看到，也只不過是理解它字面上的含義罷了。『暗網』沒妳想的那麼簡單。」

兩人邊說邊向外走去。

「所謂的『暗網』，其實就是科學家想盡辦法研究出的用來保護個人隱私的一種專門技術，又被稱為『洋蔥網路』，上面的域名數量是表層網路的四百到五百倍，任何一個在上面訪問的人都是完全匿名的。」鄭文龍邊說邊把紀錄本夾在手臂肘裡，騰出雙手在空中比劃道，「『暗網』就像洋蔥一樣，將使用者的資料一層層包裹起來，而『暗網』上的內容，傳統的搜尋引擎根本就看不到，也無法獲取，所以，個人隱私就得到了最完美的保護。」

回到辦公桌旁，鄭文龍順手拉出一張椅子示意她坐下，然後快速地敲擊自己面前電腦的鍵盤，看著電腦螢幕上不斷滾動跳躍的各種字元，不無沮喪地接著說道：「但是現在，『暗網』的存在和發展已經與最初的設計者的用意完全背道而馳，各式各樣的非法活動充斥了整個『暗網』，只要你有錢，你可以在上面做任何事情，無論你在世界的哪個角落，只要你願

意，你就可以在這個網路上肆意妄為。」他長嘆一聲，重重地敲下了「Delete」鍵，然後無力地向後靠在椅背上，咕噥道：「我這幾天都在嘗試尾隨他的軌跡隱藏IP再次進入，結果卻失敗了。看來，這傢伙是個典型的『黑帽子』，比我厲害多了。」

直到這時，他這才猛然意識到鄭紅梅的突然出現可不是簡單地只想問個問題就了事了，便轉頭盯著她，神情嚴肅地說道：「妳絕對是無事不登三寶殿，說吧，是不是又打電話過來了？」

鄭紅梅緊鎖雙眉，點點頭：「昨天早上的事，我怕等下找不到你，所以提前請同事替我一下。阿龍，這一次，我總感覺要出事。」

鄭文龍心中一緊：「為什麼這麼說？」

「以前，那傢伙在電話中只是不停地哭和懺悔，但是這一次，卻是笑……那笑聲，我以為他在和誰開玩笑，但是說實話我這輩子再也不想聽到那個笑聲了……」鄭紅梅猶豫不決地說道，目光中閃爍著一絲不安。

鄭文龍急了：「你還在這傻待著做什麼，回去發副本給我，同時上報給二隊，叫他們聯絡法醫處，聽明白了沒有？」

鄭紅梅匆匆離去。一旁的同事不解地問道：「鄭工，你為什麼這麼擔心？」

鄭文龍輕輕嘆了口氣，神情凝重地說道：「我在二隊開案情分析會的時候，就曾經聽過那傢伙的聲音，我不是心理醫生，但是接連三個電話都是一樣的口氣，第四個電話卻變了，那可不是什麼好事！必須馬上讓童隊知道這個變化。」

正說著，電腦螢幕上自己的信箱中突然顯示有一封新郵件，鄭文龍本以為是接警中心發來的，可是點開仔細一看，卻分明是一封海外加密郵

第七章　浮屍

件，等看完全文後，他的臉上不禁一陣紅一陣白。

信件是用英文寫的，雖然寥寥數語，但是卻直截了當地指出了鄭文龍這幾天來一直試圖進入「暗網」卻失敗的「光輝業績」，並且表示自己作為一名「暗網」的「潛伏者」，知道鄭文龍的真實身分，善意勸他不要隨便靠近「暗網」，否則後果不堪設想。信件落款——美少女戰士。

「鄭工，你沒事吧？」坐在對面的同事見鄭文龍看著電腦螢幕憋紅了臉不說話，便探頭關切地問道。

震驚之餘，鄭文龍結結巴巴地說道：「我，我這居然被人嘲笑了！」接著，他一臉憤怒地伸手指著自己的電腦螢幕，皺眉咕噥道，「不對，不對，這年頭怎麼還有人叫『美少女戰士』這樣的網名的？到底是哪裡來的小屁孩？」

遲疑片刻後，對面的同事終於忍不住了，頓時笑得前俯後仰：「鄭工啊，看來這回你可算是真的遇到夢想中的對手了，千年一遇啊！」

＊　＊　＊

走出監獄大門的時候，身後鐵門被重重地關上，市警局刑警二隊偵查員張一凡這才長長地出了口氣，不知道是不是自己的心理作用，他總覺得監獄外的天空遠比自己在裡面時看上去的要明亮許多。

這或許就是「自由」的感覺吧！

環顧了一下四周，此刻，監獄外的街上空空蕩蕩的，沒有車輛通過，也更談不上行人，而自己開來的那輛灰不溜秋的無標誌警用車輛正孤零零地停靠在不遠處的大槐樹底下。張一凡便緊走幾步，來到車旁，打開車門鑽了進去。剛轉動鑰匙準備把車開走，手機卻響了起來，見是章桐的號碼，便趕緊戴上藍牙耳機，同時打開導航，邊開車邊接聽電話。

背景音很嘈雜，不過還好能聽清。

「小張，查到什麼了嗎？」章桐問道，「你聲音大一點，我現在在郊區馬巷出警，不在辦公室，所以聽不太清楚。」

「主任，妳放心吧，我這就趕回局裡去。我拿到了李智明在押期間所有的文書資料。」張一凡邊說著邊按照導航指示向右打方向盤，同時大聲說道，「對了，章主任，妳知道那封遺書的最初版本是寫在什麼上面的嗎？」

「不知道。你為什麼突然提起這個？」章桐不解地問道。

張一凡的目光中充滿了興奮：「我現在手頭有足夠的證據懷疑這封遺書根本就不是李智明寫的。」

「你說什麼？」章桐突然感到了一絲不安，遲疑片刻後，便果斷提醒道，「電話中不要再說了，我回去後馬上就給你電話。你一定要等我！」

可是，話還沒說完，電話那頭卻突然傳來了張一凡吃驚的聲音，他模糊不清地咕噥了句：「……不對啊，這路不對啊……哎呀……」緊接著便是一聲慘叫夾雜著金屬撞擊所發出的巨大聲響，就此電話中斷。

章桐緊握手機，頓時呆住了。

✦ 2

郊區馬巷遠離市中心，位於山谷之中，景色優美的安平湖穿谷而過。除了節假日踏青的遊人，這裡平時也會接待一些老年自助遊團隊。而發現屍體的位置，就是釣魚的人最喜歡去的雲瓦臺，這裡地勢平緩，正好是一

第七章　浮屍

個天然的水流回轉的位置，絕佳的地形使得這裡的魚特別多，尤其是雜食類的鯉魚。

但是章桐知道，從今天開始，將會有很長一段日子，這裡再也不會有人來釣魚了。

掛上電話後，便把手機塞進了自己的現場防護服口袋。剛才，章桐已經盡可能地快速通知了所有能幫得上小張的人了，告訴了他們車禍所發生的大概位置。局裡有規定，所有在職警察的手機在工作期間除了一些特殊職位以外，都會被要求打開定位，以防萬一。而自己手頭畢竟還有工作要做，所以哪怕腦海中有無數個問題要追問，章桐還是只能硬生生地把它們吞下去，祈禱小張沒有出什麼大事，不然的話，自己內心的愧疚是無法假裝看不見的。

不知何時學會了用「祈禱」這個詞來描繪自己的糟糕心情，私底下其實章桐根本就不相信「祈禱」能夠帶來所謂的「奇蹟」。但是這樣做，有時候至少能讓自己的心裡感覺好受些。

馬巷的這個案子，是一具在水裡至少待了兩個月的浮屍，屍體的腰間被綁上了沉重的水泥塊，屍體上不可避免地出現了被魚類啃食過的痕跡，還好全身的衣著看上去還比較完整，儘管面目全非，卻可以勉強辨別出死者是一個年輕女人。

「會不會是自殺？」童小川問道。

初步檢查完屍表後，章桐皺眉，又重新拉好了死者的上衣，搖搖頭，低聲說道：「需要馬上解剖，這屍體在水裡泡太久了，拉上岸後會加速腐敗的程度，到時候就什麼證據都沒了。可是，童隊，從我們這邊回局裡還有一個多小時的車程，我那車後面的氟利昂漏了，沒法製冷到足夠的溫度

來保存屍體，所以，在這太陽底下恐怕撐不了一個鐘頭。」

聽了這話，童小川左右環顧了一下，隨即果斷地說道：「前面過個山頭就是火葬場，雖然走的是小道，但是開車應該不用兩公里，先去那裡再說，我帶路，這裡的地形我熟悉。」

章桐看了看顧瑜，後者無奈地點點頭，心知也只能這樣了。

一座城市裡無論什麼地方的空調都有可能會壞，但是唯獨火葬場的永遠都不會。幾年前，局裡法醫處的辦公條件還比較落後，章桐是經常帶著人來火葬場進行實地屍體解剖的。可這樣做也有不好的地方，不只是證據的固定和提取會有一些不確定因素的存在，就連檢驗環境也是不容樂觀的。

不過目前看來，這也是唯一可行的辦法了。顧瑜一邊開車，一邊不解地問章桐：「主任，為什麼妳會對這具屍體的死因產生疑問？」

章桐看著窗外不斷閃過的樹木，目光若有所思：「因為一個自殺的人是絕對不會在腰間綁上這麼重的水泥塊的前提下，還用銳器多次捅穿自己的腹股溝。剛才現場初檢的時候，我在她左右兩邊的腹股溝上至少發現了不下十處的傷口，而且是貫通傷。這麼做只有一個目的，就是在死後讓屍體不要那麼快就浮上水面被人發現。」

「十刀？她瘋了吧，都戳漏了！」顧瑜嘀咕道，同時右打方向盤，把車完美地停在了童小川警車的後面。

「車技不錯！」下車的時候，章桐嘀咕了句，「從哪裡學的？」

「我男朋友教的。」顧瑜繞到車後，用力拉開了後車廂的門，迅速地跳了上去。

章桐不由得喜出望外，一邊幫著把屍體袋用力拽出後車廂，放到輪床

第七章　浮屍

上，一邊問道：「哦？這麼快都談男朋友了，那什麼時候結婚？要記得告訴我哦，我會批假的，同時一定給妳個大禮。」

話剛出口，她就後悔了，因為眼前顧瑜的臉上並沒有一般女孩戀愛中的喜悅，相反，她的目光中卻閃過了一絲讓章桐非常熟悉的表情。

「謝謝主任，不用了，因為他去年已經去世了。那天，有個亡命徒在街上搶了輛車，四處撞人報復社會，他為了救個孩子……一條命，活生生的人，就這麼沒了。」說著，顧瑜跳下車，仰起頭，衝著章桐悽然一笑，「後來呢，我就申請替他來了基層，所以，主任，放心吧，我是絕對不會走的，因為我得替這傢伙好好工作呢！妳說是不是？」

章桐聽了，愣了片刻，隨即無聲地點點頭。

✦ 3

每個人的內心深處都會有一種非常害怕的東西，而這種東西往往會陪伴他一輩子，說不清楚原因，有時候是一句話，有時候則是一種聲音，有時候甚至只是一個影子，心理學上把它解釋為「條件反射」。章桐雖然身為法醫，卻也不例外。

推著裝有屍體的簡易輪床緩緩穿過甬道，繞過大廳，最終在焚化區對面的一排平房門口停了下來。雖說屍體對於火葬場來說並不新鮮，但是對於活著的人而言卻始終都是讓人感到忌諱的，所以，雖然平房就在離大廳直線距離不到五十公尺的地方，卻不得不為此而繞了很大的一個圈子，才終於來到目的地。

眼前的一排房子被刷成了乾淨的白色，幾乎纖塵不染，耳邊隱約能夠聽到平房後面傳來的沉悶的嗡嗡聲，這是一年到頭都在運轉的空調壓縮機的聲音。除此之外，就是身後焚化區窗戶裡時不時響起的哀號聲了，畢竟，這是送自己親人離開這個世界的最後一刻，屍體被推進爐子後，就再也見不到了。

　　章桐站在輪床邊上，一邊竭力忍受著裝屍袋裡所散發出的臭味，一邊迫使自己不去傾聽身後傳來的聲音。

　　終於等來了捲簾門響起的咔咔聲，顧瑜摘下口罩，如釋重負般地長長出了口氣，小聲嘀咕道：「總算來了。」

　　「這是人家的地盤，我們臨時徵用，就不要那麼高的要求了。」章桐說道，「局裡辦公經費緊張，我又不知道今天的屍體程度這麼糟糕，否則的話，哪怕自己倒貼錢都願意，也就不用遭這個罪了。」

　　冷氣撲面而來，顯然平房裡是開足了空調的。開門的女孩年紀不會超過二十五歲，身材矮小，身上穿著火葬場的套裝制服，只不過腳上穿了雙粉色塑膠拖鞋。

　　「怎麼這麼臭？」她目光落在輪床上，忍不住皺眉嘀咕道。

　　「水裡的浮屍，兩個月了。」顧瑜沒好氣地冷冷回應。

　　果不其然，她一聽這話就立刻變了臉，同時手忙腳亂地伸手在口袋裡摸出了一個口罩戴上：「也不早說，這味道會很久都散不了的。」說著，她朝平房最裡頭的位置指了指，「最頂頭那間，趕緊去吧，記得把通風打開，不然我們這裡得臭半個月！」

　　章桐和顧瑜不禁相視一笑，兩人按照指點繼續推著輪床向前走去。身旁經過的一個個房間其實就是火葬場的儀容整理間，關著的居多數，從為

第七章　浮屍

數不多的幾間開著的門口看進去，可以看出房間並不大，但是放一張輪床是綽綽有餘的了。

「比我們那解剖室的環境強多了。」章桐小聲說道，「至少這裡不缺人手。」

最終，輪床停在了最後一間的門口，推開門的剎那，章桐終於明白了為什麼會把這最後一間交給自己，因為這間儀容整理間顯然是計畫外被加上去的。房間的布局很怪，由兩部分組成，狹長的那一部分只能勉強推進去一張輪床，而裡面那部分，如果在輪床邊工作的話，人就必須站著，而且是後背貼著牆，根本就沒有多餘的空間給活人活動一下筋骨。不過還好，這裡的空調設施、下水道以及水池之類的配套都是齊全的，屍體存放冷庫也正常工作。

章桐環顧了一下四周，聞著撲鼻的來蘇水味道，長長地出了口氣：「好吧，那我們就趕緊開工！」

戴上護目鏡，拉開裝屍袋的剎那，水中的屍體接觸空氣後迅速產生的腐爛臭味頓時充斥了整個房間。

＊　＊　＊

市第一醫院加護病房裡，李曉偉睜開雙眼的剎那，便被窗外的陽光晃得頭暈。他不得不又一次閉上眼，過了好久，再次睜開的時候，才終於分辨清楚那是自己熟悉的一棵無花果樹。又抬起左手看了看綁在腕上的手環，還有周圍的粉紅色牆面，沒錯，此刻他正在自己的工作單位——第一醫院的加護病房裡躺著。

腦子裡一片混亂，李曉偉實在記不起自己到底為何會突然出現在這裡，便掙扎著想坐起來。

「哎喲，我的好兄弟，你可千萬別動。」一旁沙發椅上正坐著看資料的顧大偉趕緊來到床前，伸手輕輕按住了他，「你差點丟了小命，知道嗎？」

李曉偉強忍著陣陣頭暈噁心，沙啞著嗓音問道：「到底發生什麼事了，我怎麼在這裡躺著？」

顧大偉聽了，不由得一怔，狐疑地瞪著他：「你真的想不起來發生的一切了？好吧，那你告訴我，你最後記得的是什麼？」

「我從你公司離開後，接著，就是開車，去了一個地方⋯⋯什麼地方來著，我記不清了，接下來就到了這裡。」李曉偉皺眉嘀咕道，「難道我失憶了？中間到底發生了什麼？你又怎麼會在這裡？」

「媽啊，這下手可真夠狠的，人都失憶了。」顧大偉不禁咧嘴倒吸了一口涼氣。

「你說什麼？」

「不不不，我沒說什麼，你好好休息吧，我有事，先回趟公司，下班了再來看你。」顧大偉趕緊找了個藉口，匆匆溜出了病房，和護理師打了聲招呼後便一溜小跑去了車庫，直到關上車門，伸手抹了把汗，這才終於長長地出了口氣。

他小心翼翼地掏出手機，撥通了童小川的電話，這個號碼是幾個小時前童小川剛給自己的，囑咐他一有什麼新情況就立刻打電話通知對方。

電話只響了一聲就被接了起來，電話那頭的聲音低沉而又沙啞：「我是童小川。」

「童隊啊，顧大偉，我是李醫生的同學，還記得嗎？」顧大偉結結巴巴地說道。

第七章　浮屍

「當然記得，顧先生，你有什麼事，儘管說吧。」口氣明顯緩和了許多。

「就在剛才，李醫生醒了，但是他已經失憶了，對昨天離開我辦公室以後的事，都記不清了。你，確定他是去了李智明原來的房子嗎？」顧大偉緊緊抓著手機，惴惴不安地問道。

「是的，我們查了他的車載導航儀，他的車在那個社區外面總共停留了五小時四十八分鐘，接下來就直接開車去了泰德花苑，中間並沒有停留。我也派人詢問過社區保全，證實了這幾個小時中他一直都在李智明的家裡待著。從房間情況來看，似乎有些不可思議。」

「不可思議？」顧大偉有些吃驚。

「因為這幾個小時時間裡，他只做了一件事，就是坐在椅子裡不斷地聽一首樂曲。」童小川緩緩說道。

「是不是蕭邦的那首著名的降 E 大調夜曲？」顧大偉急了。

「我……我不懂這個，很抱歉，但是聽說是什麼夜曲來著。」童小川尷尬地說道。

顧大偉深吸一口氣，神情嚴肅地說道：「童隊，我現在請求你幫我一個忙，立刻派人把這首在李智明家中所發現的曲子原封不動並且完整地用音訊打包檔案傳給我，就是這個手機號碼所對應的信箱。我們公司剛弄了一臺儀器，是可以對樂曲進行專業分析的。」

片刻沉默過後，電話那頭又傳來了童小川果斷的聲音：「這個當然沒問題，只是，顧先生，你的意思是不是說這首曲子，真的有問題？」

「還沒分析，真的不好說，但是據我對李醫生多年的了解來看，他是絕對不會做出傷害別人的舉動的。現在的改變太突然、太反常了，根本就

沒有任何緩衝層面的存在，這在心理學上是解釋不通的。」顧大偉喃喃地說道，目光中閃過一絲陰影，「總之，他現在患上了暫時性的創傷後壓力症候群，結合他的怪異行為來看，不排除他在那段時間裡被人催眠了……所以，我需要證據，童隊，請你一定要幫幫我。」

4

　　火葬場的儀容整理間裡，女屍的胸腔和腹腔都被打開了，空氣中瀰漫著一股濃烈的惡臭味。

　　雖然空調被開到了最低檔，但是仍然難以緩解房間裡的悶熱，而密不透風的隔離服則更加加劇了自身身體熱量的積蓄，沒多久的時間，章桐便感到渾身是汗，而汗水進了眼睛後所帶來的刺痛感讓她不得不加快了眨眼的速度。

　　「上呼吸道見白色泡沫液，並伴有泥沙……肺部有水性氣腫……小顧，心臟怎麼樣？」

　　顧瑜頭也不抬地答道：「右心淤血，血液呈暗紅色，需要進一步檢查左右心室血紅蛋白含量比，我已經取樣保存。」

　　「好！記得所有的內臟器官都需要留樣保存。」此時的章桐感到心滿意足，她點點頭，「我剛才觀察到她的消化道中有溺液，呼吸輔助肌也有出血跡象，初步判斷是溺死，不過還要看矽藻檢驗和血液化學檢查的結果才能最終判定，這屍體在水裡的時間太久了，有時候即使是死後拋屍入水，也會出現一些類似於生前溺水的假象。」說著，她抬頭環顧了一下整個房

第七章　浮屍

間，輕輕地嘆了口氣，「希望歐陽他們在現場提取水樣能夠一切順利。」

「主任，我有一個問題，」顧瑜抬頭看著章桐，口罩早就已經被臉上的汗水打溼了，「我想知道妳憑藉什麼證據來證實她在水裡的時間已經超過了兩個月？」

「第一，她的衣著，是冬天的，有防寒內衣，顯然是天冷的時候入水的；第二，她入水的地方應該不是雲瓦臺，那裡雖然屬於風景區，但是地勢平坦，再加上水流速度的緣故，魚群經過那裡的時候會產生一個自然的漩渦，魚多自然釣魚的人就多，死者也就不會在水中待這麼久，直到呈現出了典型的『巨人觀特徵』時才被人發現。死者原本的身高在一百六十五至一百七十公分之間，體重約五十公斤，結合水文資料和水泥塊的重量，經過系統演算法後，就能得出大致的漂浮時間，所以我才會說在兩個月以上。」

顧瑜吃驚地問道：「歐陽工程師算得這麼快？」

「不奇怪，他曾經是頂大的數學系高材生。」章桐聳了聳肩，「妳接下來肯定會問我怎麼判斷出她的大致年齡的，對不對？」

顧瑜尷尬地點點頭。

「死者面部已經呈現出了基本的白骨化，不排除腐爛加上魚類啃食的結果，這樣一來，我們就先看牙齒的磨耗程度。」說著，她探身分開了顱骨的口腔，指著牙齒道，「牙尖咬合面中間凹陷，根據牙磨耗的九級分級法，所以得出結論平均年齡在二十四到二十七歲之間，這是其一；其二，女性顱骨較小、較輕、較薄，表面粗糙，肌線不明顯，顱內容積平均小於一千三百毫升。不知道妳是否還記得顱骨骨縫癒合分級法，共分為五個等級，從未癒合直至最終的完全癒合，各對應相應的年齡層。妳仔細看她位

於複雜段和前囟段的冠狀縫，只是剛剛出現癒合，鋸齒狀的連續線依舊清晰可見。由此可以推斷出死者的年齡在二十四歲左右，同樣的特徵出現在她蝶骨的大翼段和小翼段，展現出年齡超過二十二歲。還有矢狀縫，就更是明顯了。」

顧瑜恍然大悟：「原來如此。」

話音未落，耳畔竟然傳來了敲門聲，章桐不解地看了看顧瑜，隨即大聲問道：「誰啊？」

門外傳來年輕女孩怯生生的答覆：「對，對不起，能請您幫我們一下嗎？我是這裡的工作人員。」

章桐微微皺眉，遲疑片刻後，便摘下手套丟在一邊，同時囑咐顧瑜：「我去看看，妳注意一下提取檢材的保全。」

「放心吧，主任！」

章桐來到門邊，把門打開後，眼前站著的是一位同樣身穿工作服的年輕女孩，身材嬌小，神情靦腆，年齡在二十歲上下。而斜對門的房間裡，她的同事則惴惴不安地探頭查看著。

「妳、請問妳是法醫，對嗎？」年輕女孩結結巴巴地問道。

章桐感到有些糊塗，心裡又牽掛著身後的屍檢，便心不在焉地問道：「我是法醫，出什麼事了？我們這邊還沒結束，不用這麼急著催吧？」

一聽這話，年輕女孩趕緊擺手解釋道：「不催不催，我們是想請妳幫個忙，真的，求妳了，我早就聽說法醫都是很專業的，不像我們這些都是湊數混日子的。」說著，她抬頭，用哀求的目光看著章桐，「如果，如果妳不幫忙的話，我們這個月的獎金就泡湯了，說不準還會被扣薪資處分⋯⋯求妳了，不用太長時間的⋯⋯」

第七章　浮屍

　　章桐剛想發火，可是看著眼前的女孩一臉的哀求，不像是在開玩笑，遲疑片刻後，便換了種口氣，無奈地說道：「你到底想我幫妳什麼，妳不說清楚，我怎麼幫妳？難不成妳們這裡出了殺人命案？」

　　年輕女孩用力點頭，卻又很快果斷地搖頭，小聲說道：「和那差不多。」

第八章　以靜制動

其實回想起今天凌晨所發生的那一幕，章桐還是感到有一些本能的後怕的，因為只有她自己才知道，當時，在黑暗中緊緊扼住自己脖子的那雙手，是絕對不會鬆開的。

是的，她看不見他，而死亡，卻又偏偏離自己那麼近。

◆ 1

遺容整理間裡靜悄悄的，只有牆角水龍頭發出的滴答流水聲才會偶爾打破這尷尬的寧靜。兩個年輕女孩站在一旁，背靠著牆神情緊張地看著章桐，時不時地對視一眼，目光中充滿了擔憂。

直到親眼見到這具躺在隔壁房間裡的屍體，章桐才終於明白了剛才那位年輕女遺容整理師會這麼發愁的原因。

死者為年輕女性，身高在一百六十三公分左右，體型偏瘦。雙手手腕、前臂、骨盆以及股骨均發現明顯骨折，而雙膝膝蓋部位也有損傷，這符合車禍時撞擊儀表盤所造成的後果。除此之外，頸部有明顯的揮鞭樣損傷，造成寰椎脫位，樞椎齒突骨折，椎體損傷，而這樣一來，脊髓的損傷也是不可避免的。

但是這明顯還不是最糟糕的，死者的頭面部的損傷異常嚴重。章桐不

第八章　以靜制動

禁皺眉，因為普通的車禍似乎無法造成如此嚴重的頭面部創傷，因為不只是容貌盡毀，就連死者的頭顱都發生了嚴重的變形，以至於根本無法辨認出死者本來的面貌。

「這是車禍造成的嗎？」章桐不解地問道。

身材略矮、留著短髮的女遺容師點頭，結結巴巴地抱怨道：「是的，已經送來三天了，但是因為屍體面部損壞得實在太嚴重了，我們再三請求不要舉行開棺告別儀式……結果，卻還是被家屬拒絕了，對方說無論出多少錢，都要看到妻子的臉……我們想了很多辦法，卻都失敗了，今天是最後的期限，主管說了，要是達不到要求，就，就砸我們飯碗……」

聽了這話，章桐皺眉，她的目光仔細打量著冰冷的屍體，思索片刻後，果斷地點頭，「這個忙我幫妳們，但是，我需要對屍體的傷勢做個具體了解，這樣才能對症下藥。」

兩個年輕女孩一聽就喜出望外，長長地出了口氣，連連道：「沒問題沒問題，反正到時候棺木中只會露出死者的頭頸部位，身體是穿了衣服的，看不到，不會有影響。妳儘管弄吧！」

「那好，妳們在一旁守著，幫我打下手，因為我會需要一點東西。」章桐不緊不慢地說道。她知道隔壁房間剩下的工作已經不多了，顧瑜一個人應付起來綽綽有餘，而這邊嘛，手腳快的話，不到半小時就可以了。章桐重新又戴上手套和圍裙，架上護目鏡，然後用力拉開了屍體身上穿著的一次性白色連體無菌服，之所以幫屍體穿上這種衣服是為了便於後續死者家屬前來送壽衣給死者時，多少能感覺不是那麼尷尬。

如果按照以往的脾氣，章桐是絕對不會同意給人臨時幫忙的，這樣不只是會耽誤時間，更主要的是，她沒心思去做工作以外的事情。至於說現

在為什麼突然改變了，難道是受了李曉偉的影響？腦海中突然出現李曉偉的名字，章桐的心裡不禁一聲長嘆，昨晚雖然自己對於下手的力度是有把握的，但是當他被救護車抬走時，那張慘白如紙的臉卻還是讓章桐的心被猛地揪住了。

真希望那傢伙沒事！

她一邊暗暗嘀咕著，一邊開始仔細觀察面前死者的全身傷勢。決定要做全身的勘驗，章桐並沒有說出自己這麼做的真正原因。只是復原一個人顱骨對她來說其實並不困難，但是真正讓她感到困惑不解的是，無論怎樣糟糕的車禍現場，在死者全身被儲存得如此完整的前提之下，頭面部是絕對不可能形成這麼嚴重的多點位創傷的。

現在光從肉眼看上去，形成的原因就不只是單純的迎面猛烈撞擊，在顱骨的右側，撥開頭髮，還能看到明顯的硬腦膜外血腫，這種在顱骨和硬腦膜之間所形成的血腫，最常見於腦膜中動脈破裂，不排除靜脈竇和導血管的破裂，主要形成的原因是顱骨骨折。雖然死者是死於交通事故，但是再怎麼大的撞擊和翻滾，都不會造成顱骨右側的嚴重損傷。

「我需要對她的頭部做個CT掃描，你們這邊能做嗎？」章桐問道。

「當然可以！」矮個子女孩趕緊向後面那扇小門走去，打開後，轉身朝這邊招手，「推過來吧，這裡有CT機。」

章桐不由得目瞪口呆：「你們這邊還有CT機？」

另一位瘦高個女孩聽了，不由得苦笑道：「才買了沒幾個月的時間呢，現在的家屬實在是太會吵了，尤其是交通事故的死者家屬，真的拿他們沒辦法。經常會遇到無法調解的乾脆直接就打到火葬場來了，又不願意花錢申請做屍檢，沒辦法，為了息事寧人，上面就下狠心買了這臺CT機。」

第八章　以靜制動

　　在準備做 CT 檢查之前，章桐注意到瘦高個女孩在電腦紀錄上打下了「沈秋月」三個字，不由得心中一動：「沈秋月？這是死者的名字？」

　　「是啊。」瘦高個女孩點點頭，「三天前送來的，明天舉行告別儀式，她老公汪先生還真捨得花錢呢，包下了我們最大的那個哀思廳不說，光是預付的葬禮時購買鮮花的費用就給了整整兩萬！」

　　「是的是的，我還聽說他們家三年前出過一件大事，可倒楣了。好像是一起殺人案，他們就住在殺人犯的樓下。」矮個子女孩性格比較外向，此刻完美地發揮了八卦本能，「後來聽說不得不搬走另外開始新的生活呢，真沒想到，這都過去三年了，卻還是逃不脫厄運！」

　　章桐沒有吭聲，只是若有所思地看了一眼靜靜地躺在玻璃另一面 CT 檢查床上的屍體。

　　很快，看著電腦螢幕上的頭部 CT 掃描圖，章桐下意識地倒吸了一口冷氣：「你們確定這只是單純的車禍事故？」

　　兩個女孩聽呆了，面面相覷後，矮個女孩說道：「我們是只負責儀容整理這一部分，具體要問急救中心的人了，是他們第一個到的現場，我們沒有看到，那個……」

　　「我姓章，你們叫我章醫生吧。有什麼問題儘管問就是。」

　　「章，章醫生，妳為什麼會質疑她的死因？」女孩接著問道。

　　「她頭上的傷口明顯不是由車禍造成的。」章桐想了想，伸手指著顱骨右側，「要我看的話，反而更像是由鈍器打擊而造成的，並且程度很嚴重。把屍體拉出來吧，我還需要全身再檢查一下，總之，如果能確定死因是他殺的話，那妳們就不用再擔心明天的開棺告別儀式了。」

　　瘦高個女孩怯生生地問道：「那她……不開棺的話直接火化？」

172

章桐搖搖頭：「如果按照命案走的話，那就沒你們什麼事了，到時候只需要妳們錄份口供給我同事就行，別急，他們會來找妳們的。」

又一次來到外間，章桐不再有所顧忌，開始仔細檢查屍體體表的每一寸皮膚，記錄一下屍斑的確切位置，同時解釋道：「妳們應該知道屍斑是血液循環停止，受自身重力作用而墜積於皮膚低下部位血管內，使血管擴張充盈，紅細胞沉積於血管最低部位，通過皮膚所呈現出的紫紅色或者暗紅色斑點，對不對？它一般在人死後一到三個小時出現，從最初的顏色淺淡、面積小、壓之褪色到後來的逐漸擴大、融合成片、邊緣清晰。其間總共被分為三期，分別是墜積期，為死後十二小時之內；擴散期，對應的是十二到二十四小時，這時候血液已經完全停止流動，皮膚破損的話會有組織液體流出，只要改變屍體位置，就會有新的屍斑形成。但是，這時候出現的屍斑是絕對無法掩蓋住最初的屍斑的，也就是說，只要根據它們就可以分辨出死者最初死亡時所處的大概位置。至於說最後的浸潤期，因為已經超過了二十四小時，血液徹底停止流動，無論再怎麼移動屍體，都不會在這個時間段內出現的新的屍斑。」說著，章桐抬起頭，「好，我再解釋得詳細一點，如果按照妳們所說的，她在車禍過後沒多久就被人送過來的話，那她身上應該只會出現一種片狀屍斑，因為只要在最初的十二小時內挪動過屍體，那她原來的屍斑就會逐漸轉移至別的部位，變成新的屍斑，而一旦超過十二個小時，原來的屍斑就無法移動，相應地在新的位置，會出現顏色較淡的屍斑，這就表明，十二個小時過後，死者被刻意改變過體位。那妳們現在告訴我，她身上總共有多少種顏色的屍斑？最深顏色的屍斑出現在身體的哪個部位？」

遲疑了片刻過後，瘦高個女孩吃驚地看著章桐，嘴裡喃喃說道：「章醫生，她的大腿……難道說死者最初的位置是蜷縮狀？」

第八章　以靜制動

　　章桐點點頭：「是的，側臥，蜷縮狀，這種狀態是絕對不可能發生的，除非，死者是死後發生的車禍，也就是說有人試圖用車禍來掩蓋一起命案！而她這種蜷縮狀姿勢一直保持了十二個小時以上，直到屍僵的消失。」

　　「可是，章醫生。」一旁的矮女孩不解地問道，「我記得當時聽急救的醫生說起過，發現死者的時候，她是坐在駕駛位上的，並且身上還繫著安全帶，而車裡沒有再發現其他傷員。對了，車禍發生的地方是一個懸崖，坡度非常陡峭，當時為了把這輛車弄上來，據說還專門動用了附近工地上的吊車。一個死人怎麼可能再開車摔下懸崖？」

　　章桐輕輕一笑，轉到屍體的雙腳位置，站定後，緩緩說道：「發現她的那段懸崖邊應該沒有煞車印，也就是說死者是直接開著車衝出懸崖的，對不對？」

　　「妳，妳去過車禍現場？」

　　「不，我靠的是經驗和推理。」章桐搖搖頭，「我沒有去過現場，我所做出的一切推論都是建立在屍體的各種科學證據上的。」說著，她伸手托起死者的右腳，「死者的右腳有嚴重的凍傷，這種天氣這種季節，是絕對不可能發生如此程度的凍傷的，除非，妳徒手接觸的是一塊乾冰！」

　　果真如章桐所說，死者的右足已經出現了灰色水泡樣症狀，肌肉腫脹變黑發硬，這正是典型的嚴重凍傷。

　　「乾冰是固態的二氧化碳，而乾冰由固態變為氣態是一個昇華的過程，會吸走接觸方大量的熱，從而迅速降低溫度導致嚴重凍傷。你說，一個死人又怎麼可能自己綁上乾冰？如果在她還活著的時候綁乾冰的話，第一，活人絕對無法忍受，第二，凍傷的狀態會更嚴重，在凍傷周圍還能看到肌

體收縮的跡象，但是可惜的是，我在這上面卻並沒有看到。」

「章醫生，那妳的意思是……」

章桐點點頭：「去通知妳們主管吧，這具屍體，我們警局接收了，我需要妳們的殯儀車馬上把兩具屍體送到市警局刑科所法醫處，那裡自然有人會接收。」章桐一邊脫下手套，一邊吩咐道。

直至此刻，兩位年輕女孩才長長地出了口氣，剛要準備打電話，卻又被章桐叫住了：「等等，要是我沒記錯的話，死者的年齡應該在三十歲左右吧？」

「沒錯，登記簿上寫的是三十三歲。」年輕女孩點頭道。

章桐聽了，臉色一變，她匆匆走出遺容整理間後，立刻掏出手機撥通了童小川的電話，把情況簡單進行了說明，最後補充道：「我需要你馬上打電話給死者丈夫汪涵，確認他妻子沈秋月是否進行過流產手術。因為今天上午的時候我和李醫生的同學通過電話，證實沈秋月曾經在數天前去李醫生辦公室看過病，並且在話語中提到過自己當年之所以沒有繼續看病，原因是自己懷孕了，但是後來因為身體健康狀況，孩子沒保住。」

電話那頭童小川略微遲疑了一會兒後，轉而問道：「章主任的意思難道是那具屍體並不是沈秋月？」

「目前還不清楚，因為這裡的環境不適合做更進一步的屍檢，我正在催促火葬場方面出動殯儀車給我把兩具屍體盡快都拉到局裡去。」說到這裡，章桐深吸了口氣，嚴肅地說道，「只是有一點可以肯定，死者雖然被毀容了，但可以確定年齡是二十出頭，這與沈秋月所登記的三十三歲有很大差距，而且，死者的死因可疑，目前可以確定的是死後被精心偽裝成了車禍。」

第八章　以靜制動

「我明白了，這就去辦。」

結束通話電話後，章桐透過玻璃窗看著窗外的景色，青山白雲，碧藍的天空猶如水晶一般純淨，但是此刻她的心裡卻被蒙上了一層灰色的陰影。

記得李曉偉曾經說過，這個世界上最可怕的對手並不是對方有多麼凶殘，而是你根本就看不到他的存在，他就像一個潛伏者，無聲無息地躲藏在黑色的世界裡，猶如隨時等待出擊的毒蛇，在你最不經意間走過他身邊的時候，果斷地奪走你的生命。

其實回想起今天凌晨所發生的那一幕，章桐還是感到有一些本能的後怕的，因為只有她自己才知道，當時，在黑暗中緊緊扼住自己脖子的那雙手，是絕對不會鬆開的。

是的，她看不見他，而死亡，卻又偏偏離自己那麼近。

◆ 2

放下電話後，童小川的心情很糟糕，他能夠明顯感覺得到周圍的下屬背對著自己的時候，那不滿與不屑的目光。刑警這個行業，尤其是當一個重案分隊的領導人，無論考試的成績有多好，歸根結柢還是要靠腦子服人的。哪怕曾經在別的職位上叱吒風雲，但是真正來到這裡的時候，如果事實證明並不適合做這一行的話，就會發覺自己在這裡接下來的每一分每一秒的時間都會變得格外安靜而漫長。

阿水警官的遺屬幾乎每天都會來局裡詢問案情進展，女人憔悴的面容更讓童小川感覺到心中難以承受的壓力。做完手頭的事後，他重重地關上了抽屜，拿著好不容易找到的菸盒來到走廊上，剛想點燃，卻發覺打火機沒氣了，不禁一陣懊惱，小聲咒罵了幾句。

　　正在這時，眼前伸過一隻手，手心裡放著一個打火機。童小川一愣，抬頭看去，卻是自己的老上司，禁毒大隊的副隊長蔣成峰，一個年過六十、快要退休的老緝毒警，心中一軟，不由得眼圈紅了。

　　老蔣輕輕嘆了口氣，順手拍了拍他的肩膀，語重心長地說道：「小童啊，你的事我聽說了，你是當年我一手從警校帶出來的，自然就很了解你的脾氣和個性，我知道你現在的日子不好過。我早就說過，這裡畢竟和禁毒工作的性質不一樣，除了對工作的敬業心不變外，你還需要付出足夠的耐心，你要學會讓自己冷靜下來。」

　　「我知道，但是……」一時語塞，童小川竟然不知道該說什麼才好，一滴眼淚終於無聲地滾落了臉頰，「老蔣，我只覺得自己使不出勁，對手太狡猾了，我根本就看不到他。面對受害者的家屬，我真恨自己的無能。」

　　「唉！」老蔣長嘆一聲，道，「我送你四個字吧——以靜制動。」

　　「以靜制動？」童小川不解地問道。

　　老蔣點點頭，微微一笑：「這是成語，也是拳擊場上的術語。在拳擊場上，如果對方比你攻勢勇猛，你完全處於劣勢的情況之下，那你所要做的，並不是一味地去攻擊，因為這樣做的後果是完全暴露了你的弱點，所以，在這種情況下你只有等，等對方出手，那時候，你就能抓住他的弱點，從而一擊致命，把他繩之以法！」

第八章　以靜制動

「難道說你覺得他還會下手？」童小川吃驚地看著老蔣。

老蔣雙眉一挑：「一個還沒有達到自己目的的人，又怎麼可能輕易放棄，你說對不對？」

「你的意思是……」

老蔣臉上的笑容消失了：「記住我的話，孩子，你不要順著對方給你的線索走，回到原點，去看他最初做下的那一起案子，我相信你就會找到答案！」說著，他的目光看向不遠處的安平大橋，橋上不斷閃爍的霓虹燈在他的眼中映出了一道絢麗的光彩，「當年，有一位法醫就是這麼跟我說的，當你面對紛繁複雜的線索的時候，你需要的是一個冷靜的頭腦和回歸原點的勇氣。還有就是，不管一個人後來殺了多少人，他殺第一個人的時候，永遠都不是最完美的，你記住了嗎？」

「謝謝你。」童小川用力點點頭。

老蔣轉身剛要離開，卻又被童小川叫住了。

「等等，老蔣，那個法醫，能告訴我他是誰嗎？」

「哦？你為什麼想知道？」老蔣笑瞇瞇地看著自己的愛徒。

「因為你從來都不會用這樣的語氣提到一個人。」童小川說道。

老蔣嘿嘿一笑，目光若有所思：「他叫章鵬，我想，你前幾天應該見過他的女兒了。」說著，他擺擺手便緩步離開了。

「那他退休了嗎？」

老蔣沒有回頭，也沒有停下自己的腳步，只是臉上的笑容消失了，回答的聲音低沉得近乎耳語：「真可惜啊，他早就已經不在了。」

* * *

第一醫院加護病房裡靜悄悄的，李曉偉斜靠著枕頭坐在床上，從護理師那裡要來的紙板和筆被端端正正地擺放在自己面前的被子上。在過去，他曾經用過同樣的手法幫好幾個病人透過影像繪製來喚回記憶，而此刻，他必須面對的是自己。

　　李曉偉是醫生，所以他很清楚自己手臂上傷口的重要性，儘管護理師三緘其口，他卻可以肯定在自己記憶喪失的這段時間裡必定發生了什麼可怕的事情。不然的話，自己為什麼會突然來到這裡，而更重要的是，他別的什麼都記得，偏偏從昨天傍晚五點半離開顧大偉公司後，記憶的時間點就無法在自己的腦海中被連線上。如果只是單純地被人打傷後的記憶喪失，那事故發生之前的記憶應該是擁有的，至少還能回憶起對方的長相，可為什麼自己這段無形的空白變得如此之大？

　　難道說自己的失憶不只是因為被打傷？

　　李曉偉心中一動，順手抓起在床頭櫃上放著的手機，撥通了顧大偉的電話。

　　電話很快就接通了，李曉偉瞥了一眼時間，已經快凌晨了，顧大偉卻還沒有睡，不免感到很奇怪：「大偉，是我，你還沒睡啊？」

　　電話那頭傳來了嗡嗡的機器聲，時不時還有人說話的聲音，顧大偉的聲音沙啞而又凝重，全然沒有了以往接電話時那種爽朗的笑聲：「我還沒睡呢，你身體感覺怎樣？早點休息吧，我明天來看你。」

　　說著，電話就被結束通話了。

　　李曉偉呆了呆，他可以敏銳地感覺到此刻顧大偉的身邊一定發生了什麼事，或許這個事情還和自己有關，只是他還並不想讓自己知道罷了。

　　退出手機介面的時候，他猶豫了，自己是不是要給章桐打個電話，可

第八章　以靜制動

是看到了手機頁面上的時間，只能放棄。

　　放下手機後，李曉偉無力地倒在了枕頭上，看著天花板，漸漸陷入了沉思。

✦ 3

　　一個小時的時間很快就過去了。

　　按停鬧鈴，章桐從辦公桌上抬起頭，伸手揉了揉臉，今天晚上她沒有回家，從火葬場回來後就直接回了辦公室，兩具屍體，未破的案子，一堆的工作沒有做完，她感到心神不寧。

　　不過還好，昨晚家裡出事後，章桐就把丹尼送到窩窩寵物店去寄養了，雖然牠一臉哀怨的神情目送著主人離開，但是這樣做是最好也是最妥善的辦法了。章桐有時候覺得其實很對不起丹尼的，饅頭──那條忠實的金毛犬，當年為了救自己而被殺，如今的牠，也不得不一個月的時間中有一多半是在寵物店度過的。

　　或許自己真的不適合養狗，章桐暗暗嘆了口氣。此刻，雖然頭還有點痛，但是這已經是這幾天來自己休息得最舒服的一個小時了，她站起身，使勁舒展了一下身體，準備回到隔壁解剖室繼續進行工作。

　　一個小時前，顧瑜被她打發回家了，私底下章桐還是挺擔心這個聰明的小女生會因為工作強度過大而最終打了退堂鼓。她畢竟還太年輕，很多事情還沒有經歷過，如果只是為了一句承諾而心甘情願去做某一件需要自己付出巨大代價的事情的話，章桐還真不敢完全相信她所說的話。

她伸手從門背後拿下工作服穿上，手機就放在口袋裡，正要出門，手機響了。

　　電話是顧大偉打來的，章桐知道顧大偉肯定查到了什麼線索，所以才會連夜打了過來。

　　「顧先生，」章桐一邊推門走出辦公室，一邊開口問道，「查到什麼線索了？」

　　「我們猜想得沒錯，曉偉……李醫生他並不是故意攻擊妳，他被人催眠了，對方應該下達了要殺害妳的指令。李醫生那麼做不是故意的，他也是受害者。」顧大偉聲音微微發顫，結結巴巴地說道。

　　一聽這話，震驚之餘，章桐不由得停下了腳步，長長的走廊裡迴盪著她說話的聲音，憤怒難以克制：「你說什麼？你確定？難道說是那首普通的鋼琴曲？這怎麼可能？到底是誰做的？」

　　「妳冷靜點聽我說，章醫生，這首鋼琴曲是蕭邦的第九樂章三首著名夜曲中的第二首降 E 大調，曲子本來沒有問題，非常優美，採用的是典型的迴旋曲式，12/8 拍，行板。下午的時候，童小川隊長告訴我說曉偉在離開我的公司後去過李智明的家，並且在那裡停留了很長的時間，他手下的人去查過，證實李醫生只是聽了一首曲子。我就問童隊拿來了李智明家中的那首曲子，真慶幸他們家的音響自帶雲端遊戲功能，所以這首曲子在過了這麼多年後，再次聽到的時候，還是完好無損的。接著，我就用我們公司的儀器分析了這首曲子，初聽上去並沒有什麼特別，但是儀器最終所得出的結果卻是曲子被人動了手腳。」

　　「妳或許對這個概念還不太理解，那我換種方式說吧，我們平常說話時候所發出的每一個聲音的音節部分其實都能夠用樂譜展現出來，也就是

第八章　以靜制動

說，如果我用說話來對妳進行催眠的話，那麼，同樣，樂譜也可以。因為『聲音』是一種物理現象，是由於物體受到振動，而產生的『波』，再由空氣傳到對方的耳朵裡，透過大腦回饋。這種途徑，在我們平時的說話和演奏音樂中都是相同性質的，只是記錄方式有樂譜和文字之分而已。」

「再加上物體的大小、厚薄和振動的強度不同，所產生的音的高低也不同，自然也就形成了高低、強弱之分。而這些，我們都能夠用譜子記下來，然後演奏出來，」說到這裡，顧大偉不由得長長地出了口氣，難以掩飾聲音中的無奈，「我不得不承認這個傢伙非常聰明，也是個音樂天才，因為他幾乎是不動聲色地修改了其中好幾個小節的音符，如果不是借用儀器進行搜尋檢查的話，連專業的耳朵幾乎都聽不出來，我更是不知道這是一首被人動過手腳的曲子。也就是說，只要聽了這首曲子，妳當時或許不會有任何感覺，但是事實上妳卻已經被催眠了，其中的差別只不過是妳的催眠還沒有被徹底激發罷了。」

「激發？」章桐追問道，「這是什麼意思？難道說那天晚上在來我家之前，李醫生還遇到過什麼人？」

「確切點說還不一定是『人』，這個樂曲就像是一個炸彈，還沒被引爆的炸彈，它所缺少的只不過一個簡簡單單的『引子』，有可能是一個電話，或者說是一封郵件，只要透過視覺或者觸覺，甚至是嗅覺，都有可能達到自己的目的，讓被催眠者稀裡糊塗卻又忠實地不折不扣地去完成任務。」遲疑片刻後，顧大偉加重了語氣，「不計任何後果！」

回想起昨天凌晨，李曉偉那反常而又可怕的舉動，章桐不寒而慄。

「我想曉偉必定是意識到了什麼地方不對，所以他第一個念頭就是來找妳，因為妳是那第五個人，畢竟他自己也是心理醫生，這種職業的本能

是深到骨子裡的，只可惜，連他自己都沒有意識到，已經來不及了。章醫生，我替他向妳說對不起，我相信他那麼做，自己根本就意識不到。」

「我沒有怪他。」章桐啞然說道。

「那就好，我放心了。對了，章醫生，我已經發了我們公司的調查報告給童隊，你到時候提醒一下他吧，我現在去醫院看看那可憐的傢伙去。」說著，他便結束通話了電話。

章桐默默地把手機塞回了口袋裡，思索片刻後，便果斷地轉身向樓梯口走去。

＊　＊　＊

五樓，副局長陳豪的辦公室燈火通明，網安的鄭文龍坐在他的左手邊，右手邊是童小川，房間裡被三個男人抽的煙給搞得煙霧騰騰，桌上的菸灰缸裡塞滿了菸頭，而被拆下來的煙霧報警器則孤零零地躺在菸灰缸的另一側。

童小川似乎一點都不奇怪此刻章桐為什麼會突然出現在自己的身後，他聽出了她的腳步聲，便隨手拉開了右手邊的椅子，嘀咕了句：「坐吧，章主任，我們三個正準備通知妳過來呢。」

章桐坐下後，朝陳局和鄭文龍點點頭，算是打過了招呼：「那我就開門見山了。」她從口袋裡摸出了一封打開的信放在桌上，「這封信是當年李智明在入獄後寄給我的，在信中，他對自己的殺妻罪行供認不諱，承認自己殺了人，但是他卻為自己喊冤，說自己沒有殺人動機，他非常愛自己的妻子，更何況她已經有孕在身，還有一個多月的時間就到預產期了。平心而論，他覺得自己就更沒有理由去做出一屍兩命的可怕行為了，自己是被人控制的。我當時對這封信並不在意，因為身為主檢法醫師，我只對科學

第八章　以靜制動

證據負責,至於說殺人動機,那並不是我的職責範圍。事實也證明,他確實是殺了自己的妻子和孩子。所以我就沒有對這封信做出任何回應。」

「但是直到昨天早晨,我差點死在一個自己非常熟悉的朋友手中,而那一幕,幾乎就是當初李智明殺妻事件的翻版。這個朋友,也就是李醫生,大家都認識,他與我無冤無仇,所以根本就不存在任何殺人動機。他在凌晨的時候突然出現在我家門口,說有重要的事情要告訴我,卻又一時之間說不太清楚。我當時看他精神不太對,這幾天因為案子,大家都很累了,怕這麼晚他開車回去路上出事,我便讓他在家中沙發上留宿,有事情等第二天早上再說。誰知,幾個小時後,他便一反常態地進入臥室差點把我掐死。而事後證明,他被人催眠了,因為在來我家之前,他去了李智明家,就像李智明平時那樣,坐在椅子上聽了那首曲子。」

「是的,我剛才收到了顧先生發過來的調查報告,證實李醫生確實是被人催眠了,而那個人想要的不是李醫生的命,而是章主任妳的命。」童小川拿過桌上的一份報告,交到章桐手中,「我的人查了李曉偉醫生的手機號碼,事發當晚在來妳家的路上,他接過一個電話,也是唯一的一個電話,是10086的。」

章桐一愣:「這不可能,李醫生的手機是電信的號碼,而10086是移動的客服電話。」

鄭文龍點點頭:「章主任說得對,這個號碼確實有問題,我追蹤了一下,是網路虛擬生成號,而這種號碼,是可以隨意填寫自己的主叫號的。由此啟發,我查了三年前李智明所登記使用過的手機號碼,他的是移動的,沒錯,但是案發當晚的那個時間段裡,10086不論是電腦自動,抑或者是人工客服,都沒有人打過電話給他,而他卻接到了10086的電話,並

在通話後不到一個小時的時間裡，慘案就發生了。」

陳豪緊鎖雙眉：「這麼一來，李智明殺妻案的性質就徹底變了。」

童小川無奈地說道：「是的，陳局，必須翻案，看來只有找到當初的幕後黑手，如今的案子也就有了突破口，因為被害的都是李智明案中的關鍵證人或者參與人員。」

陳豪的目光落在了章桐的身上：「章主任，那妳下一步打算怎麼做？」

「李智明案的屍檢報告是沒有任何問題的，當初在法庭上，他自己對殺妻的行為也並沒有否認，而監獄中發生的事故報告，雖然說李智明的屍體已經被火化了。為了以防萬一，我還是仔細查看了當時的屍檢報告，也確實沒有問題，李智明的死因是自殺，他本身患有原發性高血壓病症多年，但是在他死後，檢查他所住的監號，在枕頭下發現了大量的高血壓藥片，這就可以解釋他刻意讓自己血壓升高，從而能夠達到去監獄醫院就醫的目的，這是蓄謀已久的。而在點滴的過程中，他趁護理師不備，偷取了一次性注射用針管，並數次在自己的點滴管上注入大量空氣，導致數小時後引發了肺栓塞而死亡。作為法醫，我只能對自己職責範圍內的線索做出評判。」

陳豪神情凝重地說道：「章主任，李智明的死，不排除是畏罪自殺，事後我也曾經聯絡過檢察院和法院，雖然說上訴還沒有正式下結果，但是被駁回並維持原判是肯定的，因為當時沒有新的證據證實有人控制李智明殺妻，所以，出於絕望，他有可能會這麼做。」

章桐搖搖頭：「我只是覺得其中的改變太突然了，監獄方的管教人員在電話中跟我說過李智明入獄後就一直不服從管教，堅決聲稱自己是冤枉的，並且表示說會一直上訴，直到抓到那個真正的幕後黑手為止。而昨

第八章　以靜制動

天，童隊的助手張一凡在出車禍前和我的通話中就提到過說那封遺書並不是他本人所寫。」

童小川點頭說道：「醫院那裡說小張一小時前醒過來了，第一時間就說了這個事，我的人現在已經在醫院了，對車禍的事情和監獄的調查做個筆錄。這小子命大，據說是導航失靈，直接把他連人帶車給弄到一處拆遷工地的斷頭牆上去了。」

鄭文龍一聽，臉色頓時陰沉了下來：「怎麼這麼巧？童隊，出事的車載導航儀現在在哪裡？我需要查一下。」

「沒問題，我等下通知痕檢那裡盡快送過去給你。」童小川答道，他伸手從桌上又拿過一份報告交給章桐，「章主任，這是萬州大藥房慘案的報警電話音訊顯示圖，妳看一下。當時妳是第一個走進案發現場的人，所以第一時間的記憶是非常重要的，我希望妳能仔細回憶一下，當時案發現場有沒有什麼讓妳感覺不太正常的地方。」

章桐一臉狐疑地接過報告，隨口問道：「為什麼你會有這樣的想法？」

「因為從音訊分析報告來看，那天凌晨打報警電話的人應該是個女的。這個結果，我們再三確認過。」鄭文龍說道，「但是主任妳當時在案情分析會上表示說下手者肯定是男性，理由是一名女性是無法制伏我們的基層警員的，所以我們想知道，當時妳進入現場的時候是否有什麼東西被妳忽略了。」

章桐沉吟片刻後，說道：「你說得沒錯，那天我的自身狀況確實比較差，不然的話也不會凌晨就跑去藥店。我記得當時進入現場的時候給我的第一印象就是房間裡非常乾淨，而空氣中的來蘇水味道也非常重，甚至到了刺鼻的地步。來蘇水屬於酚類消毒劑，不只是消毒，因為它的強鹼性還

能清理有機物殘留，並且效果非常好，只是毒性大了點，尤其是暴露於空氣中。所以現在即使是我們法醫處使用起來，也會在濃度上做嚴格的控制。那一晚，我就覺得很奇怪。由此可以看出，凶手是個非常細緻耐心的人，這點確實符合女性的心理。」

「後來，我發現死者被疊放在通道裡，最下面是先期被害的女死者，上面則是我們殉職的警官。在證實出了命案後，我就立刻退出現場報警了。」章桐回憶道，「萬州大藥房案子中的死者，死因都是他殺，女死者身上沒有什麼異樣變化，但是男死者死後身上被割去了兩樣東西，其一是他的眼皮，其二是左胸第四節肋骨的一部分。凶手沒有醫學背景，因為刀子鋒利卻手法粗糙，尤其是左胸肋骨部分，簡直是一團糟，可見當時的現場一定會四處都是鮮血，這也解釋了為何當時我進入現場，會聞到濃重的來蘇水味道。」

童小川聽了，不禁皺眉：「如果是一個女的，也是可以獨自實施這樣的犯罪行為的，她先出其不意制伏了女店員，然後以她的名義打電話報警，引出我們的殉職警員。而我們男人面對一個女人的話，從本能上是會放鬆警惕的，這樣當女嫌疑人出手加害殉職警員的時候，他就立刻處於了被動的位置，自然也就處於下風。等等，阿龍，你查一下案發當天所有進出過當地派出所的人員監控錄影，然後逐一排查可疑的，同時進行人像搜尋對比。」

鄭文龍點點頭：「沒問題，不過我需要一定的時間。」說歸說，他卻已經在自己從不離身的平板電腦上開始搜尋了起來。

「阿龍，我重申一下，目標是可疑人員，不論男女。」童小川轉而繼續說道，「陳局，我彙總了歐陽工程師那裡的報告，墜樓案的死者白曉琴，

第八章　以靜制動

　　案發當晚確實是獨自一人上樓頂的，也確實是自己跳的樓，如何讓一個根本就不想自殺的人做出完全違背自己意願的事，問題就是出在章主任在屍體下面所發現的那部耳機上，雖然後來耳機被人拿走了，但是透過提取那副耳機中最後所聽的一首曲子，我們也做了相應的音訊解析，最終證實和李智明家中的那一首，是一模一樣的，我們又查了白曉琴的電話通話紀錄，同樣莫名其妙的手機客服電話號碼出現了，通話時間在一分鐘左右。」

　　「為什麼要選擇手機客服電話？」陳豪不解地問道。

　　童小川笑了：「因為只要有手機的人，一般對客服電話沒有戒心，而一旦事後我們警方查起來的話，手機營運商客服電話也往往會被我們忽視，相反只會對一些陌生的手機號感興趣。我想，這個人可不是一般的聰明啊。你們說是不是？他不只精通音律，懂得催眠，還懂得人的心理。」

　　章桐心中一動，不禁幽幽說道：「李醫生曾經向我提起過，這個案子中應該有兩個人存在，一個下手殺人，另一個幕後操縱。當時我聽了這話，一時之間還無法理解，現在看來，這個可能性越來越大。墜樓案，可以說死者是被人逐步催眠引誘上去，我想那時候嫌疑人肯定就在樓下的某個角落，直到她下墜死亡，然後上前拿走耳機和同樣位置的第四節肋骨，只不過這一次下手顯得比較慌亂，以致有耳機線的斷裂殘留物，這或許也是因為當時現場附近很快就有巡邏人員經過，他必須馬上離開，不排除另一方在催促和配合他。而因為時間不如第一起案件充足，所以在白曉琴案件上沒有身體器官的丟失。但是在白曉琴的口鼻中還是發現了製作面具的石膏殘留物，這個在第一起案件中也發現了。」

　　「這麼看來，還真是有人在幫他。」童小川道。

「是的，因為凶手在第二起和第三起案件，都不可避免地出現了失誤，甚至在第三起案件中，也就是保全被殺案中，根本就沒有來得及進行石膏脫模和肋骨的提取就匆匆離開了。因為犯罪嫌疑人沒有料到現場會出現目擊證人，也就是早起打掃校園的學生。」章桐緊鎖雙眉，「我現在只是懷疑沈秋月的死，因為目前看來，死者似乎並不是沈秋月。表面上來看，這位被送往火葬場的女死者是死於交通事故，但是實際上，她真正的死亡時間是交通事故發生之前的十二到二十四小時之內，也就是說她是被人在腳底放了乾冰踩住車輛油門衝下的懸崖。所以現在面臨的是兩個問題，第一，這個女死者是誰？第二，沈秋月是否已經遭遇不測，還是被人綁架了？因為按照前幾個死者的情況來看，沈秋月似乎也是不可倖免的。」

　　陳豪輕輕嘆了口氣：「章主任，妳也要注意安全啊！」

　　章桐點點頭，啞聲說道：「謝謝！」

　　鄭文龍沮喪地說道：「還有一件事，接警中心每次都會接到的那個古怪電話，我也進行了音訊資料的解析分析，結果確確實實是一個男人打的，並沒有經過任何軟體的偽裝處理。我至今都不明白，這傢伙到底想做什麼？」

　　章桐看著他：「嘲弄！」

　　「他在嘲弄我們？」鄭文龍不解地搖搖頭，「用這種電話預告式來嘲弄？他是不是瘋了？」

　　童小川果斷地否定了：「不，他沒瘋。他只不過是把這個案子當成了一盤棋，他是棋子的操控者而已。」

　　「那他的目的到底是什麼？」

　　童小川沒有回答，只是目光若有所思地投向了自己身邊坐著的章桐。

第八章　以靜制動

✦ 4

　　又是一天的早晨，天邊曙光乍現，手機鬧鐘響過後，飛魚網咖的胖老闆習慣性地揉了揉眼睛，打了個哈欠後，便懶洋洋地從椅子上站了起來，狠狠一腳踹開了窩在身後躺椅上睡著的同事阿忠。阿忠本來負責白班，誰想這幾天走了背運，賭博輸光了薪資，被自己老婆給趕出了家門，無處可去的他便厚著臉皮和胖老闆搭夥過日子。不過胖老闆可不會甘心讓他來搶自己嘴邊的肥肉，所以醜話說在前頭──你只管睡覺，拿錢工作的事，與你無關！

　　每個人都有自己生財的門道，這年頭是沒有人會甘心讓人來橫插一腳的，更別提那個總是在晚上過來上網的小傢伙了。這幾天總是感覺哪裡有點不對勁，尤其是昨天晚上，小杰沒有出現，胖老闆自然感覺很奇怪，可是001號機卻又一直被人占著。礙於規章制度，他不好探頭去看，一旁的阿忠卻擺出了一副心知肚明的樣子，表示說：「你是在找那小財神爺吧？別找了，他根本就沒走，在裡面都兩天了，我給他送過幾次吃的，還叫了兩次外賣呢。這年頭，有錢的小崽子還挺多的嘛！只是脾氣差了點，多問幾句就罵髒話！」

　　言辭之間不可避免地帶著一些酸溜溜的感覺，胖老闆不傻，他是聽得出來的，只是心中微微有些擔憂了起來。以前聽說過有人因為上網過度而猝死於網咖的事，還都是年輕人，他雖然對小杰並不了解，可是打交道這麼久，難免就熟悉了，胖老闆知道自己愛財，但是還沒有到失去做人底線的地步。

　　他瞥了一眼面前擋板上的指示燈，顯示001號機果然還線上使用，並

且網速似乎還不慢。胖老闆的心中頓時升起了一股無名火,他也顧不上所謂的什麼「顧客至上」的規定了,抓起鑰匙就走出櫃檯,直接向右手邊的走廊拐了進去。那裡一排都是 VIP 包房,也幾乎每天晚上都會人滿為患,這本來是一件高興的事,但是看著緊閉的 001 號門,胖老闆胸中的怒火愈演愈烈。

「玩遊戲不能這麼玩的,還要不要命啊,小老弟⋯⋯」胖老闆一邊大聲說著,一邊用鑰匙打開了 001 號門的鎖。

他的話沒有說完就怔住了,一陣頭暈目眩過後,剎那間,手腳冰涼,心跳加速,嘴裡咕噥著:「不可能⋯⋯不可能⋯⋯小兄弟,你怎麼了,別睡著啊,快醒醒啊⋯⋯」

在他面前的棕紅色電競沙發椅上,依舊穿著那件單薄校服的小杰以一個古怪的姿勢頭戴耳機,仰天倒著。校服敞開著,裡面是一件白色的襯衣,只不過已經髒得快成了灰色,襯衣領口被用力撕扯開了,小杰臉上的表情痛苦,雙手在胸前攥緊了拳頭,似乎因為無法呼吸而曾經拚命掙扎。但是讓人感覺恐懼的是,此刻的他不只是被定住了身體的姿勢,更重要的是,就連他的呼吸也變得無影無蹤了,面色灰白,嘴唇發青,雙眼緊閉,全身裸露在外的皮膚微微有些發腫。

而更讓人感到諷刺的是,那臺整個網咖配置最高的電腦,卻依舊在運轉著,只是那個所謂的「英雄」,卻再也沒辦法移動了。

胖老闆咬著牙緩緩伸出右手,可是指尖剛剛觸碰到小杰手背上的肌膚,一陣可怕的冰涼便瞬間襲來,胖老闆就像被針扎了一般迅速後退衝出了房門,他沒有再遲疑,跌跌撞撞地直接來到櫃檯,不顧同事阿忠驚訝的目光,探身一把抓過手機,不容分說地衝著話筒便吼道:「快來人,飛魚

第八章　以靜制動

網咖，死人了！死人了！」

　　尖銳的吼叫聲在整個網咖裡就像炸雷一般響起，被吵醒的過夜客回過神來後紛紛神情惶恐。剛想離開，卻驚愕地發現網咖唯一出去的大門不知何時已經被人用一把大鐵鎖給牢牢地從裡面鎖住了，而鑰匙就在一旁呆立著的胖老闆手中。幾個年輕人見此情景，便忍不住想上前理論，話到嘴邊還是乖乖地嚥了下去，因為胖老闆的眼眶中充滿了血絲，臉色煞白，目光冰冷，緊接著，一把菜刀被重重地拍在了櫃檯上，胖老闆冷冷地說道：「警察不來，你們一個都別想從這裡走出去半步！」

　　沒有人再敢吭聲，網咖裡瞬間變得安安靜靜。許久，面對眾人眼中疑惑的目光，胖老闆的眼角竟然無聲地流下了眼淚，他嘴裡喃喃地說道：「對不起大家了，實在很抱歉，就在剛才，我發現一個小兄弟死在我們網咖的一個包廂裡，應該是突發急病，但是這事是容不得我來做決定的，所以我必須通知警察，請各位兄弟多理解！到時候或許要對警察做個筆錄，耽誤大家一點時間。請大家多多理解⋯⋯那小兄弟已經在我們網咖玩了很久了，人也很聰明，他就像我弟弟一樣。他活著的時候，沒有人在意過他，甚至包括他的父母，但是他絕對不是垃圾，真的，絕對不是垃圾，我不能讓他就這麼一個人待著。我到包廂門口守著他去，警察來了，你們記得通知他們我在裡面。」

　　說到這裡，胖老闆搖搖晃晃地離開了櫃檯，走到轉角的時候，一樣東西被他隨手朝後拋了過來，重重地落在了櫃檯上，就是那把大鐵鎖的鑰匙。

　　只不過此刻，大家只是靜靜地或站或坐，沒有人再挪動過半步。

　　遠處，警笛聲逐漸響起⋯⋯

第九章　網咖命案

　　李曉偉心中不禁一顫，他看清楚了相片中的日期，繼而又抬頭看了看依然沉浸在悲慟中無法自拔的汪涵，突然輕聲問道：「汪先生，這個問題可能有些突兀，請別介意，我只是好奇。請問當初你家那房子，是你親自選的嗎？」

✦ 1

　　第一醫院特護病房裡，兩個男人面對面地站著，房間裡的氣氛一下子變得緊張起來。

　　李曉偉雙眼直勾勾地盯著自己的老同學顧大偉：「你到底做不做？我只信任你！」

　　顧大偉果斷地搖頭：「不可能，你已經被人催眠過了，這樣的缺德事我不能做。」

　　「你是心理醫生，你知道分寸，不會出事的！」李曉偉不依不饒地瞪著他。

　　終於，顧大偉實在憋不住了，他一聲長嘆，擺擺手，目光躲開了：「老同學，別玩了，我這點本事根本就做不到催眠，因為你的心理實在太強大了，我控制不了你，到時候真搞不好出了什麼事的話，你叫我的良心怎麼

第九章　網咖命案

受得了？」

「可是現在只有你才能幫我了，我努力過，但是光靠我自己，我做不到。」李曉偉懊惱地說道，「我就知道那晚肯定發生了什麼，你卻不肯告訴我。」

「我並沒有親眼看到，又怎麼可能告訴你真相？」顧大偉癱坐在沙發上，委屈地嘟囔道，「我只能告訴你的是，那天下午你離開我們公司後，就直接開車去了李智明曾經住過的社區，並且在社區裡待了五個多小時，直到將近凌晨時分，你才離開，然後去了章醫生的家，接著，就出，出事了⋯⋯」

李曉偉的目光落在了自己的左手手臂上，恍然大悟道：「我受傷的位置就在肱動脈，難道說⋯⋯」

顧大偉點點頭：「沒錯，是章醫生弄的，但是她手下留了情了，不然的話，你的小命或許早就沒了。」

「留情？」李曉偉一聽就急了，上前一步彎腰對著顧大偉追問道，「肱動脈破了的話可是會要人命的，你卻說她留情了，她為什麼要對我下死手？」

顧大偉被逼得實在沒辦法，便長嘆一聲，道：「你這榆木腦袋怎麼還不開竅呢？你說一個學醫的人會輕易對別人往死裡下手捅嗎？她與你又無冤無仇的，你也不想想你自己對她做了什麼！」

李曉偉頓時臉紅了，怔了半晌，喃喃道：「我⋯⋯我是不是非禮⋯⋯」

「非禮？」顧大偉沒好氣地瞥了他一眼，「我看你也不是那樣的人，別往自己頭上扣屎盆子。你不把人家逼急了，人家會對你用這損招？」

「換藥的時候，護理師跟我說了，說我的傷口是用原子筆頭造成的，

沒有強大的心理承受能力、足夠的力量和豐富的專業知識的話，是無法造成這樣準確無誤的傷口的。」李曉偉的腦海中突然響起了章桐曾經說過的話，而那時候自己在困惑為什麼一個人能夠如此平靜地生生剁下自己深愛的妻子的頭顱。

顧大偉沒有馬上反駁他的話，相反，只是若有所思地看著他。半晌，啞然說道：「那時候的你，差點要了她的命。」他打開手機，點開了和童小川的聯絡介面，繼續點了幾下後，就把手機交到李曉偉手中，「這是事後章醫生脖子上的傷勢相片，童隊需要備案，所以他拍了，因為屬於正當防衛，再加上你又被催眠，而有充足證據證明做這些事不是出自你的本意。所以，童隊沒有對你的行為進行立案處理。你自己好好看看吧，那晚上你到底做了什麼。」

李曉偉是全科醫生，他當然明白這張相片中章桐脖子上手指壓痕的嚴重性，不禁呆了，做夢一般地看著顧大偉：「這是我做的？」

顧大偉急了，冷不丁地狠狠一巴掌拍在了他的後腦勺上：「這還會有假？要不是章醫生當時用原子筆狠狠扎你的肱動脈，你根本就不會鬆手，我還真覺得奇怪了，你不是喜歡她嗎，怎麼又會想殺了她？」

「這……這絕對不是我做的……我絕對不可能傷害她的……」震驚之餘，李曉偉癱坐在地板上，突然抬頭看著顧大偉，「那天晚上我到底中了什麼邪？」

「我看你根本沒中邪，你分明是走火入魔了！」顧大偉長嘆一聲，道，「老同學，你想要回憶起催眠的事，我是可以理解的，但是目前來看太冒險了。最起碼沈秋月的丈夫汪涵到現在還沒有完全恢復正常呢。這傢伙用一首曲子催眠了你，然後在路上用電話給你下達了指令，就跟當初李智明

第九章　網咖命案

殺妻案的手法簡直一模一樣，我不知道他的真正意圖是什麼，但是這一次，章醫生還算是命大，躲過了一劫。」

李曉偉聽了這話，皺眉想了想，便說道：「可是事情不解決的話，章醫生永遠都會處於危險之中。」

「那你決定怎麼辦？」

李曉偉輕輕嘆了口氣，站起身，來到窗邊，想了想，果斷地說道：「目前，我暫時不適合和章醫生單獨見面，我想給她一個緩衝的時間。等下我會離開醫院去參加一個人的葬禮。雖然我腦海中已經沒有了那天下午在李智明家中的具體記憶，但是我明白自己這麼做肯定就是為了更進一步地了解李智明的為人。我知道他已經死了，但是我不明白的是，為什麼會有人在替他殺人。而當初在監獄裡，本來是四處喊冤不願意真心伏法的人卻突然選擇自殺，這一切的變化，來得實在是太快了。還有就是，那封遺書，按照李智明的個性和口吻來看，分明就不是他本人所寫。」

顧大偉心中一動，連忙追問道：「你從哪一點看出那封遺書不是他寫的？」

李曉偉雙手習慣性地向上一揚，就像一個面對自己樂隊的指揮，動作瀟灑而又流暢，嘴角揚起了笑意：「每個人的書寫習慣都是各不相同的，而習慣的養成期是在十五歲到十八歲之間，結合自己的個性和文化程度，表現在用詞和斷句上是最為明顯的，而一旦形成，就很難改變。我對李智明這個人曾經做過專門的研究，不否認最初吸引我的，就是他殺妻的方式，這與眾人對他的描述竟然完全不一樣。你也知道，作為這個社會中的一分子，我們每個人的人格秉性的建立，相當程度上都是來自自己的童年時代。就拿男孩子來舉例，父親在一個家庭中對男孩子的影響是有著制定

規則和樹立威信的作用，而母親則一般是對這個男孩將來的擇偶方面有了參照的作用。這樣說吧，兩種都不可缺失，無論哪一方缺失了，那這個男孩今後的成長過程中就會出現典型的人格缺陷。李智明是家中的獨子，可惜的是他從小就被人忽視，父親有嚴重的家暴史，母親則是逆來順受，這樣環境中長大的李智明雖然說成績很好，也是眾人眼中的乖孩子，但是因為長期生活在這樣畸形的家庭環境中，所以他形成了依賴型人格障礙。」

顧大偉一聽，頓時有了精神，他搶著補充道：「我知道，有這種人格障礙的人，第一，缺乏獨立性，常感到無助無能，怕被人遺棄；第二，將自己的需求依附於他人，過分順從他人的意志；第三，理所當然地認為別人比自己優秀，有吸引力；第四，因委曲求全而累積壓抑感，使得患者會漸漸放棄自己的追求和愛好；第五，當與他人的親密關係終結時，會有很明顯的被毀滅的感覺。」

李曉偉微笑著點點頭：「沒錯，李智明就是這樣的一個人，最初依賴的是他的母親，後來他母親死了，他曾經有過一段時間的沉淪，也就是在他上大學的時候。我走訪過當年他所就讀的工業大學電腦系的主任和系輔導員，得知他在大一的時候，因為母親突然病故，那段時間他曾經多次試圖自殺，弄得系裡的老師不得不派人二十四小時跟著他，生怕他會出事。」

「那為什麼不讓他休學去治病？」顧大偉不解地問道。

李曉偉搖搖頭：「他唯一的親人是他的父親，但是他父親卻拒絕與他來往，甚至用『失敗者』、『倒楣蛋』和『孬種』來形容他。事實也證明，在他母親去世之前的幾年時間裡，他父親早就已經不回家了。而那時候，李智明雖然讀大一，但是他已經成年，在法律層面上，他父親已經不用為他

第九章　網咖命案

承擔任何責任。而校方又不願意放棄這個雖然情緒不穩定，但是智商極高，並且獲得好幾項獎學金的學生，所以後來的結果便是校方不得不派人做他的『臨時監護人』。不過這樣糟糕的局面並沒有持續太長的時間，因為就在那時候，李智明的妻子桂曉蘭出現了。她是他的同班同學，性格很獨立，也很照顧李智明，這樣一來，自然李智明的依賴型情感就轉移到了這個叫桂曉蘭的女同學身上。兩人很快就熱戀，感情也很深厚，畢業後沒多久，兩人就結婚了。所以說，李智明的妻子其實在他的精神層面上也是很重要的，你想，這種狀況下，他又怎麼可能會對已經懷孕七個月、馬上臨盆的妻子下手？這不是活生生地毀滅了他生命中最重要的一個依附對象嗎？」

說到這裡，李曉偉不禁緊鎖雙眉，神情凝重地看著顧大偉：「所以，在這樣的情況之下，我就更覺得李智明突然毫無徵兆地選擇用如此帶有宣告性質的殺人手法來結束自己愛人的生命，是如此荒唐！」

「我知道他在被捕前是在一家網路遊戲公司工作的，是個程式設計師，專門負責遊戲程式的開發和維護。雖然說工作強度比較大，但是這對於性格內向，而且對家庭有很強依附感的李智明來講，也還是一帆風順的，更別提收入也還算是不錯。我去過他的公司，找他同事聊過，知道李智明雖然在理科和電腦方面是個天才，但是他的文筆很差，通常的述職報告絕對不會超過二十個字，而且每次的開發研討會輪到他發言的時候，也只是簡單地表態，並且使用語句有個很特別的習慣，那就是他幾乎從不使用反問句或者疑問句，即使用上一兩次疑問句，他也不會用問號，相反，只是用句號來代替。為了證實這個習慣，我又聯絡了他以前的老師，甚至還根據檔案找到教過他的班導，結果是肯定的。這傢伙雖然智商高，理科成績好，但是語文方面卻是一塌糊塗，患有輕微的漢字閱讀和表達障礙。

他之所以能夠一帆風順升入大學深造，全都是因為他突出的理科天賦。」

說著，李曉偉回到病床邊，從床頭櫃裡翻出一個信封，裡面是兩張A4紙，他抽出後一併交到顧大偉手中，「最上面那封信是我根據記憶寫出來的，前幾天章醫生曾經拿給我看過，是李智明在獄中寫給她的求助信，表明說自己不是故意殺人，自己是被人控制，是無辜的。而下面一張，則是那封遺書，你仔細對比下，這文筆，這遣詞造句的習慣，難道說是出自同一個人之手？」

顧大偉仔細來回看了數遍後，不禁愕然抬頭看著李曉偉：「如此縝密的思考模式，還有殺人手法，外加可怕的催眠……我的老同學，看來我們當初的推論是對的，這件案子中分明就是有兩個人存在！」

李曉偉默默地點了點頭。

✦ 2

章桐和顧瑜出現在網咖門口的時候，就感覺到房間裡的氣氛有些怪異，好幾張網咖的椅子從電腦旁被拉了出來，然後面對著櫃檯排成了幾排，幾個面容憔悴的年輕人規規矩矩地在一邊坐著，時不時打著哈欠，且神情頗為沮喪，而童小川則皺眉站著，有些發呆。

走過他們身邊的時候，章桐不禁問道：「童隊，你對他們說什麼了？」

童小川搖搖頭：「什麼都沒說。」

「那他們怎麼這麼聽話？」章桐可是聽治安大隊的人不止一次抱怨過，網咖裡的年輕人是出了名的難管教。

第九章　網咖命案

　　聽了這話，童小川只是斜靠在櫃檯一角，聳了聳肩，表示自己也很無奈：「我也正發愁呢，來的時候他們就這個樣子了。不過前後腳的工夫，妳就來了，所以我沒顧得上問。」說著，他朝裡伸手指了指，「屍體在裡面，我沒進去看，裡面有派出所的人守著呢，就等妳了。」

　　章桐點點頭，便帶著顧瑜穿過走廊，直接向最裡面那一間包廂門口走去。

　　走廊裡沒有窗戶，光線很暗，隔著兩公尺左右的距離會有一盞橘黃色的過道燈，所以直到走到包廂門口，章桐才在門邊的陰影中發現蹲著一個人，隱約之間似乎還能聽到一點啜泣聲。

　　守在門口的是當地派出所的警員，一見章桐和顧瑜出現，便知道是局裡的法醫，就準備讓出門口的位置好讓她們進去。章桐停下了腳步，伸手指了指一邊蹲著的人，問道：「他是誰？」

　　「網咖昨天晚上值班的老闆，叫王東昇，也是他發現的死者，並報警打電話的。」

　　正說著，胖老闆站起身，轉頭面對著章桐，順手抹了一把臉上的鼻涕眼淚，神情悲哀地說道：「是的，是我報的警，死者是小杰，一個經常來我們網咖打遊戲的高中生。」

　　章桐心中一震：「你說什麼？死者還是個高中生？」

　　「是的，在對面上學，就是喜歡玩遊戲，人不壞，很聰明……」胖老闆結結巴巴地說道，「他，他不該出這事的……」

　　話還沒說完，章桐便立刻走進了包廂，一眼就看到了倒在電競沙發椅上的小杰，愣了一會兒後，便對門口站著的警員說道，「去把童隊叫過來。」

很快，凌亂的腳步聲在包廂門口停了下來，濃烈的菸味伴隨著童小川沙啞的嗓音出現在了章桐的身後：「怎麼，怎麼會是他？」

　　章桐沒有回答這個問題，她只是從小杰的身旁站了起來，摘下手套，神情嚴肅地對童小川說道：「初步結論，死因符合心源性猝死。」

　　「猝死？他還這麼年輕，怎麼可能發生這樣的事？」童小川不解地追問道，「而且他的表情是那麼痛苦……」

　　章桐看了他一眼，然後伸手指了指小杰冰冷僵硬的屍體，不無遺憾地說道：「他之所以會流露出痛苦的表情，我想那只不過是他臨終前所產生的無法呼吸的幻覺罷了。當時，他本能地想去撕開自己衣服的領子，尋找新鮮空氣。但是這個包廂空間本就狹小，沒有窗戶，一切都只是靠那臺狹小的通風機，時間久了，功率完全不夠，所以就會逐漸造成嚴重的缺氧狀態。但是小杰並不會及時感覺到，因為他正在全神貫注地打遊戲，等到感覺不對的時候，就已經來不及了。」

　　話音未落，童小川突然像一隻憤怒的獅子一般，一把揪住在自己身旁站著的胖老闆，然後狠狠地把他推到牆邊，雙眼死死地瞪著對方，一字一頓地冷冷說道：「他還只是個孩子，你們網咖難道不知道嗎？」

　　誰想胖老闆卻哭得更傷心了，他結結巴巴地說道：「我……我……我知道我不好，可是，可是我真的不知道他會死啊，小杰就跟我的兄弟一樣，我又怎麼可能會害他，我心裡也很難受，真的……」

　　章桐皺眉吼了一句：「童隊，你冷靜點！你這麼做，有什麼意義？」

　　聽了這話，童小川突然愣住了，他轉頭環顧了一下整個包廂，繼而又追問胖老闆：「這房間絕對不便宜，小杰的家庭狀況我是知道的，前段日子面具的事，他也沒賺多少錢，又怎麼可能玩得起這麼貴的包廂？」

第九章　網咖命案

　　因為過於緊張，胖老闆不斷地舔著嘴唇，漲紅了臉卻半天都說不出一個字來。

　　童小川這才意識到自己無意間用手肘壓住了對方的喉嚨，便趕緊縮了回來，口氣也緩和了許多。

　　胖老闆這才緩過神來，一邊咳嗽一邊結結巴巴地說道：「有人，有人幫這個孩子預付了一萬塊，指名要包下這個包廂，然後說除非這孩子要我們過來，其餘時候不准我們進來打擾。」

　　「一萬塊？專門給這個孩子上網？」童小川簡直不敢相信自己的耳朵，「他就是一個普通的網癮少年，這年頭誰會拿一萬塊錢給一個不認識的孩子隨便上網……」說著，他的目光也隨之落到了小杰的頭上，卻頓時臉色大變，「你，過來！我問你，發現這孩子出事後，你有沒有碰過屍體？說實話！」

　　胖老闆趕緊搖頭，想了想，他又伸出了一根手指，小聲道：「我只是用這根手指指尖輕輕碰了碰他的手背，冰涼啊，我知道出事了，就趕緊跑開了。」

　　章桐聽了，神情凝重地說道：「從屍斑狀況和散大的瞳孔程度來看，孩子已經死了至少五個小時了，也就是說死亡時間在凌晨零點到一點之間。」

　　「是的。」胖老闆伸手指了指電腦螢幕上的遊戲時間，「上面顯示從凌晨零點三十七分開始，遊戲就被停止操作了。」

　　童小川卻似乎並沒有聽到胖老闆的話，只是上前幾步，從顧瑜還沒關上的工具箱裡拿出了一副藍色的乳膠手套戴上，然後探身，小心翼翼地把那副藍白相間，還在不斷閃爍的耳機從小杰的頭上摘了下來，緊接著便戴

到自己頭上。

顧瑜剛想提醒，卻被章桐用眼神攔住了，她知道雖然童小川的舉動顯得有些突兀，但是必定是有他的用意在裡面。

果然，才聽了一會兒，童小川便摘下了耳機，這個時候，耳機中竟然隱約傳出了一陣鋼琴曲的聲音。

直視著童小川目光複雜的雙眼，章桐不由得呆住了。

✦ 3

李曉偉費了一番口舌，恩威並施，最終還是在簽下了一份保證書後，加護病房的當班醫生才點頭答應了他。

一出醫院，李曉偉立刻掏出手機要了輛網約車，直接來到汪涵的住處，他自己的車至今還在市警局的大院裡作為證據被扣著，便打算等事情結束後再去提取。

汪涵見到李曉偉的時候，不免微微有些吃驚，因為和前天見到的時候相比起來，李曉偉明顯憔悴了許多。

「李醫生，你沒事吧？」汪涵關切地問道。

「我沒事我沒事，謝謝關心。」李曉偉微微一笑，隨即正色道，「是這樣的，汪先生，剛才在電話中我沒有和你說清楚，我今天來找你不只是為了告別儀式的事，還有一點，是想問問有關你妻子沈秋月車禍的事。」

汪涵不解地看著他：「我妻子？」

李曉偉點點頭：「是的，如果你不介意的話，我想了解一下車禍那天

第九章　網咖命案

前後所發生的事,尤其是那些你覺得不太正常的……對了,你什麼時候去殯儀館?我今天沒開車,想搭個車。」

汪涵緊鎖雙眉:「今天恐怕是去不了了,我剛才接到警局的電話,說秋月的屍體可能有些手續沒辦完,後續他們會通知我,叫我安心在家等待,延後幾天再舉行告別儀式。」

李曉偉微微一愣:「原來是這樣啊,真的很抱歉了。那,我們就來說說車禍那天發生的事吧。」

汪涵聽了,點頭:「好吧,那天之前,我印象中秋月的心情就一直很不好,直到結束你那邊的門診,似乎才感覺稍微高興一點,跟我提到說想重新出去工作,我也就答應了。其實我也不指望秋月能賺多少錢,哪怕她這輩子不賺錢,我都能養她,因為秋月跟著我吃了很多苦。本以為結婚了有了孩子,房子也買了,生活就能步入正軌了,誰想到還出了那檔子倒楣事。現在一切終於可以重新開始了。我一直忙著工作養家,我承認為了能讓她儘早地過上安定的日子,生活上我對她疏於關心和照顧了,我太大意了……」

說到這裡,眼前這個瘦弱而又憔悴不堪的男人不禁又開始默默地流淚。李曉偉於心不忍,幾次想打消自己追根問底的念頭,權衡再三卻並沒停止。

「跟我說說她那天工作的事。」他小心翼翼地引導著汪涵,「她在結婚前是從事什麼職業的?」

汪涵的嘴角劃過一絲溫暖的笑意:「秋月是個很聰明的女人,工作能力也很強,在我遇到她之前,她就已經是一家網路遊戲工作室的部門負責人了。」

「她是搞對外宣傳的？」李曉偉感到有些意外。

汪涵搖搖頭：「不止如此，她是工作室的合夥人之一，佔有一定的股份，只是結婚後才選擇退出的。我聽秋月說起過以前上大學的時候，她讀的是理科，電腦開發的，那個科系的女孩本身就不多。所以現在她又提起要去工作，我其實一點都不擔心她會找不到工作，我真正在乎的是不想她太累，因為你也知道做IT開發這一行的，工作強度本身就很大……」

此刻，李曉偉的心中忽然感到一陣莫名的寒意，腦海中全是沈秋月那天在門診辦公室裡見到自己時的眼神。那時候，他總覺得對方眼神中充滿了某種說不出的感覺，似乎是自信，又似乎是滿腹心事。

「跟我說說她找工作的事。」李曉偉啞然說道，目光落在眼前茶几上那張沈秋月的相片上。相片是在一個溫暖的午後照的，沈秋月表情溫柔，倚窗而站，嘴角似笑非笑，但是眼神中卻流露出了一絲淡淡的悲傷。

汪涵長嘆一聲，本能地掏出菸盒，突然意識到身邊的李曉偉，便又無奈地放了回去：「那天，她開車出去後，很晚才回來，我記得我都已經睡了，才聽到她進門的聲音。我因為第二天要開個部門會議，工作又累，便沒再起床，而第二天一早我起床後，卻發覺秋月已經開車走了，那時候我只是想，秋月或許是工作有著落了，只是，只是這一開始就這麼忙，我心中感覺有點空落落的……但是，我怎麼都沒有想到，這卻是我和秋月的最後一次見面。我都沒有來得及和她告別……」最後幾個字，汪涵明顯是強打著精神才說出來的，李曉偉能夠體會到此刻對方心中的深深絕望，這個男人太愛自己的妻子了，所以沈秋月的離去，對汪涵來說，無疑是一次致命的打擊。

「汪先生，節哀順變，斯人已去，我相信你妻子也不會願意看到你過

第九章　網咖命案

於傷心的。」李曉偉重重地嘆了口氣，遲疑片刻後，他把話題引開了，「對了，汪先生，能跟我說說這張相片是什麼時候照的嗎？」

汪涵顫抖著雙手拿起茶几上沈秋月的相片，右手輕輕撫摸著相片中人的臉，眼淚又一次滾落了下來：「上個月我們才照的，那天我買了新手機給她，我看她很高興，便想著好久都沒和她一起拍照了，就提議說試試手機的拍照功能，你看，她是不是很漂亮……」說著，他把相框轉向李曉偉，神情悽然地說道。

李曉偉心中不禁一顫，他看清楚了相片中的日期，繼而又抬頭看了看依然沉浸在悲慟中無法自拔的汪涵，突然輕聲問道：「汪先生，這個問題可能有些突兀，請別介意，我只是好奇。請問當初你家那房子，是你親自選的嗎？」

汪涵搖搖頭：「秋月選的，她說那裡的房子地段好，雖然貴了點，但是學區房，我們的孩子能上最好的小學。家裡的很多事，都是秋月做的決定，她是個很有主見的女人，沒有她，我真的不知道以後的日子我該怎麼去面對……」

此刻，李曉偉終於明白了，他不無同情地看著汪涵，許久，啞聲說道：「汪先生，作為你妻子生前的心理醫生，如果你依舊信任我的話，我給你一個建議，在你妻子的告別儀式期間，請堅持去心理診所，你需要心理干預。」

略微遲疑後，他又補充道：「我相信你妻子沈秋月活著的話，也一定想讓你好好活下去的，請千萬不要有任何不好的想法。」

汪涵聽了，目光茫然地點點頭。

離開上南塘街社區，李曉偉一邊在馬路邊上等車，一邊焦急地撥通了

顧大偉的電話：「大偉，我擔心汪涵會出事，你一定要多加小心，他的情緒很不穩定。」

「沒問題，我馬上給他打電話。」顧大偉果斷地答覆道，「那你現在回醫院？」

「不。」李曉偉結束通話電話後，便吩咐計程車司機：「司機，麻煩請盡快開往市警局。」

✦ 4

市警局，法醫辦公室裡的氣氛有些緊張，而走廊盡頭的接待室裡傳來一個年輕女人的陣陣哭聲。

「小杰還只是個孩子，還未成年，他怎麼可能得心臟病？我非常了解我的兒子，他一向身體都很健康，你們別胡說八道！他分明就是被人給害死的。你們不去抓兇手，替我們討回公道，卻在這裡要我簽字拉走屍體去火化，你們這麼做究竟有什麼居心？」小杰的父親是個年過四十的中年男人，長期酗酒導致他的右手總是習慣性地顫抖，雙眼也總是布滿了血絲，再加上此刻得知自己唯一的兒子突然離世，悲傷外加自責更是加劇了他發自內心的憤怒，「我絕不簽字！屍體就在你們這裡放著，什麼時候抓住兇手了，再來找我！」

丟下這幾句話後，這個中年男人便用力地摔門而去。

辦公室裡一片死一般的寂靜。包括章桐在內，每個人的心裡其實都很難受。

第九章　網咖命案

「章主任，你確定小杰的死因真的是心源性猝死？」童小川啞聲問道。

章桐微微感到有些驚訝，她不滿地看了一眼童小川：「心源性猝死者本身絕大多數都是患有器質性心臟病的人，並不是說你的身體看上去很好，平時連個頭痛腦熱都沒有就意味著你的心臟也一定很健康，心臟的好壞在相當程度上是遺傳造成的。當然了，也不排除後天，但是所占比例相對會少很多，心臟病就像一顆定時炸彈一樣存在於患者的體內，不到一定時候一定年齡，它不會爆發，所以很容易被忽視。因為沒有人會做到從生下來就開始每年每次體檢都去仔細檢查自己的心肺功能，更別提有些心臟的器質性病變是非常隱性的，不是專業的檢查根本就檢查不出來。」

「我剛才觀察到小杰的父親就有嚴重的心臟病史，再加上他酗酒，所以這種症狀就更加明顯了。」

聽了這話，顧瑜不禁愕然道：「難道說也是嚴重的室性心律失常？」

章桐點頭，神情凝重地說道：「他的酗酒和熬夜更是加重了自身的病情發展，我剛才注意到他的嘴唇已經出現了初步缺氧的狀況，要是不趕緊治療的話，猜想會出事。但是他連說話的機會都沒有給我。這種人傲慢得簡直不可理喻。在屍檢過程中，我在他的心臟上發現了心內膜有廣泛的瘢痕形成，百分之五十以上的心肌組織被纖維組織所取代，導致心律失常性右心室發育不良。如果他還活著的話，及早就醫，只要一個簡單的心電圖，就可以發現他嚴重的病情，只是這一切都已經來不及了。」

章桐轉頭看向身旁坐著的童小川：「童隊，小杰的猝死發生之前，他可能就已經感到了自身明顯的呼吸困難、心悸和疲憊感，但是他卻忽視了這些症狀。誠然，那些遊戲對於小杰感官上的刺激是造成他最終死亡的原因之一，而網咖包廂設施的不完善也更加重了小杰的病情，但是說到底，

父母的忽視，外加……」

「章主任，你說得沒錯，小杰的死，我有不可推卸的責任，我這就去向陳局講明情況。」說著，童小川便果斷地站起身，快步向門外走去。

看著童小川的背影，章桐略微沉思過後，便對顧瑜說道：「小顧，交警隊有關沈秋月的交通事故現場報告拿來了嗎？」

「就放在妳桌上的檔案欄裡，上午剛送來的。」顧瑜一邊整理自己桌上的屍檢報告副本，一邊好奇地問道，「主任，妳為什麼會對一場交通事故感興趣？」

「因為死人是絕對不可能自己來一場墜崖事故的。」看著報告上的文字和資料，章桐的目光變得越發凝重了起來。

很快，她合上報告，略加思索後，便撥通了治安大隊失蹤人口分隊的電話：「我是法醫處的章桐，想請你們幫忙查一個失蹤人口……是的，失蹤日期應該不會超過一週的時間……不，是外地人，不是本地人，並且請優先考慮娛樂場所的娼妓，年齡在二十歲到二十四歲之間……好的好的，我等你們回覆，同時馬上給你們發去一份死者的大致體貌特徵描述……」

結束通話電話後，顧瑜吃驚地看著她：「主任，難道說這又是一起殺人案？」

章桐無奈地點點頭：「而且是一起涉嫌盜竊他人身分偽裝死亡的殺人案。先前在火葬場見到屍體的時候，我就已經可以確定死者的身分有異，經過屍檢，也證實了死者的死因是鈍物打擊顱骨右側，生成硬膜外血腫，最終導致顱腦損傷死亡，屍體頭部傷口的打擊來自兩個方向，可是這些都與後面的墜崖事故所造成的後果無關。顱骨右側是致死原因，而造成面部毀容的打擊卻顯得是多餘的，因為從它的打擊方向和著力範圍來看，對方

第九章　網咖命案

　　顯然是不想讓我們認出死者的本來面目。我在電腦資料庫中輸入過火葬場屍體的指紋和DNA，都找不到相匹配的。」

　　「主任，我記得你曾經說過當年李智明殺妻案的證人DNA也被輸入過資料庫的，難道死者不是沈秋月？」

　　「沈秋月的DNA從來都沒有被輸入過資料庫，因為據說她當時懷孕了，拒絕採集血樣，而我們的這項工作對於涉案證人來說，都是基於自願原則的。」說到這裡，章桐便把交警隊送來的事故報告和現場屍體相片一併推到隔壁辦公桌的顧瑜面前，「至於說這個案子，死者可以是任何人，凶手也可以是任何人，但是從這些相片中我卻可以推定凶手是個女人！」

　　「女人？」顧瑜微微皺眉，「這是一個女人做的？」

　　章桐點頭：「原因有兩點，其一，妳看拉上來的車廂，雖然被撞得幾乎面目全非，但是車的前座椅角度還是看得到的，我知道妳理科成績不錯，妳告訴我，這樣的座椅角度，適合的人身高一般在多少公分左右？」

　　「沒問題。」顧瑜在仔細查看了汽車座椅的調整角度後，飛快地在紙上演算了一下，緊接著抬頭說道，「這種牌子的車，那駕駛員身高應該不會超過一百六十八公分，在一百六十五公分以上，三公分左右的緩衝餘地。」

　　「妳說得沒錯，可是死者的身高卻只有一百六十一公分，也就是說，兩者相差了五公分左右的距離。要麼是她駕訓班老師第一堂課她沒好好聽，要麼這椅子根本就不是她坐的。」章桐聳了聳肩，接著道，「妳再看屍體的第二張相片，是正面近距離照，交警隊一般都是用來辨認屍體的。妳注意下她的衣服，她沒有穿胸衣，內褲也沒有穿，但是外面的衣服卻是齊全的，只是顯得有些不合適，對不對？」

顧瑜瞪大了眼睛：「是的，明顯是大了整整一個尺碼。」

章桐認真地說道：「幫別人穿上自己的衣服，但是卻絕對不會為對方穿上自己的胸衣和內褲，這是女人的直覺。就像妳問我借衣服穿，我別的都樂意，但是卻不會借給妳胸衣、內褲同一個道理，其中不只是涉及衛生問題，更主要的是，外面的衣服可能大一號小一號無所謂，但是裡面的內衣褲如果不合適的話，外人看上去就會非常明顯了。所以，就此推斷，造成這場事故的犯罪嫌疑人是女性的可能性非常大。而把一個與自己體型相差無幾的女人殺害後再偽裝成一起交通事故，我只能說凶手雖然各方面都顧及了，卻偏偏對於這場事故最後對屍體的毀壞程度猜想錯了。她本以為這麼高的距離摔下去的話，車子最起碼會因為油箱起火而爆炸，對屍體造成嚴重損壞，但事實卻偏偏沒有。妳注意看那幾張懸崖邊的現場相片，當地的植被非常茂密，對車輛的下墜有一定的緩衝作用。再加上從事故發生地點到懸崖下的角度幾乎接近九十度，中間並沒有造成車輛的翻滾，所以車輛尾部的油箱幾乎是完好的。這應該就是所謂的『機關算盡』吧。」說到這裡，章桐輕輕一笑，向後靠在椅背上，長長地出了口氣。

第十章　凶器

　　她摘下手套和口罩，長長地出了口氣，眼淚終於在此刻順著臉頰滾落了下來。楊倩雖然面容盡毀，但是雙耳耳垂卻完好無損。顯然，這個倔強的女孩用自己的方式拚盡全力為破案留下了寶貴的證據。

✦ 1

　　市警局，陳局辦公室。童小川呆呆地站著，垂著頭不說話。而陳豪則猛抽菸，臉色陰沉。

　　鄭文龍抱著他從不離身的平板電腦，目光在陳豪和童小川之間來回轉了幾圈後，不禁愁眉苦臉地說道：「陳局，你也別怪童隊了，我看他已經夠自責的了。凶手這麼狡猾，我們警察也是人，判斷錯誤是情理之中的。你說對不對？目前我們局裡沒有人比他更熟悉這個案子了，如果你現在處分童隊，重新安排別人上手的話，恐怕就對我們更不利了。」

　　陳豪沒有說話，似乎是在等待著什麼。

　　終於，童小川開口了，他喃喃說道：「陳局，請再給我一次機會，我一定處理好這個案子，等結束後，我會自動辭職並接受一切處分。」

　　一聲重重的嘆息，陳豪伸手在面前菸灰缸中掐滅了菸頭，無奈地瞥了一眼已經空蕩蕩的菸盒：「你知道我為什麼會執意把你安排在刑警二隊隊

長這個重要的職位上嗎？」

或許沒有想到對方會突然問這個問題，童小川不由得一時語塞：「我，我真的不知道。」

陳豪轉而認真地看著童小川，目光若有所思：「童隊，我知道你為什麼會突然離開禁毒大隊，重新參加局裡的業務考試，申請來重案大隊做刑警。你這麼做絕對不是怕死，因為刑警二隊這個部門是我們市警局中工作性質最危險的一個重案大隊，相比起禁毒大隊來說，每年因公殉職的警務人員數量只會更多而不會更少。你是個優秀的警察，你不怕死，你好勝心極強，所以你也就有個弱點，那就是當你面對挫折的時候，無法接受自己的失敗，也就不可避免地和常人一樣選擇逃避，選擇換種方式來懲罰自己。你在禁毒大隊辦的最後一個案子，你的線人，那個和小杰年齡差不多的孩子，最終還是死了，沒有死於毒品卻死於街頭暴力，你沒能履行保護好他的諾言，所以，你自責，你覺得你沒有面子繼續在禁毒大隊工作下去，儘管那時候你的職務已經升到了主管情報的分隊探長。你選擇放棄輕鬆的辦公室工作，申請來刑警二隊，那次申請考試中，你的成績是最優秀的。考試結束後，我和你的老上司老蔣好好談了一次，我答應他，這一次，我無論如何都不會允許你再逃避。在這裡，有一點我要檢討，雖然禁毒大隊也缺人手，但是重案這裡卻更嚴重，我存下了私心，我最終還是同意了你的調動，但是我卻把你放在了主管的位置上。我知道你會受挫，你會面臨更多的失敗，因為不只是你，我們所有刑警都是人，是人就都會犯錯，但是真正重要的卻是犯了錯也不能逃避，你明白嗎？所以，我不會同意你辭職的，你給我好好做下去，相信你手下的兄弟，他們會最終接納並支持你的。而這個案子，只是個開始而已！」

童小川靜靜地聽完了陳局所說的每一個字，啞然說道：「謝謝你的

第十章　凶器

理解，陳局，放心吧，我會好好做下去的，這一次，我絕對不會再逃避了。」

陳豪用力點點頭：「我當刑警隊長的時候，也失敗過，沒有誰是常勝將軍，不瞞你說，我那時候還哭了，寫過檢討書。但是最終，我堅持下來了，沒有放棄。刑警這一行，不只是簡單的玩命，還要和歹徒鬥智鬥勇，比禁毒可複雜多了呢！去吧，好好做，別指望我把你撤下來讓你過舒服日子。」

童小川剛要離開，卻被陳豪叫住了：「童隊，聽說你快要結婚了，對嗎？」

童小川聽了，不由得一愣：「我⋯⋯陳局，你怎麼知道這個？」

陳豪輕輕一笑，重新又戴上了眼鏡，不緊不慢地說道：「一個叫吳嵐的女孩子，市報社法制專欄的記者，今天來局裡採訪，跟我說起你了，還說是你的未婚妻呢。什麼時候辦婚事可要通知我啊，我來幫你們證婚，現在我們當警察的，結個婚不容易的。」

聽了這話，童小川的臉頓時紅了，支支吾吾道地別後，便和鄭文龍一起下樓。

一路上，見童小川臉色不太好，鄭文龍便沒有說話，直到回到辦公室，召集了所有在職的偵查員，鄭文龍這才把自己平板電腦上剛整理完的監控影片轉到了刑警二隊的投影大螢幕上：「這是剛處理完資料的監控影片，我把畫質拉到了1080P，這樣的高畫質便於辨識。案發當天，總共有十一批次進入派出所的身著便服的人員，經過和派出所當班紀錄考核後，排除了一些已經證實的人員，只有這個人，派出所當天值班人員後來並沒有落實到其本人。」影片中出現了一個女人，穿著臃腫，看不出具體年齡，打

扮儼然就是一個普通的上班族，走進派出所辦事大廳後，左顧右盼，面對上前和她說話的值班女警員只是簡單說了幾句後，便走出了派出所，很快就消失在了街頭。時間是中午十一點三十一分至三十五分，前後只在派出所的辦事大廳中停留了不到四分鐘的時間。

童小川皺眉道：「阿龍，她說了什麼？」

鄭文龍看了看紀錄，道：「她問辦理暫住證需要什麼手續。當班女警員回答她說要帶戶口簿和務工證明，還要在派出所進行現場拍照，就這麼簡單。」

正說著，平板電腦上發出了一陣清脆的提示音，鄭文龍雙眉一揚，立刻點選了頁面上跳出來的分頁，上面是剛剛得出的人像比對結果。可是很快，鄭文龍臉上的笑容便僵住了，在場的所有人也感到驚詫不已。

因為比對結果顯示，匹配度極高的人已經被登出了戶口。

「沈秋月？」童小川在嘴裡來回唸著這個名字，皺眉想了想，突然轉頭對鄭文龍說道，「我記得萬州大藥房出事的那天晚上，報警電話就是一個女人打的，對不對？」

「是的。」鄭文龍道，「可是我們手頭並沒有找到相對應的錄音文字能和它相對比。」

「不，我們有。」章桐的聲音在辦公室門口響起，「三年前我們對李智明案中的相關證人進行筆錄時，都有進行全程錄影，只要調出其中沈秋月的片段進行相應的音訊解析分析，就可以得出結論。」

「哎呀，我怎麼忘了這個。」鄭文龍聽了，便趕緊拉開座椅快步走了出去，「我回辦公室，等有結果立刻通知你們。」

「章主任，妳……」童小川有些詫異這個時候章桐為什麼會突然出現

第十章　凶器

在自己辦公室門口。

「我剛剛接到失蹤人口組的調查報告，在我市範圍內過去一週時間內失蹤並且符合年齡、體貌特徵的年輕女性總共有三位，我逐一進行了比對後，只有這一位是完全吻合的。」章桐把一份放大的列印相片用吸鐵石固定到了白板上，然後指著相片中的年輕女孩說道，「她叫楊倩，今年二十三歲，未婚，生前是美洲豹酒吧的陪酒女。所謂陪酒女這個職業，其實就是收入完全根據客人的酒水消費數目來提成計算所得的行業，有時候也從事一些灰色職業。」

「灰色？」童小川反問道，「難道說……？」

一旁的偵查員海子補充道：「其實說白了就是『娼妓』。我以前在治安大隊掃黃組待過很長一段時間，專門打擊處理過這些人。我想資料庫中之所以沒有她的生物資料，很有可能就是她還沒有被我們處理過。」

「雖然死者的面部已經被嚴重毀容，但是死者胸口的一處胎記，根據她同居男友的回憶，兩者是完全吻合的。我的助手已經帶人去了她所暫住的地方提取相應的生物檢材回來進行對比，不過目前看來，已經可以基本肯定就是她了。」

聽了這話，童小川掏出手機，接通了鄭文龍的電話：「阿龍，讓你的人立刻蒐集和排查美洲豹酒吧周邊的監控影片資料，目標是找出沈秋月和她的那輛銀灰色本田雅閣，時間節點是一週前。」

剛結束通話電話，章桐的手機鈴聲便響了起來，是顧大偉打來的。她一邊朝外走，一邊趕緊接了起來：「顧先生，出什麼事了嗎？」

「曉偉有沒有在妳那裡？」電話那頭，顧大偉的聲音有些惴惴不安，「我打他電話，一直打不通。」

章桐猛地停下腳步，急促地反問道：「他來找我了嗎？這是什麼時候的事？他不是還沒出院嗎？」

　　「就在不到兩個小時前，我接到他電話的時候，他說要趕來警局找妳，他那個時候應該在計程車上。」顧大偉又把兩人之前在醫院中的交談簡短告訴了章桐，然後急切地說道，「可是我忙完手頭的工作後，再找他，無論怎麼打電話就都打不通了，我擔心他的身體，這傢伙就是個直腸子，工作一忙起來就什麼都顧不上了，要是出什麼事，我沒法向他家老太太交代的，老太太的旅遊團後天就回來了。」

　　顧大偉所說的「老太太」，自然指的就是和李曉偉相依為命的奶奶，章桐是見過的。她忙安慰道：「沒事沒事，我這就安排人找一下他，顧先生，你別擔心。」

　　「誰失蹤了？」聽到走廊上的聲音，童小川忍不住探頭問道。

　　「是李醫生，他朋友剛才打來電話說他要到局裡來找我，過去快兩個鐘頭了，人還沒到，擔心會出事。」章桐的心中突然感到有些莫名的不安，她想了想，對童小川說道，「我先回辦公室。」

　　根據顧大偉電話中所提到的幾個關鍵時間點，影片監控組很快就排查到了李曉偉最後所乘坐的那輛計程車的下落，並很快和計程車司機取得了聯繫。不到十分鐘的時間，對方就趕到了警局。在大院的停車場，童小川見到了他。

　　計程車司機是個身材高大的中年男子，因為常年開車的緣故，臉部皮膚和雙手被晒得黝黑。

　　「你們要找的那位乘客啊，確實是個挺奇怪的人。」他皺眉想了想，接著說道，「他一上車就說要來你們市警局，我想著肯定有急事吧，就加快

第十章　凶器

車速，希望能早點趕到，因為前面南禪寺路段經常會交通擁堵，我怕一旦被堵上了，就不好辦了。在開車的時候，我注意到他沒有帶錢包，手裡就是一部手機。不過這年頭只帶手機出門的年輕人是越來越多了，也不稀奇。車開了一大半，都已經看到你們警局那樓頂上的天線了，誰知，他就在這個節骨眼上接了個電話，然後說不來了，要我馬上按照原路開回去。」

「回去？回哪裡去？」偵查員海子不解地問道。

司機雙手一攤，顯得很無奈：「他上車的地方啊，那地方可難停車了，就為了找地方讓他盡快下車，還讓我吃了個罰單呢。我說啊，你看我都這麼配合你們辦案，你們能不能通融一下，幫我把這個罰單取消了行不行？」

童小川聽了，不禁和海子面面相覷，繼而轉向司機：「罰單呢？」

✦ 2

章桐一直弄不明白一個問題，那就是墜樓案中的死者白曉琴手指甲縫隙中所發現的那組 DNA。人類個體細胞可分為兩大類，一類是體細胞，含有 23 對 46 條染色體，其中 22 對為男女均有的常染色體，剩下的一對為決定其性別的性染色體。而讓她感到困惑不解的就是這最後一對染色體，居然同時含有 XX 和 XY，也就是說擁有這對染色體的人既有可能是男性，又有可能是女性。當然了，很多擁有隱性性別的人在這個世界上也並不是什麼稀奇的事，但是機率方面畢竟是相對比較低的。DNA 存在於人類細胞核及粒線體中，形成兩套遺傳物質，分別為染色體 DNA 和粒線

體DNA，兩者之間的遺傳規律是完全不同的。

「小顧，考核過李智明還有沒有在世的兄弟姐妹或者任意血親了嗎？」章桐一邊翻找資料，一邊問道。

「已經考核過了，他是家裡的獨子，母親一支中只有一個遠房表妹，自從母親過世後，就再也沒有聯絡過了。至於父親這邊，派出所反映上來的情況說他父親有一個兄弟，但是一直都在外地打工，這幾年來從未有回來的跡象。而這些血親自從李智明母親去世後，再加上他孤僻怪異的個性，怕惹麻煩，所以就再也沒有和他有過任何來往。」

章桐不禁皺眉：「也就是說，雖然白曉琴是跳樓自殺的，但是卻可以完全排除是李智明家族血親所做的案件。依據屍檢狀況來看，白曉琴跳下樓的時候並沒有馬上死亡，出於本能，所以才會伸手死死地抓住出現在她身旁的犯罪嫌疑人。」

「主任，根據那個耳機所提供的線索，白曉琴跳樓完全是因為樂曲催眠，對嗎？」小顧乾脆坐在了辦公桌上，「我不明白為什麼這一次凶手要藉助催眠，而不是自己動手呢？就像萬州大藥房殺人案一樣？」

「第一，時間不夠，因為白曉琴所住的社區發生過好幾起盜搶案件，所以當地派出所加強了路面和社區的治安巡邏，而平時又很難找到受害人落單的機會，所以保險起見，便使用催眠的手法，讓其自行結束生命。」章桐想了想，接著又說道，「至於說第二嘛，是個猜測，那就是白曉琴是個女人，她不像前面第一位死者，那位殉職的警官一樣，而那位女店員則是因為身分的特殊，讓她對客戶本能地放鬆警惕，導致凶手才有下手的機會。而白曉琴的話，要是路上半夜三更地出現一個人，加上當地派出所又因為盜搶案頻發，屢次提醒走夜路的人要提高警惕，犯罪嫌疑人應該是考

219

第十章　凶器

慮到這點，所以才會選擇用另外一種手法，而等在一旁的犯罪嫌疑人之一，只要等白曉琴落地後取走耳機，收拾殘局就可以了。」

「主任，只是這組 DNA 為什麼會這麼奇怪？它的提取來源是受害者指甲縫隙內容物，具體說就是來自犯罪嫌疑人的上皮組織細胞，也就是說擁有這組 DNA 的是個活人，那什麼樣的活生生的人竟然會有一個死人的 DNA？」

章桐心中一動，抬頭看向顧瑜：「這組 DNA 並未發生基因變異，也就是說是完美複製了李智明的 DNA，妳說，什麼樣的情況下會發生這種完美複製？」

顧瑜緊鎖雙眉，喃喃道：「人類基因表現為極為穩定的實體，它的特殊保守性是子代同於親代的特徵，但是基因也會因為遺傳而發生突變和重排，結果出現一個在功能上與原來不同的新單位或者等位基因，然後再以新的基因形式進行複製，這是基因遺傳的規律。但是在這組 DNA 基因中確實是沒有出現新的等位基因，相反只是在性別區分的染色體中多了一個 Y，主任，難道說這是基因的自我生成？」

「我曾經處理過一個案子，」章桐道，「是一個性侵案，在受害者的體內發現了一組生物樣本，是犯罪嫌疑人留下的，根據這組 DNA，派出所的人抓住了一個年輕大學生，經過審查，卻發現這個大學生並沒有作案時間，後來才知道他在一年半前加入過一個捐獻造血幹細胞的慈善計畫，而重新檢查這組 DNA 的基因序列，發現有新的等位點生成，也就是說那個接受他捐贈的人，才有可能是真正的犯罪嫌疑人。後來費了很大的一番手腳，才最終把真正的作案者給抓住了，終於還了這個年輕大學生清白，也算是給受害者一個交代。」

「而白曉琴的案件，幾乎是它的翻版。但是這麼做只能確定一個案子，後面的民福國中保全被害案，死亡方式是電擊心臟。老保全沒有戴耳機聽音樂的習慣，所以沒有辦法採用音樂催眠的方式，改為引誘受害者上前，突然採用電擊來讓對方來不及反抗，這也就是說，行凶者必定也是形體較弱，不得不採用電流量非常大的一種凶器來使得對方沒有機會反抗。」看著卷宗上的死者相片，章桐的目光變得深邃而若有所思。遲疑片刻後，她果斷地站起身，「走，小顧，我們去對面的漁具店問問。這麼大的電流量，使用者必定也會受到一定的傷害。」

「主任，這查案不是我們的職責吧，要不要告訴童隊？」顧瑜提醒這個愛冒險的女法醫章桐。章桐沉思了一下，說：「我們不是去查案，我們去解惑。如果真和我們推測的吻合，再讓童隊去查。」

＊　＊　＊

結束在病房中和張一凡的簡短談話後，童小川和偵查員海子便一前一後地走出醫院大樓，海子感到有些困惑不解：「童隊，你為什麼會對李智明案這麼感興趣，不是都已經結案了嗎？」

童小川皺眉，冷冷地說道：「結案是沒錯，可還不是那首該死的『曲子』搞出來的。」就在這時，手機提示音響了起來，他看了一眼後，立刻吩咐道：「馬上回局裡，汪涵出現了，現在就在我們辦公室。」

海子一邊猛打方向盤，同時打開警報燈，一邊大聲問道：「那李醫生呢？」

「現在他們兩人正在一起呢。」童小川陰沉著臉，嘀咕道。

車窗外的馬路上，行駛的車輛在警笛聲中紛紛閃向兩邊亮出中間的過道，警車呼嘯而過。

第十章　凶器

遠處，烏雲翻滾，一場暴風雨即將來襲。

✦ 3

市警局二樓的刑警二隊辦公室裡，李曉偉身披一條警用制式毛毯，把自己渾身上下都裹得緊緊的，卻還是止不住發抖，畢竟自己剛從醫院裡出來，身體狀況還沒有完全恢復。而一旁在角落裡蹲著的汪涵則面如死灰且一聲不吭。猶如行屍走肉一般，渾身上下同樣溼透，卻拒絕一旁的偵查員給他遞過去的毛毯和熱水。

童小川和海子匆匆推門而入，李曉偉立刻站起身來：「童隊，你可回來了。」

童小川被兩人的慘樣嚇了一跳：「你們……到底出什麼事了？」

李曉偉趕緊示意童小川來到屋外走廊，這才無奈地說道：「童隊，我本來找到了有關本案的線索，電話中說不清，我就趕來局裡，在半路上又接到汪涵，也就是沈秋月丈夫的電話，他在電話中跟我說他不想活了，正站在上橋邊想跳湖自殺，之所以給我打電話，就是在臨死前想和我聊聊。我當時來不及通知你們，手機電池也不夠了，就想著趕緊回去再說，能救一個是一個。本來一切似乎都很順利，經過我的努力勸說，汪涵似乎暫時打消了想要跳湖自盡的念頭，可是，就在我去拉他的時候，誰想到他竟然把我一起順勢帶進了湖裡，不過還好，我的命大，」李曉偉嘿嘿笑著，「被在湖邊釣魚的老伯給救了，當然最終經過大家的努力，也把他給拉了上來。不管怎麼說，他是絕對不能死的。」

一聽這話，童小川不由得嚇了一跳：「我的李大醫生，你膽子怎麼這麼大，明知道是個陷阱，居然還敢一個人去！」

李曉偉臉上卻一點笑容都沒有，他無聲地搖搖頭：「不，他沒有被催眠。」

「這……你是從何得出的結論？」童小川更是不解了。

「這是一個被愛而傷透了心的男人。」看著單向玻璃另一頭的汪涵的背影，李曉偉的目光中充滿著無奈與同情，「所謂的催眠，其實就是以被催眠者的意志服從於催眠者的意志開始的，沒有這種服從，就行不通。現在的汪涵就是這樣。」

「我們正準備找他談談他妻子沈秋月的事，你覺得他發現了事情真相？」童小川問道。

「是的，不然的話，他不會這麼傷心。」李曉偉忍不住長長地一聲嘆息，「他和沈秋月的感情很深，所以現在的打擊幾乎是致命的。童隊，等下你對他進行問訊的時候，能否允許我旁聽？」

「當然可以。」說著，童小川又上下打量了一番他，嘀咕道，「我更衣室裡有幾件便裝，你應該穿得上，走，我帶你換衣服去。你這副樣子可是撐不了多久的。」

章桐和顧瑜前後腳剛走進警局對面的漁具店，身後便是一場瓢潑大雨。店老闆是個年過五旬的中年男人，正在悠閒地聽著手機中的有聲小說，一見店裡來了客人，趕緊從躺椅上坐了起來，笑臉相迎：「兩位，要買什麼？我們小店都有。」

章桐想了想，問道：「真的什麼都有？」

店老闆趕緊點頭：「那是自然，要是沒有現貨，我可以提供預訂服務，

第十章　凶器

一定保證品質。」

「好，我要這個，你有沒有？」章桐從口袋裡摸出一張紙，上面簡易畫了一下銀針的形狀，下面標註了相關電壓，「射程距離在兩公尺左右」。

一看到紙上所標註的大致電壓和電流，店老闆頓時臉色一變，結結巴巴地說道：「我可警告你們，女孩子家年紀輕輕的別做這種缺德事，我對面可是警局，趕緊走趕緊走，再吵我就報警了！」

「我們就是警察。」顧瑜神情嚴肅地掏出工作證亮了一下，章桐沒吭聲，只是雙眼緊緊地盯著店老闆，見他更是慌張了，便冷冷地說道：「老闆，這個東西你知道，對不對？」

店老闆趕緊擺手，想了想，又點點頭，無奈地癱坐在了躺椅上：「這是改裝過後的電魚竿，三百伏特電壓五十毫安，前面的探針可以發射到三公尺的距離，專業的人才能弄。是不是哪個傢伙偷著電魚被電死了？這可與我無關啊。」

章桐皺眉：「我們不是漁業部門的，就是想知道這東西在哪裡有得賣？」

一聽這話，店老闆的臉上才顯得稍微輕鬆了點，他長長地出了口氣，道：「嚇死我了。這個電魚竿因為功率實在太大，我們都不賣的，怕出事，所以一般都是出租。我這小店可沒有，這點妳可千萬別懷疑，你們想啊，這對面就是警局，妳就是借我三個膽子，我都不敢折騰這破玩意兒，出了事可是要傾家蕩產的！」

章桐擺了擺手：「別說這麼多廢話，我只想知道，這東西哪裡有出租？」

店老闆猶豫不決地看了看章桐，見絲毫沒有鬆動的餘地，便沮喪地哀求道：「我跟妳們說了，妳們可不能說是我說的啊，不然我這小店就開不下去了。」

章桐輕輕一笑，伸手朝後指指：「不是你說的嗎，這在警局對面開店做生意的，還有什麼可怕的。」

　　店老闆尷尬地嘿嘿笑了起來，接著，便在一張便條紙上寫了一行字：「這是那家店的地址和店名，下面是老闆的名字和手機。他是我們市裡唯一會弄這個玩意兒的人，就連我們這幫同行，也不得不向他請教呢。他那邊應該有出租紀錄本。」

　　「多謝老闆。」兩人便匆匆跑出了漁具店，向對面警局大院跑去了。

　　看著她們的背影，店老闆不由得長長地出了口氣，搖頭嘀咕道：「還真是警局的哪！」

＊　＊　＊

　　回到辦公室，章桐便把地址和店名通知了童小川。結束通話電話後，顧瑜不禁好奇地問：「主任，妳為什麼會想到這是漁具？」

　　章桐聳了聳肩：「我剛開始的時候以為是射釘槍，但是後來想到射釘槍不可能會電擊心臟，而且電流和電壓沒辦法弄得那麼大，我是聽說過有電魚竿這種東西，改裝後，為了能增強在水中的電流和電壓，增加電魚量，那些非法捕撈的人就會不斷地減少電魚針的體積。我只是沒想到凶手竟然會採用這種手法。」

　　「據說那個老保全曾經當過兵，身體還是很不錯的，真是沒想到會遭此厄運。」顧瑜不禁嘆了口氣。

　　「如果童隊他們能證實這個租借漁具的人就是沈秋月的話，那老保全這起案子，她就跑不了了。」章桐說道。接著，她便在顧瑜剛做完的浮屍案屍檢報告上籤了字，「記得把這個送去給他們。」

第十章　凶器

顧瑜點點頭：「沒問題。」

「我去隔壁再仔細查一下楊倩的屍體，希望能在上面找到沈秋月直接的涉案證據，光靠監控影片的話，還不能形成直接的證據。」說著，章桐便站起身，走出了辦公室。

✦ 4

因為在冷凍室裡待的時間太久了，所以楊倩的屍體被拉出來的時候，皮膚已經出現了明顯的紫紅色斑塊。死亡原因已經是確定了，但是章桐卻總覺得楊倩作為一個混跡在娛樂場所的年輕女人，必定是不會心甘情願接受死亡的。用鈍器打擊頭部，如果施暴者是一個男人，那一擊致命的可能性會非常大，反之，自己就應該在屍體上找到相應的反抗傷。章桐一邊思索著，一邊上下打量著屍體的表面：「看來，我非得賭一把不可了。」

她果斷地抓過手套戴上，繫好手術服，然後用力拉開了蓋在楊倩屍體上的白布，輕聲自言自語道：「好吧，假設現在我是受害者，我的頭部右側受到了嚴重的打擊，但是還不至於失去知覺，我出於本能就會反抗，去攻擊對我施暴的人，但是我手上沒有任何防衛工具，而我作為一個女人……」突然，她心中一動，目光落在了那張已經模糊變形的臉上，她知道這樣的傷是死後才造成的，從受創面來看，打擊至少在五次以上，明顯已經是過度傷害，如果只是單純地想毀掉對方容貌的話，完全沒必要這麼做，而死者全身上下又沒有別的明顯抵抗傷，除非……章桐強忍著內心深處的激動，她知道楊倩的屍體經過了遺容整理，指甲和身體本身都被仔細清理過，所以沒有什麼尋找價值，但是正因為她的臉被人損毀嚴重，所

以，清理的時候是必定會繞開她的臉的。而按照女性的習慣，反抗時會用到牙齒。章桐希望自己能在這血肉模糊的嘴裡找到一些寶貴的線索。

　　果不其然，最終在死者的咽喉部位接近食道的地方，章桐顫抖著手，屏住呼吸，小心翼翼地用鑷子從裡面夾出了一小塊約一點五公分長、一公分寬的近乎完整的小肉塊，這絕對不屬於死者。看著托盤裡明顯是人耳垂的一部分肌肉組織，章桐一時之間竟然感覺到自己的視線有些模糊了，她喃喃地說道：「好女孩，做得好！我就知道妳會反抗的！」

　　她摘下手套和口罩，長長地出了口氣，眼淚終於在此刻順著臉頰滾落了下來。楊倩雖然面容盡毀，但是雙耳耳垂卻完好無損。顯然，這個倔強的女孩用自己的方式拚盡全力為破案留下了寶貴的證據。

　　就在這時，手機鈴聲響了起來。電話是骨髓幹細胞捐贈中心打來的，接完電話後，章桐臉色突變，神情愕然。

　　放下電話後，偵查員海子皺眉看著童小川：「童隊，根據章主任剛才的線索提示，派出所帶著沈秋月的戶籍登記相片馬上去了漁具店進行實地考核，店主證實說確實是沈秋月向他們租借電魚竿的。剛開始的時候，店主就很奇怪竟然會有女人前去租借功率這麼大的電魚竿，因為是非法的，所以一開始他還並不想做這筆生意，但是因為對方給付的費用非常可觀，也就顧不得懷疑來者的真實目的了，畢竟這年頭花錢買刺激的人還是挺多的。」

　　童小川聽了這話，不禁從鼻子裡冷冷地哼了一聲：「這些人都什麼邏輯，真是的！好了，那保全的案子沒問題了，你把卷宗整理一下，順便通知派出所，盡快給我把這家坑人的店給封了。」說著，他透過單向玻璃認真地看著審訊室中坐著發呆的汪涵，略微遲疑了一會兒後，便轉頭對李曉

第十章　凶器

偉點點頭,「我們進去吧,李醫生。看來他妻子的事,也只有他才能給我們答案了。」

五樓,副局長辦公室,陳豪正在埋頭閱讀報告,耳畔突然傳來走廊裡由遠至近匆匆的腳步聲。最終,腳步聲在辦公室門口停了下來。

「陳局。」章桐打了聲招呼。

「進來吧!」陳豪放下手中的筆,臉上的笑容突然凝固住了,因為他注意到章桐神情有些異樣,又看到了她手中的一封傳真報告,心知必定是出了什麼大事,便伸手指了指自己面前的椅子,「坐吧。」

章桐幾步上前,卻並沒有坐下,相反,只是把手中的傳真報告輕輕放在辦公桌上:「我剛收到的,來自骨髓幹細胞捐贈中心。你注意看下上面的捐贈人和受捐贈人的名字,還有,就是受捐贈人的術後病史。陳局,恐怕,我們真的要對某人說聲『對不起』了。」

說到這裡,章桐的臉上流露出凝重而又無奈的神情。

第十一章　面具

「我擔心沈秋月這麼下去，或許會患上精神分裂，我今天已經看到了這樣的徵兆。」李曉偉喃喃地說道，「因為一個人臉上的面具戴久了的話，總有一天，這張面具就再也摘不下來了。」

✦ 1

李曉偉本以為當年那起殺妻慘案中的凶手李智明才是典型的依賴型人格障礙，卻萬萬都沒有想到在自己所面對的沈秋月丈夫汪涵的身上，這種程度會更加嚴重。如果說李智明的妻子在她丈夫的生命中意味著是自己母親情感的延續和依靠的話，那沈秋月對於汪涵來說，則更明顯是汪涵能夠在這個世界上生存下去的勇氣所在。

但是顯然，李曉偉已經無法在眼前這個男人的目光中看到活著的執著與渴望了，取而代之的是無盡的絕望。而李曉偉唯一能夠確定的就是沈秋月在這個時候肯定還沒有死。

門外走廊上，隔著玻璃窗，汪涵的心理醫生顧大偉顯得很無奈，他低聲對章桐說道：「我已經盡力了，本以為汪先生能夠儘早解脫，卻沒有想到他還是陷進去了，這對他來說太不公平了。」

「或許是因為他太愛自己的妻子了吧，有時候為愛情所付出的代價是

第十一章　面具

常人所無法理解的。不過你放心吧，李醫生能讓這傢伙開口的，因為對他這個『神棍』來說，這種場面可是小菜一碟。」說著，章桐便把那份來自骨髓捐獻中心的傳真件交給一旁站著的海子，「我就不等他們了，辦公室裡還有事情要交接，麻煩你把這個交給李醫生。」

海子點點頭，隨即推門走了進去。

「汪先生，你很愛你妻子沈秋月，對嗎？」李曉偉耐心地說道。

汪涵看了他一眼，無聲地點點頭。此刻，對於自己熟悉的心理醫生，汪涵的心中已經少了幾許戒備。

「我雖然沒有對你做過治療，但是每次你送你妻子來看病的時候，我看得出來，你對她感情很深。可是，汪先生，你是什麼時候發現你妻子沒有死的？」

話鋒突轉，汪涵的目光一陣緊縮，幾欲開口，卻似乎找不到合適的字眼，最終還是閉上了嘴，目光也不自覺地轉向了窗臺的方向。

李曉偉其實根本就不需要汪涵回答，每提出一個問題，他的雙眼都緊緊地盯著對方的臉，捕捉著汪涵不自覺流露出的每一個微表情。「我想，應該是你去車禍現場認領你妻子遺體的時候吧，對嗎？」

汪涵輕輕咬了咬嘴唇，目光收回了，一度曾經盯著地面，卻始終都不發一言。

李曉偉笑了，饒有趣味地看著對方，道：「汪先生，你不需要再用言語回答我，我就已經知道答案了。」

這話倒是出乎意料，汪涵一愣，目光中閃過一絲慌亂，脫口而出道：「你胡說什麼呢！我可是什麼都沒有告訴你。」

李曉偉輕輕地嘆了口氣：「汪先生，你可別忘了我是做什麼的。人體

微表情的解讀是我們心理醫生的入門第一課。」

「微表情？」說著，汪涵不自覺地挺直了後背。

李曉偉點點頭，他把椅子朝前拉了拉，縮短了和汪涵的距離，然後直視著對方的雙眼，認真地說道：「微表情，想必你一定有所耳聞，這個是心理學上的名詞，我們平常在生活中透過做一些表情和動作來把自己的內心感受表達給對方看，而在我們所做出的不同表情之中，或者是某個特定的表情裡，臉部就會無形之中洩露出其他的訊息，雖然說解讀『微表情』的時間並不長，有時候甚至於誇張到只有二十五分之一秒，但是這種結合四肢和身體的微小動作，由下意識而產生的『微表情』被解讀出來的整個過程，是非常讓人有成就感的，就像你剛才那樣。所以說，我已經知道了答案。」

李曉偉知道自己現在已經完美地進入了汪涵的心理自我保護區，而他仍然在躲閃著自己的目光，不敢直視，這就意味著汪涵的心理防線已經被完全攻破了，便滿意地點點頭，同時用目光示意童小川再等等。

「好，汪先生，你既然不肯說，那我就來幫你，你看我解讀得對不對。」李曉偉微微一笑，接著道，「你對你妻子沈秋月的所作所為起初在主觀上是並不知情的，雖然在無意中看到過一些讓你感到不解的行為，但是你還是會立刻自己替沈秋月尋找答案，因為在你的心中，她的地位非常重要，也因為你深深地愛著她，所以無論她做出什麼行為，只要對你的愛依然不變，你就會願意為她做任何事。直到你被通知去交通事故現場辨認遺體的時候，你一眼就認出了那並不是你的妻子沈秋月，那時候你才知道其實你妻子根本就不愛你。」

話音未落，汪涵的情緒突然扭轉，就像一頭發了瘋的獅子一般猛地撲

第十一章　面具

向李曉偉，怒吼道：「你胡說！你胡說！不許你羞辱秋月！她是愛我的，她一直都是愛我的……」

李曉偉似乎早就知道汪涵會向自己撲過來，他順勢向後一倒，同時，一旁的童小川則騰身躍過辦公椅向前撲去，迅速地反手扭住了汪涵的雙手手臂，把他死死地又重新按在了椅子上。這一回，他可沒再聽李曉偉的，直接就把約束板扣上了：「我說李大醫生，你這麼問人可是要出事的，明白嗎？」

李曉偉輕輕地鬆了口氣，聳聳肩，說道：「我不這麼做的話，他自我的情緒又怎麼可能流露出來。好了，接下來就交給你們了，畢竟這不是我的專業。」

他剛要把椅子挪到門口的旁聽位置上去，身後卻傳來了汪涵沙啞的嗓音：「等等，李醫生……」

李曉偉心中一怔，轉身問道：「汪先生，你想跟我說什麼？」

「你，你是怎麼知道我早就認出來那屍體並不是秋月的？」汪涵猛地抬頭看著李曉偉，「難道說是你猜的？我知道你很聰明，因為秋月總是提到你，說你是她最佩服的人之一。」

聽了這話，李曉偉臉上的笑容漸漸消失了，臉上的神情也變得凝重了起來：「果真有兩個人，對不對？有人在幫沈秋月作案，對不對？」

汪涵卻一字一頓地說道：「你先回答我，我再告訴你。」

「好，我就來回答你這個問題，然後剩下輪到你說的時候，你就面對警察說吧，因為那已經不是我的職責範圍了。」接著，李曉偉緊緊地盯著汪涵的臉，口氣冰冷，「你其實早就已經知道沈秋月並不愛你，你也知道她親手殺了除白曉琴以外的四個人，你更知道她心目中真正愛的人到底是

誰，但是你一直都不願意去面對，或者說是害怕去面對冰冷的現實。因為你是典型的依賴型人格障礙，沈秋月對你來說，不只是一個愛人、一個妻子，更主要的，是你所有的精神支柱，尤其是她對你的愛，因為從小，你的生活中就缺乏關愛，你的父親或者你的母親，在他們眼中，你就是個透明人。簡言之，你對別人來說，是個可有可無的普通人，直到遇到了沈秋月，她是個強勢的女人，她能主宰你的生活、你的情感甚至你的一切，你都聽她的，包括選擇房子的地段，甚至於還包括你今天該穿什麼顏色的衣服。其實在你們的生活中，你完全都沒有自由，但是你習慣了，甚至已經無法離開沈秋月對你的支配，你每次內心深處感覺到不滿的時候，腦海中另一種聲音就會告訴你──她愛你，她在乎你，她能讓你感覺不孤獨。而這，是你對她百依百順的前提條件。直到你面對她所謂的屍體的時候，你才知道，自己被拋棄了。沈秋月最終還是沒有選擇你，她走了，或者說她厭倦了你的奴顏婢膝，毫無尊嚴的一味服從。她畢竟還是個女人，而作為女人，都是渴望被溫柔地疼愛和照顧的，你給她的感覺，卻像是自己所養的一條狗，所以，她最終還是拋棄了你。」

　　無聲的眼淚一滴一滴地滾落，被說中心事的汪涵終於忍不住痛哭失聲。

　　「我第一次到你家去的時候，家裡亂七八糟的，唯獨那張你和你妻子共枕過的床鋪，異常乾淨整潔。那時候，我只是簡單地認為你是過於思念亡妻，不敢再去面對留有妻子記憶的床鋪，所以你選擇了睡在沙發上。如今想來，我忽視了你的真實想法。其實，你之所以那麼做，並不是因為過於思念而不敢觸碰，真實的原因是你感覺自己被所愛的人給拋棄了，所以你根本就不願意去面對。你甚至都婉拒了我去參加你妻子的告別儀式，似乎生怕我會看出你悲傷的真正原因。」說到這裡，李曉偉不由得一陣冷笑，「第二次去你家的時候，我看到了茶几上那張你幾乎視若珍寶的相

第十一章　面具

片，因為這是唯一一張離你所睡的沙發最近的相片，你跟我說那是你們最近拍的，沒錯，確實是最近拍的，日期也很特殊，是李智明在監獄中自殺的第二天。我想那時候你應該已經知道了這個消息，你妻子也知道了。所以，相片中的你們，一個是真的高興，而另一個卻難以掩飾心中的悲慟。你回去後，可以再好好看看那張相片，你會發覺你妻子沈秋月的身體是僵硬的，她並沒有像一般恩愛夫妻拍照一樣靠向你，相反，她是在刻意躲避你，臉上的表情也是極度勉強的。你之所以保留那張並不完美的相片，是因為那是唯一一張你們除了結婚照以外的在一起的合照，也是你所認為的你們相愛的證據，只是很可惜，相片中女人的微表情顯露無遺──她已經不愛你了，並且她在決定買房子之前就已經不愛你了。」

「至於說後來你為什麼要給我打電話說你想自殺，原因也很簡單，因為你注意到了我在你家看那張相片時的異樣，而我臨走時的匆忙也告訴了你，我是準備去警局的。所以，在一番猶豫過後，你打了電話給我。目的其實很單純，你想拉我做你的陪葬，因為你認為只要我閉嘴了，你那還活著的妻子沈秋月就能平平安安地在這個世界上繼續生活下去，你說對不對？而你的死，是對你妻子最後的忠誠，只是很可惜，她並不在乎你！」

李曉偉話語中的每一個字猶如錐子一般深深地紮在了汪涵的心中，他無助地癱軟在了椅子上，淚流滿面，嘴裡喃喃說道：「對不起，對不起……」

「沒事，我命大，死不了，我可以不追究你的責任，因為你已經夠倒楣的了，我只是希望你能配合警方辦案，把自己知道的全都說出來。然後呢，好好地生活下去，畢竟人的一輩子是非常短暫的，也應該做一些有意義的事，你說對不對？」說著，李曉偉伸了個懶腰，對童小川點了點頭，便在門邊的椅子上坐下，順手翻開了海子遞給自己的報告。

可是才看了兩眼，李曉偉的臉色頓時陰沉了下來，他難以置信地看著汪涵，急切地追問道：「等等，你妻子沈秋月做過骨髓移植手術，對不對？」

汪涵點點頭：「是的，不過那是好幾年前的事了。」

「手術後，你妻子的聽力有時候不太好，對不對？」李曉偉感覺到自己的聲音在微微發顫。

「你怎麼會知道這個情況的？」汪涵吃驚地看著他，「當時因為不知道秋月對麻藥過敏，所以才會……不過，這個後來就治好了，打那以後她就沒什麼大問題了啊，我跟她說話她都是聽得到的。」

李曉偉沒有說話，只是朝著童小川點點頭：「童隊，接下來交給你們了。」便離開了審訊室。

童小川看著汪涵，直截了當地問道：「沈秋月現在在哪裡？」

汪涵搖搖頭：「我不知道。」稍後，他抬頭衝著童小川和海子咧嘴一笑，「我只需要知道她還活著就足夠了。」

童小川不解：「知道這些後，你還愛著她嗎？」

汪涵的目光變得冰冷：「我愛她，但是我也恨她。」

＊　＊　＊

時間已經過了晚上六點，章桐辦公室的門關著，走廊裡空無一人，顯然她已經下班了。李曉偉有些急了，他一邊朝外走，一邊掏出手機撥打章桐的電話，可是沒有人接聽，響過幾聲後就直接轉入了語音信箱。

「妳在哪裡，快回電，我擔心妳的安全！」留完言後，正好來到一樓的辦案大廳門口，大樓外雨勢傾盆，很多人正擠在街道兩旁的屋簷下避

第十一章　面具

雨，這種天氣即使有傘，也會被淋個溼透。

李曉偉的目光焦急地在人群中搜尋著，希望能看見章桐的影子。

緊接著便冒雨奔出大院，全然不顧周圍的人投來異樣的目光，他知道章桐必定會前去乘坐公車，便直接向站臺方向跑去，跑到一半的時候，他便呆住了，站臺前圍著一堆人，看情形似乎是出了什麼事。李曉偉的心頓時懸到了嗓子眼，便瘋了一般衝了過去，一邊叫著章桐的名字，一邊用力扒開人群和雨傘。終於，人群散開了，他看到了她，章桐並沒有出事，她正跪在地上，用一件警用雨衣遮住面前地上躺著的年輕男子，而對方此刻正面露痛苦之色，雙眼緊閉，嘴角流著鮮血。

「快來幫忙，他剛才被一輛車撞了。」章桐焦急地說道，「我已經打電話通知救護車了，看情形，他被撞傷了肋骨。你幫忙固定住他的上半身，不要讓他挪動身體。救護車很快就會到的。」

李曉偉這才想起剛才自己一路上跑過來的時候，確實看到一輛停在路邊的公車，司機靠在椅背上，滿臉的沮喪。

本來站在一旁為章桐撐著把小花傘的滿頭白髮的老太太見終於來了幫手，這才長長地出了口氣，連聲抱怨道：「這年頭，開車的也真不要命呢。剛才太嚇人了。我們跌下去三個人，要不是這妹子呀，那男孩子就會被前面那公車給活活軋死了呢！」

一聽這話，李曉偉不由得渾身哆嗦了一下，果不其然，章桐的目光凝重，沉聲說道：「不，我站在最前面，如果不是他及早發現而拚命拉了我一把的話，可能躺在地上的，就是我了。」

「你的意思是……」李曉偉憂心忡忡地問道。

章桐點點頭，緊鎖雙眉：「就在公車進站的時候，有人在我背上狠狠

推了一把,他拉住了我,卻因為慣性而自己摔了出去,希望他沒事。」

「果真對妳下手了!」李曉偉喃喃道。

「不好,還有兩具屍體在我辦公室旁的冷凍庫裡,我得趕緊回去。」章桐急匆匆地說道,她把雨衣交給了另一邊站著的兩位身穿校服的國中生。

「等等……」李曉偉急了,可是救護車沒到,自己根本就沒有辦法離開,「妳等等我,等下救護車來了,交接完後,我和妳一起去。」

「來不及了,我知道她想要的是什麼。別擔心我,在警局裡,我想她不敢對我亂來的,你去通知童隊他們立刻趕往局裡。」說著,章桐便頭也不回地穿過人群走了出去。

這一刻,李曉偉只覺得自己心急如焚。

✦ 2

傍晚六點過後的警局大樓裡顯得格外安靜。

沈秋月不知道從什麼時候開始起,竟然會痴迷於在現實中扮演另外一個與自己毫不相干的角色。雖然起初的時候,她覺得這麼做會有些彆扭,因為那畢竟不是自己,但是久而久之,她已經分不清了,自己臉上所戴著的面具中,究竟哪一張才是真正的屬於自己的。

是的,面具戴久了,就會再也摘不下了。回首以往,那個真實的沈秋月,或許從來都沒有存在過。

沈秋月緩緩走過大廳,直接向走廊深處走去,她知道那裡有一個樓梯轉角,下樓梯後左轉,跟著來蘇水的味道再向前走二十公尺,頂頭最後一

第十一章　面具

個大房間，那是玻璃門，磨砂質地，摸上去會很舒服，然後推開，走進房間，會看到水池，四個不鏽鋼解剖臺。這些都不重要，接著穿過隔門，來到一個感覺非常寒冷的房間裡，牆上鑲嵌著六個不鏽鋼推拉隔層，地板是白色的瓷磚，就連牆面也是白色的，白得耀眼，那裡，就是自己此行最後的目的地。

雖然在這之前，自己從未來過這裡，但是整棟大樓的建築圖卻已經深深地刻在了腦海中，她的記憶力非常好，只是看圖紙，她就非常熟悉這棟建築裡的每一個樓層、每一個轉角，甚至於每一個房間。

大樓太老了，似乎還是幾十年前的建築吧。

沈秋月知道沒有人會阻攔自己，因為不會有人去攔一個拎著手提小型醫用保溫桶的年輕女警察。

她絕對不會否認，真的有那麼一刻，她還是挺喜歡身上的這一套模擬度極高的警服的。其實呢，能當個警察的感覺也還是挺不錯的，哪怕只有短短的幾分鐘時間。

安靜的樓梯迴響著自己清脆的腳步聲，自從耳朵出事後，沈秋月就特別喜歡聽自己周圍所發出的任何聲響，頭頂的聲控走廊燈隨著腳步聲的靠近而一盞盞亮起，又逐個熄滅，一切都是那麼順利。

穿過磨砂門，房間裡一片漆黑，她順手按下了牆上的開關。圖紙真是標得太詳細了，竟然連開關的位置都是那麼準確無誤。沈秋月開始相信那個人是真的打算幫自己了。

他怎麼說的來著──「妳會相信我的，因為我從不騙人！」

這年頭，不騙人的，應該是沒有了吧。想到這裡，沈秋月的嘴角劃過一絲笑容。

從磨砂門到隔門之間只需要短短七步路的距離，她沒有停下腳步，直接就走向了隔門，隔門從來都不會上鎖，因為這個世界上沒有人會來偷一具屍體。不，確切點說，是從屍體上拿走一點東西。

　　不知道是誰跟自己提到過殺第一個人是最難的，因為畢竟殺的是人，而自己也是人，同類之間的殺戮總是比較棘手的，尤其是對於一個女人來說，似乎就是沒有勇氣或者力氣。但是沈秋月卻一點都不費事，只是殺完那個女店員後，她吐了，吐得昏天黑地的，如果不是那個人在電話中提醒自己要用蘇水擦洗乾淨的話，猜想早就露馬腳了，而後來那個警察也就不會那麼輕易上當了。

　　說到底，人和人之間還是有很大差距的。

　　只是她始終都無法克服自己耳朵的缺陷，產生了很多意料之外的事情，她變得有些滑稽，笨手笨腳，有時候甚至還會失去平衡。為此，她感到困惑和憤怒，不得不依賴於那個讓她私底下感到有些毛骨悚然的聲音。而正因為自己的愚蠢，所以她才沒有來得及鉸斷目標的肋骨。要知道，為了能準確無誤地取下對方的左胸第四節肋骨，她不斷地嘗試不斷地努力，最後熟練到只要丈夫躺在身邊，一伸手，她就能夠在對方的胸口摸到那根尖尖的凸起。

　　她從來都不是一個會輕易認輸的女人。

　　終於，再次伸手按下牆上開關的那一刻，沈秋月呆住了，這還是她第一次如此近距離地看到存放屍體的冷凍庫，對面的白色瓷磚鋪就的整面牆上整齊地排列著方方正正的六扇不鏽鋼小門。在這個安靜得幾乎都能聽到自己呼吸聲的房間裡，她絲毫感覺不到寒冷和畏懼，相反，興奮充斥著沈秋月身上的每一個毛孔。她丟下保溫桶，屏住呼吸上前，伸手向最靠近自

第十一章　面具

己的那個不鏽鋼門把手抓去。

「住手！」

宛若炸雷一般，章桐冰冷的聲音在整個房間裡迴盪著，因為四周都是瓷磚，回聲震得她已經弱不禁風的耳膜感到格外生疼。沈秋月皺眉，她緩緩轉身面對章桐，臉上的表情充滿了憤怒：「關妳什麼事！」

「當然是我的事，不許妳碰他們，給我滾出去！」章桐冷冷地說道。

「他們都已經死了，現在裡面裝著的只不過是一具冰冷的屍體而已，是一堆凍肉，沒有感覺，沒有思維，不再會感覺到冷暖的凍肉而已，他們的結局就只能是一把火被燒得乾乾淨淨，妳稀罕什麼呢。」沈秋月傲慢地說道。

「錯，他們雖然死了，但是也是人，死人也有尊嚴，我是法醫，我絕對不會允許妳再做出任何侮辱他們的事。」章桐幾步來到牆邊，擋在沈秋月面前，然後果斷地伸手朝外一指，目光中滿是怒火和鄙視，「妳給我出去，聽到沒有！」

此時的沈秋月和章桐之間只有短短的不到兩公尺的距離，一時之間房間裡的空氣似乎都已經牢牢地凝固住了。被雨打溼的衣服裹在身上，章桐被房間裡近乎零度的室溫給凍得渾身發抖，但是她卻始終堅定地站立在牆邊，絲毫都沒有退縮的打算。

「我不許妳碰他們！」從沈秋月逐漸變得陰沉的目光中，章桐已經明顯感覺到了威脅的臨近，但是她知道自己背後就是牆，已經毫無退路，即使自己讓開，不只是良心上會受到譴責，對方得到自己想要的東西後，也絕對不會放過自己。想到這裡，章桐深吸一口氣，嚴肅地看著沈秋月，朗聲說道：「我再跟妳說一遍，只有自首才是妳現在唯一的出路。因為妳，

已經死了七個人，妳不能再錯下去了。」

「七個？」聽了這話，沈秋月顯得有些意外，她果斷地搖頭，「妳胡說，我真正下手殺了的，連妳在內也只不過是五個人而已，妳的計算能力也未免太差了。」

可是話剛說完，這個瘋狂的女人突然意識到了什麼，她一臉驚愕地看著章桐，氣急敗壞地說道：「他殺了他妻子的事與我無關，我根本就沒有想到事情會發展到這個地步。再說了，我又怎麼會知道他是一個意志力如此不堪一擊的男人！」

聽了這話，章桐不由得心中一沉，這個女人瘋了，自己已經無法阻止她了。

就在這時，容不得章桐多想，沈秋月便猛地撲了上來，在她身體靠近章桐的剎那，一把不知何時捏在手中的水果刀已經果斷地由下至上深深地扎進了章桐的下腹部，刀尖捅破身體的疼痛感是逐漸加深的，最終會徹底吞沒自己所有的意志力。從感覺上判斷，刀尖所扎中的大概是自己的脾臟位置，而這樣一來，她的刀大約長度在七到九公分，只要在自己體內再多挪動哪怕一公分，自己很有可能就會當場因為脾臟被捅破而死。

章桐憤怒地緊盯著沈秋月的雙眼，而眼前這個可怕的女人的眼睛裡所能看到的，卻只有茫然。

就在這時，匆忙而又凌亂的腳步聲由遠至近，李曉偉氣喘吁吁地出現在了門口，眼前這一幕讓他驚得幾乎叫了出來，而章桐腳下的白色瓷磚上那點點殷紅的血跡也表明了事態的嚴重性。李曉偉緊咬住嘴唇，逼迫自己不發出聲音，他拚命地指著自己的耳朵向章桐示意，終於，兩人的目光接觸，章桐恍然大悟，因為此刻她的右手還是能動的，便忍住下腹部的劇

第十一章　面具

痛，用盡全身的力氣狠狠地一拳砸向沈秋月的耳朵。

是的，一個被安裝了人工耳蝸的人最害怕的就是別人對準自己耳朵的致命一擊。

瞬間，整個世界在拚命旋轉搖晃的同時，聲音徹底消失了，眼前的一切都變得矇矇矓矓，最終在倒地的剎那，沈秋月眼前一黑，失去了知覺。

章桐看著李曉偉向自己跑來的身影，她的臉上露出了疲憊的笑容，她不知道自己為什麼感覺不到腹部的疼痛了，身體也變得輕飄飄的。她無力地靠在冰冷的不鏽鋼牆面上，緩緩滑了下去，最終無力地癱倒在了李曉偉的懷裡。

「我就說過你不用擔心我的⋯⋯」章桐虛弱地說道，「這裡畢竟是警局，她膽子沒這麼大⋯⋯」可是看著地上一動不動的沈秋月，她微微皺眉，輕聲說道，「不對，你快去看看，我沒有把她打死吧？」

「不會的，不會的，妳只是用力過猛把她打暈了而已，妳沒有那麼厲害的⋯⋯」李曉偉抹了一把眼角的淚水，苦笑道。

這時候，走廊裡的腳步聲已經越來越近。李曉偉一邊扶著匕首的柄，不讓它移動，一邊在昏昏欲睡的章桐耳邊大聲說道：「不要睡著，妳一定要挺住，童隊他們來了，馬上就送妳去醫院，妳會沒事的，我不許妳睡著，聽到沒有⋯⋯」

「好的⋯⋯我的右手⋯⋯好痛⋯⋯」章桐咕噥著，聲音越來越低。

✦ 3

「執念」這個詞，對於心理醫生李曉偉來說，既熟悉卻又很陌生。熟悉的是自己每一次面對很多有執念的病人的時候，聽著從他們嘴裡所講出的一直心心念唸的人或者事，作為一個一小時內例行公事的傾聽者，他能夠做到的就是對自己思想上的收放自如，提醒自己只不過是一個旁觀者。他所要做的，就是適時地引導病人自己放棄執念，重新回歸到正常的生活中去，因為人的一生，活著才是最重要的。而之所以說「陌生」，那是因為李曉偉還從未面對過一個已經完全無法走出自己執念的人，這個人就是沈秋月。

審訊室外的走廊裡，童小川習慣性地伸手從警服口袋中摸出了被揉成一團的菸盒，裡面還剩下兩支菸，他想了想，又透過單向玻璃朝房間裡掃了一眼，最終還是長嘆一聲，打消了抽菸的念頭，雖然自己已經等得有些不耐煩了。

剛出院回來工作沒多久的張一凡湊上前小聲嘀咕道：「童隊，這李醫生就這麼乾瞪著我們的嫌疑人，做什麼呢？」

「我又不是心理醫生，我怎麼知道他心裡在想什麼。」童小川低聲回答，「不過，這傢伙還是挺有本事的，那汪涵的嘴巴多硬，被他教訓了一頓，最終還是乖乖地開了口。難怪我們的章大法醫會叫他『神棍』。」說著，他不自覺地嘿嘿一笑。

「對了，章主任，她什麼時候回來上班？聽說她受傷了。」張一凡緊張地說道。

「沒多大事，被人用刀子捅了，沒傷到要害，不過咱章大主任雖然是

第十一章　面具

個女人，卻也挺硬骨頭的，縫合了傷口，就這麼包紮包紮，休息了半天就出院了。」童小川輕聲說道，目光中閃過一絲暖意，「我還挺佩服她的。」

就在這時，童小川口袋裡的手機響了起來，他不耐煩地拿出來瞥了一眼，便果斷地按斷了電話，重新又把它塞了回去。

張一凡驚訝地說道：「童隊，這已經是你今天第三次這麼做了，誰得罪你了，說來聽聽。」

「一個為了達到自己的目的而不擇手段利用他人的人，不用理她。」童小川冷冷地說道。他掐斷的是未婚妻吳嵐的電話，兩個人已經冷戰了整整三天了。

張一凡還是第一次見自己的上司這麼無禮，知道不好再問，畢竟是人家的私事，轉而把話題扯開了：「童隊，是李醫生主動提出要跟她談的嗎？」

童小川點點頭，神情凝重：「他比我們更了解這個女人，錄影機始終都開著呢，我答應給他十分鐘，十分鐘後我們進去。」

其實房間裡所說的每一句話，走廊裡都能聽得清清楚楚，喇叭開關就在童小川的手邊，只是這個時候，他還不想打開。遵守承諾是一方面，另一方面其實是童小川自己的緣故，他親眼看見李曉偉只是用簡單的幾句話就讓汪涵徹底崩潰，不知怎的，童小川開始有點不敢直視李曉偉的眼睛了，也有點害怕聽到他質問別人時的聲音。說到底，童小川還是怕他遲早有一天也會看穿自己的內心世界。

因為每個人都是有不願意和別人分享的祕密的，他也不例外。

可是就在這時，一隻手伸了過來，童小川很詫異，章桐不知何時已經來到了自己身後。她打開了那個開關，輕聲說了句：「我想聽聽。」

審訊室裡，李曉偉終於開口了，只是說話的聲音中帶著一絲苦澀：「沈秋月，我們已經很熟悉了，對不對？」

　　沈秋月默默地點頭，此刻她的身上已然換去了那件買來的仿製警服，取而代之的是印有「安看」字眼的醒目的橘黃色囚服。

　　「你是我的心理醫生，雖然期間隔了幾年，但是你卻是唯一一個願意認真傾聽我說話的男人，所以我很熟悉你，沒錯。」沈秋月與懦弱的汪涵截然不同，她是個強勢的女人，哪怕身穿囚服。

　　「但是我卻一點都不了解妳，所以我是一個失敗的心理醫生。」這發自內心的一番話，李曉偉與其說是講給沈秋月聽的，還不如說是在自言自語。「當初幫妳做心理干預的時候，我是真心同情妳，想盡力來開導妳，因為在我眼中，妳是一個無辜的受害者。卻怎麼也沒有想到，這一切的悲劇其實都是妳一手造成的。一屍兩命啊！妳難道就不內疚嗎？」

　　「沈秋月，妳的智商其實遠遠超過我，因為一開始的時候，妳就沒有病，在妳身上根本就不存在著什麼所謂的創傷後壓力症候群，一切的一切，從頭至尾，都是妳裝出來的，自始至終，妳都在按照自己精心設計的計畫一步步地走著。」李曉偉一邊說，一邊目光痛苦地看著沈秋月，「一方面，妳冷血而又無情，是一個很有心計的女人，有極強的占有慾，一切都以自我為中心；而另一方面，妳卻又是一個患有邊緣性人格障礙的人，堅信自己由於在童年時被剝奪了充分的關愛而感到空虛和憤怒。因此，當妳遇到在同一個公司工作的李智明的時候，或許只是一次不經意間的安慰，也或許只是一次小小的同事之間極為普通的幫助，妳對他的好感油然而生，接著，命運使然，妳被查出了白血病，當妳身邊所有的親人都因此而徹底拋棄妳的時候，他卻捐出了自己的骨髓造血幹細胞，從而救了妳的

第十一章　面具

命,並且經常在醫院裡照顧你。出院後,妳就認定了他是妳這輩子唯一的依靠,妳開始無休止地向他尋求關愛,因為在妳內心深處,妳害怕被再次拋棄,就像妳的童年時代,就像妳病重的時候,妳害怕孤獨,更害怕死亡。可惜的是,或許是李智明察覺到了妳性格上的可怕缺陷,也或許是他真的只是出於同事之間的關心罷了,他做出了這輩子讓妳無法原諒的決定——他拒絕了妳,並且為了躲開妳的糾纏,他甚至還離開了公司,另謀職位,並且閃電般地和自己相愛多年的大學女同學結婚了。妳無奈,也只能嫁給了暗戀自己多年的汪涵,一個普通至極的男人,儘管在妳心中,妳一點都不愛他,但是那時候的妳需要一個家,妳需要在別人面前扮演一個無所謂的妳,一個強勢的妳。妳好面子!李智明的所作所為成功地激起了妳內心深處無法抑制的憤怒,再加上因為手術時的失誤,妳對麻藥產生了不可逆的過敏事故,妳為之所付出的代價不只是精神上的,更是身體上的,妳徹底失聰了。妳把這一切都歸結於李智明離開了妳,妳恨他,但是在內心深處妳又無法忘了他。所以,妳說服了深愛著妳的那個男人,幾乎傾家蕩產在李智明家的樓下買下了那套房子。本來妳是打算買在他家隔壁的,但是因為房子朝向的問題,那家住戶並不願意交換樓層,是不是?妳之所以這麼做,不只是放不下對李智明的執念,更重要的是,妳想讓他對妳的出現放鬆警惕。妳是一個很會演戲的女人。很多人都被妳騙了,而汪涵,明明知道被妳騙了,卻還心甘情願為妳殺人。我想,妳這輩子應該對他也感到一絲後悔的,對不對?」

沈秋月輕輕地閉上了雙眼,手上的鐐銬發出了叮噹的響聲。

「沈秋月,從今天起我不再是妳的心理醫生,這也是我最後一次來為妳做分析。要知道,當年李智明案發時把妻子頭顱拋下樓去的舉動,這幾年來一直深深困擾著我,因為一個在別人眼中的正常人,是絕對不會突然

做出這麼可怕而又毫無人性的舉動來的，更不用提受害者是自己身懷六甲的愛人。我想，都是因為那首曲子，對吧？一首被精心改編了的曲子。但是我可以肯定的是，那首改編後的曲子，絕對不是出自妳的手，因為妳根本就做不到，妳的心中有太多的執念放不下。」說到這裡，李曉偉長嘆一聲，接著道，「妳找了個機會趁他不注意時把這首曲子放進了李智明的電腦音響中，因為妳是 IT 高手，這點應該難不倒妳。幾天後，當妳確信李智明已經深深地執迷於這首鋼琴曲了，妳就用一個電話對他下達指令。妳之所以要過幾天後才下達指令，僅僅只是因為妳對這首改編後的鋼琴曲的威力還並不完全信任。」

沈秋月突然笑出了聲，她饒有趣味地看著李曉偉：「李大醫生，李大才子，你到底是怎麼看出來我真正愛上的男人是李智明的？」

「回答妳這個問題其實一點都不難，我現在已經全都想起來了。那天晚上，當我一個人坐在被塵封了整整三年的李智明的家中時，我就覺得哪裡不對勁，後來我想起來了，案發後我總共去過妳家三次，而當三年後再次進入李智明家的臥室時，我產生過一種錯覺，就好像自己曾經去過那個地方，但是事實上，那是慘案後我第一次進入案發現場。」李曉偉臉上痛苦的表情突然消失了，眼神中閃過一絲狡黠，「妳對李智明的愛讓妳產生了一種臆想，而為了滿足妳的這種偏執，妳竟然刻意把李智明家的臥室擺設和家具完美地複製到了妳的家裡。這就是我會產生錯覺的原因所在。妳太愛他了，可惜，妳根本就得不到他，所以一氣之下，在那個電話中，妳或許是這麼告訴他的——掐死妳的妻子，剁下她的頭顱，然後用力丟擲窗外。因為這種儀式一般的瘋狂正是妳最喜歡的，就像一個演員高超的表演，而頭顱的落下不只是除去了妳的情敵，也完美地懲罰了那個玩弄了妳感情的騙子。」

第十一章　面具

「不！」沈秋月突然一聲尖叫，身體向前衝，面目猙獰地隔著不鏽鋼柵欄衝著李曉偉怒吼道，「他不是騙子，阿明不是騙子，我愛他！我不允許你侮辱他……」

「是嗎？」李曉偉笑了，雙手一攤，聳聳肩，道，「如果他真的愛妳的話，為什麼在三年後的今天，當他終於回想起自己是為什麼而殺了自己的妻子孩子的時候，他所做的，不是喊冤，不是檢舉妳，卻偏偏是自殺？」

沈秋月臉色煞白，囁嚅著什麼都說不出來，只是目光呆滯地看著李曉偉。

李曉偉長嘆一聲：「還記得嗎，當妳第一次向他表白的時候，他拒絕了妳。第二次，妳試圖挽留，他怕妳誤解，乾脆就放棄了高薪，選擇另謀他職，並且閃電般地結了婚，試圖斷絕妳的念想。而最後一次，當他終於知道是妳借他的手讓他家破人亡的時候，這個可憐的男人就萬念俱灰了，依賴型人格障礙最後的一根稻草被妳無情地撕碎，絕望之際的他背負著沉重的內疚，只能用自己的自殺來最後一次向妳表示拒絕，並且永遠地逃離妳的執念。他知道自己只有自殺，才會讓妳真正地感到痛苦。其實李智明很可憐，在獄中整整三年，應該是一直都在苦苦思索著一個問題，那就是自己為什麼要親手殺害了自己深愛著的妻子和從未見過面的孩子，製造了這幕可怕的人倫悲劇？而當他最後終於找到答案的時候，他所能做的，就是親手結束了自己的生命，來完成這一輩子最後的救贖和對妳最嚴厲的懲罰。對了，那封遺書，我想，應該是李智明所寫的，因為如今想來，這些都是他內心真實的想法。剛開始的時候，我以為是寫給曾經審判過他的警察，只不過，這封遺書，他真正的意圖是寫給妳的，因為他恨妳，直到離開這個世界的那一刻，他依舊恨著妳，我甚至懷疑他後悔自己救過妳。妳是個充滿執念的痴情女人，因為，在妳眼中，真正在乎的，其實只是妳自

己罷了,明白嗎?好了,時間到了。我最後想說的,只有一句話——別再讓曾經救過妳的男人失望,好好坦白才能讓妳的心在這輩子找到最後的安寧!」

說完這些後,李曉偉站起身,便頭也不回地離開了審訊室。身後,房間裡傳來了撕心裂肺的痛哭聲。

走廊裡,李曉偉和章桐的目光相遇了,他微微遲疑,章桐卻朝他點頭道:「走吧,去我辦公室,我請你喝咖啡。」

✦ 4

法醫辦公室,靠牆的桌上放著一臺剛買來沒多久的義式全自動咖啡機。李曉偉啞然失笑,轉而面對章桐:「我知道妳喜歡喝咖啡,這個不便宜吧?」

章桐無奈地嘆了口氣:「老是喝即溶的對身體沒好處,尤其是小顧,熬夜看報告的時候,還真少不了它。我昨天收到了小說的稿費,不多不少,正好夠一臺。」

兩人在辦公桌前坐了下來,李曉偉微笑著環顧了一眼整個辦公室,點點頭:「條件好了,希望能帶來更多幫手給妳。」

章桐聽了,不由得苦笑:「怎麼可能為了一杯咖啡就來我們這邊工作,你的願望太不現實了。總之呢,平常心吧。」

「妳找我應該是心裡有疑問,對嗎?」李曉偉認真地看著章桐。

「別用你那種對待病人的口氣來跟我說話。」章桐猛地站了起來,她在

第十一章　面具

房間裡走了幾步後，突然站住，轉身看著李曉偉，「告訴我，一個人為了愛，真的可以做到這麼瘋狂嗎？」

「我不知道。」李曉偉緩緩地說道，「因為我還沒有過這種親身體會，所以我沒有辦法告訴妳。」

章桐的目光中閃過一絲失望，她輕輕嘆了口氣，接著問道：「那你為什麼會突然改變主意說那封遺書是出自李智明之手，我們不是查驗過這封遺書與他以往的書寫習慣有著很大的不同嗎？」

「說老實話，我是突然意識到的，因為在這之前，我仔細研究過這封遺書，字裡行間充斥著深深的怨念。我一直都以為這不是李智明所寫，但是直到今天，當我如此近距離地面對沈秋月的時候，一切的疑問就都得到了解決。誠然，患有依賴型人格障礙缺陷的人是很難突然改變自己的性格的，因為我們的各種人格一旦形成，相當程度上就會伴隨著我們的一生。」說到這裡，李曉偉突然話鋒一轉，「可是，只有一種例外，那就是在這個人的生活中發生了一種翻天覆地的變化，沉重的打擊在徹底擊碎了他用來保護自己的各種依賴後，置之死地而後生，在此基礎上重新產生的一種人格就會賦予持有者一種新的角色。這種特殊的改變，類似於我們人類為了保護曾經弱小的自己而突然人格分裂，產生一種迥異的對立人格。我想，這種變化就在李智明的身上得到了全面的展現。」

「監獄中的三年，不同於我們外面的三年，可以說，三年裡的日日夜夜，他幾乎都是生活在對過去的回憶中。催眠這種東西，雖然說或許會給一般受術者的精神上帶來不可逆的結局，那段記憶也有可能會暫時喪失，但是最終，受術者還是會想起來的，只要他像李智明那樣，三年裡的日日夜夜都拚命在回憶，因為屬於這個可憐男人的，就只有回憶了。」李曉偉突然想到了什麼，抬頭對章桐說道，「妳知道汪涵也是倒楣蛋嗎？」

「他？」章桐不解地搖搖頭。

李曉偉的臉上充滿了同情，「依照沈秋月的個性，沒有把握的事情，她是絕對不會去做的，所以在對李智明用那首鋼琴曲之前，她必定對汪涵試用過，而案發當晚，她完全聽不到樓上所發出的所謂的音樂聲，她後來之所以會那麼說，如今想來只不過是為了在自己丈夫汪涵的面前裝可憐罷了，至於說汪涵，那天晚上睡得格外沉。對了，我剛才撒謊了。」

章桐吃驚地看著他，半晌，恍然大悟：「你真是個『神棍』！對人分析心理還帶糊弄人的！」

李曉偉哭笑不得：「我如果不這麼刺激她的話，她的心理防線根本就不可能這麼快被打開，李智明是她的『七寸』，我只能用毫不留情地貶低他來讓真實的沈秋月跳出來。我想，現在樓上童隊那裡，應該很快就可以結案了。」

章桐臉上的笑容消失了，「難道說那天的電話裡，沈秋月根本就沒有指令李智明殺妻？」

「這個，我可沒有權利回答，因為當事人一個死了，一個猜想也快要瘋了，而真相，如今想來，似乎也不那麼重要了。光從後面那所謂的骨瓷壇的收集，就可以看出，其實沈秋月的心裡還是很後悔的，她或許真的沒有想到結局會是如此慘烈。」李曉偉仰頭把自己面前的咖啡一飲而盡，然後一咧嘴，「好苦！」

「那是咖啡，不是糖水！」下腹部的傷口隱隱作痛，章桐忍不住微微皺眉。

「我擔心沈秋月這麼下去，或許會患上精神分裂，我今天已經看到了這樣的徵兆。」李曉偉喃喃地說道，「因為一個人臉上的面具戴久了的話，

第十一章　面具

總有一天，這張面具就再也摘不下來了。」

「伏法是她必然面對的結局，一點都不用同情她。」章桐冷冷地說道，面前的屍檢報告封面上，死者名字一欄中，「楊倩」兩個字顯得格外醒目。

✦ 5

走出審訊室，偵查員海子沮喪地看著童小川：「童隊，她死活都不肯說出那個幫她忙的人，這可怎麼辦？」

「不是她死活不肯，而應該是她根本就不知道！」童小川皺眉說道，「我總覺得事情沒這麼簡單，在沈秋月這個案件中，這傢伙自始至終都沒有親手殺害過任何一個人，但是卻正因為有他的存在，不斷地讓人無辜喪命，我無法理解這個世界上為什麼竟然有人會以此為樂！這究竟是一種什麼樣的可怕心態。」

「看來，我們遇到的是一個連環殺手，這點是可以肯定的。」海子不由一聲長嘆，「記得以前在讀書的時候，老師曾經把連環殺手專門分為兩大類──其中一類是按照地域劃分的『領域型』和『遊蕩型』，專門誘騙受害人去某一個特定場所下手；而另一類嘛，就是『侵入場所型』，咱前不久剛破獲──我們兄弟單位剛破獲的那個『白銀殺人案』就是這個類別。可是，童隊，手頭這個案子，我看怎麼就是個四不像呢？」

童小川停下腳步，饒有趣味地看著自己的下屬：「你為什麼會覺得不符合？」

「因為我覺得我們的這個犯罪嫌疑人，他的作案範圍似乎更注重於他

自己和受害者的感受,其次才是發生行為的場所。」海子想了想,說道,「童隊,不知道你是否還記得塔菲特劃分方式?」

童隊點點頭,目光變得黯淡了下來:「以連環殺手所要達到的目的來劃分的類型,比如說比較低端的幻想型和任務導向型,他們為了殺人而殺人;而享樂型和支配導向型,則是走的高階路線,凶手喜歡在現場留下犯罪簽名,因為在他們看來,殺人,只不過是一場遊戲玩樂而已。而在我們的這個案子中,簽名就是那首可怕的改編曲。」

「對了,海子,你聽說過無情型人格障礙嗎?」童小川突然問道。

海子搖搖頭。

童小川遲疑了一會兒後,便從口袋裡又一次摸出了那個皺巴巴的菸盒,小心翼翼地倒出了最後兩支菸,然後習慣性地跳到桌子上,伸手掰下了煙霧報警器,這才順勢一屁股坐在辦公桌上,點燃煙,同時分了一支給海子,啞然說道:「擁有這種人格障礙特徵的人清楚地知道什麼是對什麼是錯,但是在自己的情感和行為上卻從不用對錯來做出決定,這類人很難受情感牽動,所以在做任何事的時候,也就極少考慮事情的後果。當然了,我不是心理醫生,也無權發表這方面的任何意見和建議,我只是希望凶手不是一個擁有這種性格障礙特徵的人。」

海子驚愕地看著童小川,他讀懂了眼前這個男人目光中的憂慮。

＊　＊　＊

暮色中的城市,霓虹燈閃爍。行色匆匆的路人,劃過街頭的車輛,最終都會消失在城市裡的每個角落。

市警局網安大隊辦公室裡靜悄悄的,除了偶爾閃動的電腦 CPU 指示燈,似乎整個房間裡早就已經空無一人。

第十一章　面具

　　鄭文龍獨自坐在黑暗中，面無表情，身形猶如泥雕木塑一般。

　　面前的電腦顯示器已經處於休眠狀態。可是只要他願意，只需一個小小的手勢感應，那整個螢幕就會瞬間恢復如初，但是鄭文龍卻放棄了這個打算，或者說，在他的內心深處，已經無力再去面對一次又一次的失敗。

　　因為他居然再也進不去「暗網」了，無論他嘗試了多少次。

　　這個糟糕的局面使得鄭文龍開始懷疑起了自己當初選擇網安警察這個職業的初衷，他甚至懷疑起了自己的職業能力，因為連一個「暗網」都進不去的人，還好意思驕傲地稱呼自己為「紅帽軍團」的一員嗎？

　　他是人，可悲的是在這之前，他竟然會以為自己是神，一個從來都不會失敗的「神」。一記無形的耳光狠狠地打在了臉上，他不知道自己還有沒有資格再去面對周圍的人。或者說，最聰明也是最無能之舉，就是老老實實告訴陳局，自己認輸，因為沒有辦法在虛擬世界追蹤這個可怕的瘋子，也因為他竟然可悲地連那道門都進不去。

　　想到這裡，鄭文龍不由得心亂如麻。

　　突然，面前的電腦螢幕輕輕一跳，自動轉入信箱頁面，接著，提示有一封新郵件。他感到有些吃驚，因為發件人的名字在過去的幾天時間裡，一直都在他的腦海中揮之不去。

　　而信件的內容則更讓鄭文龍感到激動無比，這個所謂的「美少女戰士」，竟然用加密郵件給素未謀面的他發來了一串珍貴的原始碼。

　　他當然明白，這串原始碼對自己來說究竟意味著什麼。

✦ 6（尾聲）

暴雨傾盆，電閃雷鳴。

丹尼有些焦躁不安，牠搖晃著尾巴在房間裡轉來轉去，時不時地停下，抬頭望向主人的背影哀鳴幾聲，見沒有回應，就只能沮喪地耷拉著腦袋在寫字桌的腳邊地板上縮成了一團。

手機鈴聲突然響了起來，章桐的心不由得微微一顫，習慣性地掃了一眼螢幕下方的時間——凌晨零點二十一分。她一邊拿起手機按下接聽鍵，一邊去摸手頭那個印有莎士比亞頭像的馬克杯。

不出所料，馬克杯裡滴水不剩，而電話那頭也傳來了總機值班員沙啞的嗓音。

只是今天的這個案子有點特殊。

章桐拿著傘，背上挎包，彎腰鎖門的時候，還是對著電話那頭不放心地追問了一句：「人在哪裡？」

「運河西路龍門橋洞下。」

「那為什麼不馬上送醫院？救護車去了嗎？」章桐微微感到有些不滿，她壓低嗓門，急匆匆地快步走下樓梯。這種天氣，社區的電梯是不能用的。

市警局的警車已經在樓棟門口等自己了，章桐沒有撐傘，直接小跑了幾步，繞過花壇，然後用力拉開了警車的後排座位門，趕緊鑽了進去。

一股熟悉而又嗆鼻的菸草味裹挾著泡麵特殊的餘味頓時撲面而來，章桐連連咳嗽了幾聲，衝著童小川小聲嘀咕道：「童隊啊，我看你這車得申請裝個移動排氣扇才行，不然這味道可是會燻死人的。」

第十一章　面具

　　童小川沒吭聲，似乎有些心事重重，車裡的氣氛頓時充滿了尷尬。

　　一路上，因為正值凌晨時分，警車在大雨中暢通無阻，平日需要二十分鐘才能趕到的路程，今天卻只花了不到十分鐘的時間。

　　這裡是一座典型的小城市，一條運河穿城而過，運河上前後排列著八座大橋，每座橋的建築方式都不一樣。龍門橋是其中的第三座，橋洞特別大，鋼索結構，遠遠看去，給人一種空中巨無霸的感覺。

　　只是此刻，橋洞下卻警燈閃爍，一輛巡邏警車旁停放著一輛救護車，後門打開著，裡面坐著兩個人，隨車護理師和身穿制服的年輕巡警則探頭向這邊路口不斷張望，直至視線中終於出現了童小川開著的警車。

　　橋洞下沒有雨，章桐下車後，拿著挎包，直接向年輕巡警和護理師走來：「我是市局的法醫，人在哪裡？」

　　護理師指了指身後打開的後車門，這時候，章桐才注意到幾乎每個人臉上的表情都有些狼狽。

　　繞過打開的後車門，這才看清楚車內其實坐著三個人，只不過因為其中一個人有些瘦小，在毛毯下幾乎縮成了一團，所以才會很容易被人忽視。

　　一個是隨車的急診醫生，而另一個則是略為年長的巡邏警，直到看見了站在車門口的章桐，巡邏警這才站起身，長長而又無聲地嘆了口氣，跳下車來，走過章桐身邊的時候，刻意壓低了嗓門：「這女孩太可憐了，唉！」

　　而急診醫生，一位三十出頭的年輕男人，看了看章桐，似乎有什麼難言之隱。

　　章桐在地上放下挎包，接著便從裡面迅速地依次拿出乳膠手套、口罩

和證據收集袋,還有一些鑷子和一次性藥用棉花棒,最後拿出了一臺小型相機。準備完畢後,她便跳上車,對急診醫生點點頭:「交給我吧。」

「好,好吧。」急診醫生結結巴巴地說道,卻並沒有要馬上讓開的意思。

章桐微微一怔:「怎麼了?」

「哦,我有些情況需要向你說明一下。」急診醫生的目光中閃過一絲無奈,他下意識地壓低了嗓音,「這女孩,受到了很嚴重的性侵害,歹徒在她身上拿走了一件東西。」

章桐不由得暗暗倒吸一口冷氣,她知道,如果真的拿走了所謂的「紀念品」的話,那這個女孩這輩子所餘下的時間裡,都將生活在今天這場可怕的侵害陰影之中了。

急診醫生用看似很隨意的手勢在自己胸口輕輕指了指,接著便一聲長嘆,跳下了車。

年輕小護理師很快來到車門口,這是正常程序,取證的時候必須有第三人在場。兩人掩上車門,耳邊的雨聲頓時小了下來。

救護車內的燈光白得耀眼,章桐換上無菌手術服,戴上帽子、口罩,最後在地上小心翼翼地鋪上了一張白色無紡布。接著,在她的示意下,急診小護理師輕輕拉開了灰色的毛毯,露出了毛毯下那不斷發抖的身體。

女孩很年輕,長得也很漂亮,從裸露在外的鎖骨判斷,年齡在二十歲左右,凌亂的長髮就像一團乾枯的稻草,目光無神,表情呆滯,渾身上下髒兮兮的,只有胸口緊緊地裹著白色的紗布,紗布上已經明顯滲出了紅色的液體。

章桐驚呆了,她轉頭看向身邊的小護理師,後者點點頭,臉上滿是同情,小聲說道:「她的右邊⋯⋯」

第十一章　面具

　　怒火頓時襲上了心頭，沉吟片刻後，章桐一邊為年輕女孩的身體拍照取樣，一邊冷冷地問道：「這麼嚴重的傷，為什麼不送醫院？」

　　「她強烈拒絕了，我們沒有辦法，只能按照她的意思，幫她報警。」小護理師緊鎖雙眉，「按規定，我們又不能隨便把她留在這裡，萬一再出什麼事的話，這畢竟不是第一次了……」

　　從小護理師吞吞吐吐的話語中，章桐感覺到了一絲異樣。

　　小護理師有些驚訝：「妳不知道嗎？這一年內，我們已經遇到過類似的侵害案件不下三起了，報警還是頭一次，別的都拒絕報警。唉，不過也是可以理解的，出了這種事……」

　　還剩下最後一項了，章桐強壓住心頭的怒火，輕聲對年輕女孩說道：「我需要抽一下妳的血，很快地，就像蚊子叮一下，一點都不痛。」

　　抽血樣是準備做 HIV 排除實驗的，如果結果是陽性的話，那就不亞於是被判了死刑，有時候，命運就是這麼冷酷無情。

　　年輕女孩聽了，只是默默地點點頭，緩緩伸出了赤裸的右臂，臉上依舊毫無表情。

　　提取完所有的證據後，章桐為女孩穿上無菌手術服，然後輕輕地扶她再次躺下，蓋好毛毯，這才心情複雜地跳下了車廂。

　　救護車帶著受傷的女孩走了，章桐回到童小川的車邊，放下挎包，冷冷地說道：「這是一起系列惡性強姦案，如果不是剛才那個女孩報警的話，或許我們永遠都不會知道。」

　　童小川微微皺眉：「系列惡性強姦案？」

　　章桐點頭：「你最好馬上派人過去，趁那受害者還沒有徹底打消念頭的時候，那渾蛋在她身上留下了這輩子都不可能被修復的一個疤痕，簡直

就是畜生！」

鑽進車後，用力關上車門，屋外的雨聲和剛才那殘忍的一幕似乎瞬間被隔絕在了另一個空間裡一般。章桐靠在車後座的沙發椅上，伸了個懶腰，她注意到童小川並沒有馬上進來，他還在車外打著電話，好不容易結束通話後，童小川這才拉開車門，鑽進了駕駛室。另外那輛警用巡邏車也駛離了橋洞。

「去局裡？」他一邊向左打方向盤，一邊問道。

「我必須去移交證據，這不是命案，不歸你們二隊管，對吧？」章桐反問道。

「是的。」童小川乾巴巴地說道。

章桐這才想起童小川今晚不該出現，便隨口問道：「童隊，你今晚值班？還是順路？」

遲疑片刻後，童小川抬頭掃了一眼後照鏡中的章桐，淡淡地說道：「我找妳有事。」

章桐心中一怔，不免感到有些錯愕：「有事？」

「就在一小時前，監獄方打來電話，沈秋月死了。」

「死了？」章桐吃驚不小，「怎麼這麼快？」

童小川點點頭，神情顯得有些落寞：「是的，自殺。但凡是進行過造血幹細胞移植的人都需要長期服用抗排斥類藥物，並且要做相關的體檢，而監獄醫院沒有這方面的專業設備，昨天監獄方就向上申請，然後派了輛車送她去本部。做完檢查後，在回來的路上，她藉口上廁所，在隔間裡用早就準備好的兩根鞋帶子拴在窗把手上，上吊自殺了。發現她的時候已經沒有生命跡象了。」

第十一章　面具

「這不奇怪，做過移植手術的人，身體都不會很好，所以持續時間也就不會很長。」章桐輕輕嘆了口氣，「有時候一兩分鐘就結束了。我想，她應該是存了必死之心了吧。」

「真是可惜了。」童小川喃喃說道，「對了，章主任，以後妳上下班，我都會來接送妳的。」

「不用這麼麻煩吧？」章桐嚇了一跳，「我自己坐公車就行了，車上那麼多人，不會有事的，再說了，沈秋月都已經死了⋯⋯」

車廂裡的氣氛變得有些怪異，還好這個時候，警車已經順利開進了市警局大院。童小川迅速地把車停在了大院的停車場，他看了看後照鏡中的章桐，咬著嘴唇說道：「她是死了，沒錯，但是還有一個人活著，我想，他的目標，應該就是妳吧，對嗎？」

「我？」章桐啞然失笑，「我只不過是一個兢兢業業的基層小法醫而已，把我這種小人物來當作攻擊目標的話，難道不顯得自己太無聊了嗎？我看呀，童隊，你未免杞人憂天了吧？」

童小川沒有回答這個問題，他也知道章桐並不需要答案。等她拎著挎包走後，他便又回到了警車邊，打開車門，然後探身在儀表盤下的儲物箱裡翻找了一會兒，終於摸出了一個被幾乎壓扁的菸盒。

記得傍晚的時候，網安大隊的鄭文龍憂心忡忡地出現在了自己的辦公室裡，什麼都沒說，只是塞給了他一張A4列印紙，上面是章桐的相片。

童小川一臉的狐疑。

「知道什麼叫『靶子』嗎？」鄭文龍看著童小川的目光中帶著濃濃的焦慮。

「廢話，當警察的每個月都要去打一次靶，」童小川調侃道，「你不會

告訴我說你連打靶是什麼都不知道了吧？」

鄭文龍沒笑，相反，一字一頓神情嚴肅地說道：「我想，章主任現在已經成了一個活靶子。」

童小川張了張嘴，驚愕的目光死死地盯著比自己整整高出一個頭的鄭文龍：「你胡說八道什麼呢？這相片哪裡來的？」

「『暗網』，一個完全沒有法制的地方。」鄭文龍喃喃說道，「沈秋月那案子，我早就知道那傢伙玩電腦玩得比我溜多了，因為『暗網』對於他來說，是個能進出自如的地方，但是對於我……」說到這裡，鄭文龍神情痛苦地嚥下了一口唾沫，「我是在別人的幫助下才最終得到了一次混進去的機會。不止如此，每一步我都必須小心翼翼，生怕我的真實身分會被人揭穿。而這張相片，我就是在『暗網』中循著他的足跡發現的。舉個例子來說吧，這傢伙把章主任的相片當成了一個靶子，或者說是一個懸賞訂單，起始金額可能不會很高，只是一萬美金，但是按照慣例，所有看過這張相片並且對這項任務感興趣的人，只要不願意親自出手，就都可以在任務結束前隨時往上面加碼，目前獎池裡的金額已經到了18萬美元，而這張照片被點開的次數已經超過三百萬次，而下載的次數也已經超過了十萬次。童隊，我看，這傢伙肯定是瘋了！」

童小川簡直就像是在聽天方夜譚，他愣了好久，才繼續追問道：「你老實告訴我，這件事的可信度有多高？」

鄭文龍沒有回答，其實大家心裡都明白，只要一天不抓住這個人，這種可能性就會一直存在。

「你說她只不過是個普通的法醫而已，又長得不是很漂亮，怎麼會成為目標？」童小川百思不得其解。他看了看神情落寞的鄭文龍，「那你現

第十一章　面具

在⋯⋯」

鄭文龍搖搖頭，苦笑道：「抱歉童隊，我道行不深，如果沒有別人的幫助，我根本就進不去。」

「那個幫你的人是誰？」

「我也不知道，他和我的交談進行了專門的加密，根本無法追查到他的初始 IP 來源。」

「那你為什麼這麼信任他？」童小川警惕地看著鄭文龍，「難道你不怕這是他在耍你？沈秋月這案子中，我們幾乎被他耍得團團轉。」

出乎他意料的是，對於這個問題，鄭文龍卻回答得非常果斷：「童隊，他們絕對不是同一個人，這點你放心吧，我完全可以保證，因為我很了解『潛行者』這一類人。」

✦ 7

李曉偉接到章桐電話的時候，已經是第二天早晨了，因為當天在警官學院有課，所以就約定了中午時分去市警局。

「你也接手了惡性強姦案的受害者？」李曉偉有點意外，言下之意章桐以往處理的可都是冷冰冰的死人。

「我是被臨時通知過去的，應該是一隊他們那邊缺人手吧，你也知道，我的助手還沒有資格單獨處理案件。」章桐一邊說著，一邊轉頭吩咐對面坐著的顧瑜，「我需要抗 P-30 血清。」

李曉偉一愣，他很清楚章桐在電話中所說的抗 P-30 血清到底有什麼

用，而一旦在實驗中需要到這種血清進行抗原檢測的時候，也就是意味著兩點：其一，這確定是一起惡性強姦案；其二，凶手不止一個人。

「進展順利嗎？」

「難度不小，混合精斑，這是輪姦案。」略微停頓後，章桐冷冷地說道，「我看那年輕女孩的表情，一時半會是很難恢復的了。李醫生，你好好幫幫她吧。我覺得，這場噩夢如果不早一點結束的話，對於她來說，未免也太殘酷了。」

「放心吧，我們中午見。」

結束通話電話，章桐抬頭看了看顧瑜：「報告出來後，就給一隊送過去，然後好好準備一下，下午一點，安平山的浮屍案受害者家屬會來認領屍體，然後送去火化。」

「明白，主任。」顧瑜想了想，接著問道，「主任，我有個問題，不知⋯⋯」

「儘管問。」

顧瑜抿了抿嘴，低頭猶豫了一會兒後，這才抬起頭，看著章桐：「主任，如果妳遇到一個想對妳進行性侵害的人，就像這起案件中的受害者，妳會反抗，還是會選擇沉默？」

「我⋯⋯」章桐皺了皺眉，「我還真不知道該怎麼回答妳這個問題。」

顧瑜輕輕嘆了口氣，看著自己面前的工作臺，目光若有所思：「我的高中同學小美，長得很漂亮，去年去世了，跳樓，一種最快也最不痛苦的死亡方式。她死後，我去參加告別儀式，她母親告訴我說，她在一場悲劇中倖存，卻在另一場悲劇中死去。事情起因是那天，週末吧，她搭車回鄉下老家，結果路上司機起了歹意，再加上時間太晚了，路上都沒什麼人經過，司機就對她進行了性侵害。事後，她報警了，後來雖然把那渾蛋給抓

第十一章　面具

住了，可惜的是，小村裡人言可畏，小美最終還是選擇了用跳樓來尋求永遠的安寧。我真的不明白，這些受害者已經夠可憐的了，為什麼還要抽走握在她們手中的最後一根稻草？」

章桐無言以對，腦海中又一次看見了救護車上受害女孩那空洞的眼神，心中不免感到了陣陣的不安。

＊　＊　＊

傍晚時分，晚霞映紅了大半個天空，商業街上，充斥著撲鼻的小龍蝦香味。

李曉偉用牙齒咬開了啤酒瓶蓋，順手用袖子隨便擦了擦瓶口，直接就塞到了顧大偉的手中：「來，喝，今天我請客。」

顧大偉目光警惕地上下打量了一番，遲疑地說道：「又有什麼事，趕緊說。」

李曉偉一邊啃著小龍蝦，一邊慢悠悠地說道：「我就知道我們之間是沒有祕密可言的。」

顧大偉乾笑了兩聲：「沈秋月那案子，不是了結了嗎？難道說，你終於想通了願意來我公司上班？」

李曉偉搖搖頭，長嘆一聲：「對不起，我不能走，如果我去了你們那邊，或許就不能這麼光明正大地配合警方工作了。」

顧大偉一愣，隨即明白了過來，便沒好氣地說道：「你糊弄誰呢？我想，你是放不下那章醫生吧，對不對？」

李曉偉聽了，若有所思地看了看手中鮮紅的龍蝦：「放不下歸放不下，我總覺得一天不抓住那人，她的生活就會充滿難言的變數，我必須留在她

身邊，幫幫她。我在警官學院的講師身分，可是名正言順的，去了你那裡，就沒這個資格了。」

「好吧好吧，反正我那邊對你可是隨時開著大門呢，無論什麼時候需要我幫忙，儘管說就是。」顧大偉無奈地嘆了口氣，轉而問道，「哎，說真的，老同學，你既然喜歡人家，幹嘛就不來個真心告白呢？」

李曉偉的臉頓時紅了，他咬了半天的嘴唇，小聲說道：「隨緣吧。我總覺得配不上她。」

「唉，婆婆媽媽的，難道說你非得看著人家結婚了，你才死心？」顧大偉狠狠地灌了幾口啤酒後，剛要伸手去抓盤子裡的小龍蝦，突然想到了什麼，便壓低嗓門問道，「你找我，難道是為了那起連環惡性強姦案？」

李曉偉默默地點點頭：「你很聰明。所以，你應該不會忘了那個專門做這事的渾蛋吧？」說著，他騰出右手，五指併攏，就像一把刀，輕輕在自己左邊胸口上做了個砍削的姿勢。

顧大偉剛才還被酒精漲紅了的臉頰頓時變得一片煞白。

（第一幕完結）

法醫實錄——夜的序曲：
幽靈殺手，活人還魂？法醫從業者的半寫實懸疑小說

作　　　者：戴西
責 任 編 輯：高惠娟
發　行　人：黃振庭
出　版　者：崧燁文化事業有限公司
發　行　者：崧燁文化事業有限公司
E - m a i l：sonbookservice@gmail.com
粉　絲　頁：https://www.facebook.com/sonbookss/
網　　　址：https://sonbook.net/
地　　　址：台北市中正區重慶南路一段61號8樓
8F., No.61, Sec. 1, Chongqing S. Rd., Zhongzheng Dist., Taipei City 100, Taiwan

電　　　話：(02)2370-3310
傳　　　真：(02)2388-1990
印　　　刷：京峯數位服務有限公司
律師顧問：廣華律師事務所 張珮琦律師

-版 權 聲 明

本書版權為樂律文化所有授權崧燁文化事業有限公司獨家發行電子書及紙本書。若有其他相關權利及授權需求請與本公司聯繫。

未經書面許可，不得複製、發行。

定　　　價：375元
發行日期：2024年09月第一版
◎本書以POD印製
Design Assets from Freepik.com

國家圖書館出版品預行編目資料

法醫實錄——夜的序曲：幽靈殺手，活人還魂？法醫從業者的半寫實懸疑小說 / 戴西 著 . -- 第一版 . -- 臺北市：崧燁文化事業有限公司，2024.09
面；　公分
POD版
ISBN 978-626-394-857-0(平裝)
857.81　113013417

電子書購買

爽讀APP　　　臉書